ELKE BERGSMA

DÜNEN NEBEL

BE

Belle Époque Verlag

Elke Bergsma

www.elke-bergsma.de
www.die-leseinsel.de
www.dat-leseboot.de

www.facebook.com/elkebergsmaautorin/

Lizenzausgabe des Belle Époque Verlags, Dettenhausen, mit freundlicher Genehmigung der Autorin.

Lektorat: Kanut Kirches | www.lektorat-kanut-kirches.de
Korrektorat: Corinna Rindlisbacher, www.ebokks.de
Cover: Susanne Elsen, www.mohnrot.com, unter Verwendung eines Fotos von © Boris Edelmann

Herstellung: Sowa Sp. z o.o., Piaseczno, Polen

ISBN: 978-3-96357-111-4

1

Als die letzte Fähre ablegte und Kurs auf das Festland nahm, stieß er ein zufriedenes Räuspern aus. Endlich würde auf Baltrum wieder Ruhe einkehren. Wenigstens für ein paar Wochen, bevor es mit dem Ostertrubel weiterging. Nun aber waren gerade erst die Weihnachts- und Silvestergäste abgereist, die, so sein Eindruck, in jedem Jahr zahlreicher wurden.

Was genau die Leute zu dieser unwirtlichen Jahreszeit hierher trieb, vermochte er nicht zu sagen. Am Wetter konnte es nicht liegen. Seit Wochen schon lag die Insel grau in grau unter einem Schleier aus Nebel und Wolken, der nur sehr selten einmal von ein paar blassen Sonnenstrahlen durchbrochen wurde. Hinzu kam in unregelmäßigen Abständen ein alles durchdringender Nieselregen, der Land und Leute mit einem feuchten Schleier benetzte und die Einheimischen dazu veranlasste, ihre beheizten Häuser nur zu verlassen, wenn es sich nicht vermeiden ließ.

Nicht so die Touristen. Als könnten sie von dieser Tristesse nicht genug bekommen, stürzten sie bereits am frühen Morgen aus ihren Ferienwohnungen, um sich am Strand den steifen Wind um die Nase wehen zu lassen. Dick eingemummelt in ihre Winterjacken, die Hände in den Taschen vergraben, stemmten sie sich gegen die Böen und ließen sich von ihnen die salzige Gischt ins von der Kälte gerötete Gesicht treiben. Dabei zeigte sich um ihre Mundwinkel ein so verklärtes Lächeln, als hätte sich ihnen soeben der liebe Gott persönlich offenbart. Harm konnte nicht anders, als dieses Verhalten ein wenig befremdlich zu finden.

Mit einem Blick auf die im Nebel nur noch schemenhaft zu erkennende Fähre nahm Harm Tholen einen letzten Zug an seiner Zigarette, ließ den Stummel zu Boden fallen und trat ihn mit dem Hacken seiner ledernen Boots aus. Nachdem er den Stummel in einer der Mülltonnen entsorgt hatte, weil er alles hasste, was seine geliebte Insel verschmutzte, bestieg er seine Pferdekutsche und machte sich auf den Rückweg. Ilse hatte ihm zum Abendessen Grünkohl mit Bratkartoffeln und Speck versprochen, und schon den ganzen Tag konnte er an nichts anderes denken. Seit seine Gertrud ihn nach einem langen Krebsleiden im Herbst für immer verlassen hatte, war Ilses kleine Gaststätte für ihn zu einem zweiten Zuhause geworden.

»Moin.« Harm zog seine Strickmütze vom Kopf und nickte in die Runde, als er Minuten später das *Smutje* betrat. Ein Nebel aus Zigarettenrauch schlug ihm entgegen, unter den sich der Geruch von Feuchtigkeit und Bier mischte. Drei seiner Kumpel saßen bei einem frischgezapften Pils an einem Tisch und kloppten Skat. Sie nickten stumm zurück.

»Sind sie endlich weg?«, brummte ein vierter Mann, der an der Theke saß und von Ilse gerade einen weiteren Korn eingeschenkt bekam. Vor ihm stand ein dampfender Teller. Harm lächelte, als er sah, dass Ilse ihr Versprechen gehalten hatte. Grünkohl, Bratkartoffeln und Speck. Es würde ein Festmahl werden.

»Jo.« Nachdem sich Harm aus seiner schweren Wachsjacke gepellt hatte, setzte er sich neben Freddy auf einen der Barhocker. »Hab die letzten Koffer zum Hafen gefahren. Nun ist endlich wieder Ruhe.«

»So lange, wie's dauert.«

»Jo. So lange, wie's dauert.« Harm zündete sich eine Zigarette an. »Wo ist Ilse?« Er sah sich im Gastraum um, konnte sie jedoch nirgends entdecken.

»In der Küche. Muss aufpassen, dass der Grünkohl nicht anbrennt, sagt sie.« Freddy schob sich eine Gabel mit Bratkartoffeln in den Mund und nickte anerkennend. »Keiner kocht so gut wie Ilse, das kann ich dir sagen.«

»Weiß ich doch.« Harm blickte auf, als die Wirtin aus dem rückwärtigen Teil der Kneipe wieder hinter die Theke trat. »Moin, Ilse.« Er deutete auf den Teller, den sie in der Hand hielt. »Ist das für mich?«

Ilse lächelte. »Hab deine Stimme gehört. Dachte, du hast bestimmt Hunger.« Sie stellte das ganz wunderbar riechende Essen vor ihm ab. Nicht zum ersten Mal fiel Harm auf, dass sie sich dabei ein wenig zu weit vorbeugte, sodass er einen Blick auf ihren üppigen Busen werfen konnte. Seit Gertrud gestorben war, hatte er den Eindruck, dass Ilse ein Auge auf ihn geworfen hatte. Vor gut einem Jahr war ihr Mann auf und davon, und bis zum heutigen Tag wusste niemand, was aus ihm geworden war. Hinter vorgehaltener Hand munkelte man, er habe es mit der selbstbewussten und manchmal ein wenig rabiaten Ilse einfach nicht mehr ausgehalten und sich endlich seinen Traum erfüllt, mit dem er jeden vollgequatscht hatte, der ihm in die Quere kam. »Schon als Junge wollte ich immer Fischer in der Bretagne werden«, hatte er dann gesagt. »Und eines Tages werde ich Fischer in der Bretagne sein, darauf kannst du einen lassen.«

Nun war die Bretagne nicht so weit entfernt, dass sich nicht irgendjemand auf die Suche nach Ilses Mann hätte machen können. Aber so richtig fehlte er, der stets ein wenig zu tief ins Glas geschaut hatte, keinem hier auf Baltrum. Ganz im Gegenteil war die Gaststätte viel besser besucht, seit Ilse sie alleine bewirtschaftete. Was daran liegen mochte, dass sich der ein oder andere alleinstehende Mann Chancen bei Ilse erhoffte. Harm konnte die Männer gut verstehen, denn schließlich war Ilse ein properes Weibsbild, um das ihren Mann so mancher beneidet hatte. Für ihn aber war sie nichts. Zu tief saß noch die Trauer um seine geliebte Gertrud – auch wenn Harm manchmal der Gedanke kam, dass er so eine gute Köchin, wie Ilse es war, zu Hause eigentlich ganz gut gebrauchen könnte.

Harm aß seinen Grünkohl mit wahrem Heißhunger. Minuten lang redete keiner der Anwesenden ein Wort. Die Skatspieler waren mit ihrem Spiel beschäftigt, Freddy hatte nach einem weiteren Korn seinen Kopf auf die Arme gelegt und schlief den Schlaf der Gerechten. Am nächsten Morgen würde er sich mit dickem Kopf auf den Weg zur Arbeit machen. Noch keinen Tag hatte er in all den Jahrzehnten in seinem Job gefehlt, wie er mit Stolz betonte. Gut möglich, dass der Alkohol alle Bakterien von ihm fernhielt, dachte Harm. Was ihn selbst anbelangte, so klappte das Gesundbleiben aber auch ohne das Teufelszeug. Mochte wohl an der guten Seeluft liegen. Nachdem er seinen Teller geleert und zwei Pils getrunken hatte, zog Harm sein Portemonnaie aus der Hosentasche. »Wird Zeit, dass ich meinen Deckel bezahle«, sagte er.

Ilse winkte ab. »Das muss doch nicht heute sein.« Sie nahm einen feuchten Lappen in die Hand und begann, die Flächen abzuwischen. Bei Ilse war immer alles picobello sauber, da konnte sich keiner beschweren.

»Doch, genau heute muss es sein.« Harm hatte plötzlich das Gefühl, niemandem etwas schuldig sein zu dürfen. Außerdem hatte er bestimmt seit mehreren Wochen nicht mehr bezahlt. Von irgendwas musste Ilse doch auch leben. Wenn man bedachte, dass er nicht der Einzige war, der bei ihr anschreiben ließ ... Von den Touristen jedenfalls hatte Ilse nichts. Die gingen nicht in die Stammkneipe um die Ecke. Das war ein weiterer Grund, warum man sich bei Ilse als Einheimischer so wohl fühlte. Schlimm genug, dass man die Urlauber überhaupt auf die Insel lassen musste. Aber wovon sollten die Insulaner sonst leben? Harm war ganz froh, dass er die Koffer und manchmal auch deren Besitzer vom Hafen und wieder zurück transportieren durfte und damit seine schmale Rente ein wenig aufbessern konnte. Wie ihm erging es vielen hier auf der Insel. Also musste man mit den Touristen wohl oder übel zurechtkommen. Umso schöner, wenn es dann mal ein paar Wochen Pause vom Trubel gab.

»Was macht das?« Harm winkte mit seinem Portemonnaie. »Kommst sowieso nicht drum rum, also kannste mich auch ruhig angucken, Ilse«, fügte er hinzu, als die ihn stoisch ignorierte.

»Kannst es wohl nicht erwarten, von hier wegzukommen.« Mit einem Seufzen legte Ilse den Lappen beiseite, dann zog sie mit zielsicherem Griff den richtigen Bierdeckel aus dem Regal, in dem sie, wie in Postfächern aufgereiht, standen. Ordnung hielt Ilse, das musste man ihr lassen. »Zweihundertfünfundsiebzig Euro macht das dann.« Sie schob den Deckel zu ihm rüber, nachdem sie den heutigen Betrag hinzuaddiert hatte. »Kannst aber auch später bezahlen.« Sie zwinkerte ihm zu, zog dann jedoch einen Flunsch, als Harm ihr seine EC-Karte rüberschob. »Runde auf dreihundert auf«, brummte er. Für Ilses Annäherungsversuche hatte er heute Abend wirklich keinen Sinn. Als Ilse ihm die Karte zurückgegeben und dafür gesorgt hatte, dass sich ihre Finger wie zufällig berührten, stand Harm ohne ein weiteres Wort auf, nahm seine Jacke vom Haken, grüßte kurz zu den Skatspielern rüber und verließ die Kneipe.

Die Straßen waren wie ausgestorben. Wo am Abend zuvor aus so manchem Haus noch Partymusik gedröhnt hatte, herrschte jetzt eine beinahe gespenstige Stille. Hier und da lagen leere Sektflaschen oder auch der ein oder andere Plastikbecher herum, ansonsten aber erinnerte nichts mehr an die ausgelassene Stimmung, die die Feiertagstouristen vom Festland importiert hatten. Fast war es, als hätte jemand die Sicherung herausgedreht und damit die besinnliche Ruhe über die Insel gebracht, die man sich eigentlich zu den Festtagen wünschte.

Harm hielt in der Bewegung inne und lauschte. Zum wiederholten Male hatte er sich eingebildet, hinter sich Schritte zu hören, doch jedes Mal, wenn er stehen blieb, verstummten auch diese. Er schaute sich in alle Richtungen um, doch es war kein Mensch zu sehen. Wie auch, bei dem dichten Nebel? Insgeheim hoffte er darauf, noch jemandem zu begegnen, mit dem er ein letztes Bier kippen konnte. Zum Zubettgehen war es noch zu früh, auch wollte er den Abend nicht vor dem Fernseher verbringen, denn das Programm langweilte ihn zu Tode. Ob er einfach noch mal zurück in Ilses Kneipe ging? Er schüttelte den Kopf. Nein, ihr ständiges Flirten oder das, was sie dafür hielt, konnte er heute wirklich nicht ertragen.

Also setzte er seinen Weg fort, der ihn zu seinem Erstaunen direkt an den Strand führte. Normalerweise trieb ihn in der Nacht nichts ans Wasser, und er hatte auch keine Ahnung, was er dort ausgerechnet bei dichtem Nebel wollte. Aber sei's drum. Alles war besser, als in ein leeres Zuhause zurückzukehren, in dem niemand außer einer altersschwachen und stets schläfrigen Katze auf ihn wartete.

Am Strand war es stockdunkel. Harm fiel ein, dass heute Vollmond war, doch verlieh dieser den Wolkenrändern lediglich einen gelblich trüben Schimmer. In dieser Nacht würde auf Baltrum wohl niemand mehr das Vergnügen haben, ihn in seiner ganzen Schönheit zu betrachten, denn sowohl Nebel als auch Wolkendecke wurden immer dichter, was daran liegen mochte, dass der Wind fast komplett eingeschlafen war.

Das Rauschen der Wellen war einem leisen Plätschern gewichen. Harm konnte das Wasser allenfalls erahnen, nicht aber sehen. Auch die Dünen erschienen als kaum wahrnehmbare Schatten, obwohl sie nur wenige Schritte entfernt waren.

Harm fröstelte trotz der warmen Kleidung, die er trug. Er zog seine Wollmütze tiefer über die Ohren und zog den Kragen seines Seemannpullovers über das Kinn. »Verdammt, was mache ich hier eigentlich?«, fluchte er. »Ist doch eine Scheißidee, zu dieser Zeit noch an den Strand zu gehen.«

Gerade wollte er den Rückweg durch die Dünen antreten, als er ein Knirschen hörte. Unschwer erkannte er das Geräusch von Schritten auf nassem Sand. Sie kamen näher. Der Nebel war nun so dicht, dass er nicht einmal mehr ein paar Meter weit sehen konnte. Er horchte in alle Richtungen, doch fiel es ihm schwer zu sagen, woher genau die Schritte kamen. Das Knirschen wurde lauter. Und war da nicht auch ein unterdrücktes Wimmern? »Ist da jemand?«, rief Harm in die Dunkelheit hinein. Keine Antwort. Er spürte, wie ihm der kalte Schweiß ausbrach, schimpfte sich aber sofort einen Idioten. Wer sollte sich hier am Strand schon herumtreiben und Böses im Schilde führen? »Hallo? Ist da jemand?« Wieder nichts.

Das Knirschen kam näher.

»Leck mich doch!« Harm trat den Rückzug an. Wer auch immer sich vorgenommen hatte, ihm einen Schrecken einzujagen, der konnte sehen, wo er blieb. Er, Harm, würde jetzt nach Hause gehen, sich einen heißen Grog machen und gemütlich die Füße hochlegen.

Doch gerade, als er die ersten Schritte gemacht hatte, spürte er einen dumpfen Schmerz am Hinterkopf. Es wurde schwarz um ihn.

2

Nur wenige Menschen machten sich an diesem Morgen auf den Weg nach Baltrum. Es kam ab und zu mal vor, dass Hauptkommissar David Büttner mit der Fähre zu einer der ostfriesischen Inseln übersetzte, doch konnte er sich nicht erinnern, jemals mit so wenig Passagieren gemeinsam die Fahrt angetreten zu haben wie heute. Trotz des trüben Wetters stand er an der Reling und schaute auf die Nordsee hinaus.

Der selbst für ostfriesische Verhältnisse ungewöhnlich dichte Nebel hatte sich am Morgen gelichtet, wenn auch die Sicht nach wie vor durch einen diesigen Schleier begrenzt war. Wenigstens gab es kaum Seegang, die Fähre glitt ruhig seinem Ziel entgegen. Alles andere wäre auch fatal gewesen, denn Büttner war nicht seefest.

Eigentlich war er ganz froh über diesen Ausflug, denn die letzten Monate waren schwer gewesen. Gott sei Dank hatte sich seine Frau Susanne, die im Herbst das Opfer eines Racheakts geworden und dabei schwer am Kopf verletzt worden war, inzwischen ganz gut erholt. Bleibende Schäden waren nicht zu befürchten, aber sie klagte ab und zu über Kopfschmerzen. Es würde wohl noch eine Weile dauern, bis sie wieder ganz die Alte war. Man müsse Geduld haben, war der Lieblingsspruch der behandelnden Ärzte. Als hätten sie alle davon nicht schon mehr als genug aufgebracht.

Erst jetzt, da sich ihr Leben wieder normalisierte, realisierte Büttner so langsam, wie sehr ihn dieser emotionale Stress mitgenommen hatte. Er war überzeugt, dass ihn die Sorge um Susanne um Jahre hatte altern lassen. Er fühlte sich ausgelaugt und antriebslos. Ein bisschen Seeluft tat da ganz gut. Und wenn man ihm jetzt noch einen ...

»Kaffee?«

Als hätte Sebastian Hasenkrug seine Gedanken gelesen, streckte er ihm einen Porzellanbecher entgegen. »Bevor Sie hier oben erfrieren, dachte ich«, fügte er hinzu. Wie zur Unterstreichung seiner Worte schlang er seinen dicken Wollschal bis über die Ohren. Er sah seinen Chef prüfend an. »Alles okay mit Ihnen? Ich meine, so kenne ich Sie gar nicht, dass Sie sich freiwillig den Wind um die Nase wehen lassen.«

»Ich mich auch nicht«, murmelte Büttner und nahm den Becher mit einem dankbaren Nicken entgegen. »Ist vielleicht ganz gut, dass wir jetzt wieder einen Fall haben. Dieser ständige Bürodienst macht einen ganz kirre.«

Sebastian Hasenkrug hob erstaunt die Brauen. »Und das aus Ihrem Mund ...«

»Es war eine harte Zeit, Hasenkrug. Eine verdammt harte Zeit.«

»Ja, natürlich, ich weiß.« Sein Assistent schien sofort zu wissen, wovon sein Chef sprach. »Umso schöner, dass es endlich bergauf geht. Und ja, vielleicht lenkt Sie ein Mordfall ein wenig ab. Bleibt nur zu hoffen, dass es ein ordentlicher Fall ist.«

»Das wird uns unsere Gerichtsmedizinerin hoffentlich gleich sagen können.«

»Frau Doktor Wilkens ist schon auf der Insel«, nickte Hasenkrug. »Vermutlich ...« Er stutzte, als in diesem Moment sein Handy klingelte. »Wenn man vom Teufel ... Ja, Frau Doktor Wilkens?«

Als Hasenkrug sein Handy wenig später in die Tasche

zurückschob, sagte er: »Sieht so aus, als stünde der Mörder bereits fest.«

Büttner stöhnte auf. »Das hätten Sie mir auch schonender beibringen können. Nun seien Sie doch nicht eine solche Spaßbremse, Hasenkrug!« Er nippte an seinem Kaffee. »Und wieso stellt sich der Mörder freiwillig?«

»Er lag neben der Leiche.«

»Bitte?«

»Man ist wohl zunächst davon ausgegangen, dass es zwei Leichen sind. Aber während die Frau tatsächlich tot war, lebte der Herr noch, der neben ihr lag. War nur ein wenig unterkühlt. Er steht nun unter der Aufsicht des Inselarztes.«

»Und wieso sollte er sich nach dem Mord neben sein Opfer legen? Das ergibt keinen Sinn.«

»Scheint mir auch so. Aber angeblich hielt er die Tatwaffe in der Hand.«

»Ergibt immer noch keinen Sinn. Hat er gestanden?«

»Nein. Er behauptet, er sei niedergeschlagen worden. Aber unser Kollege, also der Inselpolizist, glaubt ihm nicht. Obwohl der Mann eine Beule am Kopf hat.«

»Na also. Da kommen wir der Sache ja schon näher. Der verehrte Herr Kollege hat wohl nur keine Lust auf Ermittlungen. Und was sagt Doktor Wilkens?«

»Dass sie uns erst nach der Obduktion Genaueres sagen kann. Zu dem Herrn hat sie keine Meinung, denn der war bereits beim Arzt, als sie am Tatort eintraf.«

»Dann werden wir uns den Herrn mal genauer anschauen. Ist er ansprechbar?«

Hasenkrug zuckte die Schultern. »Keine Ahnung. Wie gesagt ...«

Büttner hob die Hand. »Schon gut. Wir werden ja sehen.« Ein Blick in Fahrtrichtung sagte ihm, dass sie bald im Hafen von Baltrum anlegen würden. »Ist es weit zum Tatort?« Er zögerte. »Oder hat man den Leichnam bereits weggeschafft?«

»Nein. Man hat ihn an Ort und Stelle belassen, damit wir uns ein Bild machen können.«

»Na ja, für die tote Frau dürfte es egal sein, die holt sich keinen Schnupfen mehr.« Büttner deutete auf seine Tasse. »Wohin gehört die?«

»Ich bringe sie runter«, bot sich Hasenkrug an. »Wir sehen uns dann am Ausgang.«

Anscheinend verfügte der Inselpolizist, der sich ihnen als Thilo Küppers vorstellte, über genügend Autorität in seinem Einsatzbereich, denn am Tatort hielt sich außer ihm, den Mitarbeitern der Spurensicherung und der Gerichtsmedizinerin kein Mensch auf. Allerdings hatte er den entsprechenden Strandabschnitt mit rot-weißem Flatterband auch so weiträumig abgesperrt, dass man vom Geschehen unmöglich etwas erkennen konnte, wenn man sich jenseits des Bandes befand.

»Ich war da lieber mal ein bisschen großzügiger«, deutete Küppers auf die Absperrung, als Büttner diese kritisch musterte. »Die Handys haben heutzutage alle Zoom. Und ich kenne doch meine Pappenheimer. Wenn die ein gutes Foto wittern, mit dem sie bei der Presse oder so punkten können, dann sind sie schnell bei der Sache. Und ich hab nun ja wirklich keine Lust, dass ich mich um so ’nen Scheiß auch noch kümmern muss. Also, dass ich dann mit denen reden muss oder so.«

»Natürlich nicht.« Büttner musterte den recht korpulenten Mann mit grauem Haarkranz und fragte sich, wie man gestrickt sein musste, um sein Leben als Inselpolizist zu fristen.

Kaum vorstellbar, dass es in diesem Job allzu viel zu tun gab. Und wenn dann wirklich mal etwas vorfiel, wie jetzt zum Beispiel, dann wurden ruckzuck die zuständigen Kollegen vom Festland herbeigerufen und schon war man praktisch wieder arbeitslos. Aber gut, das sollte nicht sein Problem sein. Er wandte sich der Gerichtsmedizinerin zu. »Moin, Anja.«

»Moin, David.« Sie lächelte ihm zu, dann sah sie sich um. »Heute ohne deinen Assistenten?«

»Hasenkrug ist auf der Insel unterwegs und befragt Zeugen.«

»Verstehe. Und bei euch zu Hause? Alles okay?« Sie und ihr Mann Rolf hatten sich während Susannes Krankenhausaufenthalts und auch danach ganz rührend um sie gekümmert, und aus dem bis dahin rein dienstlichen Verhältnis war inzwischen eine enge Freundschaft der beiden Ehepaare geworden.

»Ja, alles gut soweit. Susanne geht es jeden Tag besser.«

»Das ist schön. Ich werde sie in den kommenden Tagen mal wieder besuchen. Könnte mir vorstellen, dass ihr so langsam die Decke auf den Kopf fällt.«

»Das kannst du laut sagen.« Büttner fuhr sich müde übers Gesicht. »Am liebsten würde sie wieder arbeiten gehen, aber das haben die Ärzte ihr strikt untersagt.«

»Zu Recht. Bis zu den Osterferien sollte sie mindestens noch zu Hause bleiben. Die Arbeit als Lehrerin würde sie zurzeit noch heillos überfordern.«

Büttner nickte zustimmend, dann deutete er auf die Tote.

Sie mochte um die sechzig Jahre alt sein, auch wenn das in dem wenig ansehnlichen Zustand, in dem sie sich befand, nur schwer zu schätzen war. Der Regen hatte sie völlig durchnässt, und ganz offensichtlich war sie auch der letzten Flut ausgesetzt gewesen, denn Körper und Kleidung waren über und über mit Sand und Algen bedeckt. »Wurde sie angespült?«, fragte er.

»Nein. Fundort ist gleich Tatort.« Doktor Wilkens schabte mit ihren behandschuhten Händen im Sand herum und legte eine dunkle Stelle frei. »Ihr Blut ist in den Sand gesickert. So, wie es aussieht, ist es eine ganze Menge. Was bei der Stichverletzung, die man ihr zugefügt hat, auch nicht verwunderlich ist.«

»Sie wurde erstochen?«

»Ja. Der Stich hat ihren linken Lungenflügel durchbohrt. Sie hatte keine Chance, ist vermutlich innerhalb kürzester Zeit verblutet.« Doktor Wilkens hob einen Plastikbeutel hoch, in dem ein blutverschmiertes Messer steckte. Ein großes Messer, wie man es gemeinhin in der Küche zum Zerlegen von Fleisch benutzte.

Büttner verzog das Gesicht. Wenn dieses Messer in der Lunge der Frau gesteckt hatte, dann verwunderte es nicht, dass sie den Angriff nicht überlebt hatte.

»Hatte sie ihr Handy dabei?«

»Nein. Vielleicht hat sie es zu Hause gelassen.« Anja Wilkens deutete auf die Halskette der Toten. »Dafür trägt sie teuren Schmuck. Eine schwere goldene Kette mit Edelsteinen besetzt.«

»Dann können wir wohl davon ausgehen, dass es sich nicht um einen Raubmord handelt«, konstatierte Büttner.

»Das wollte ich damit sagen.«

»Wer ist der Mann, den man bei ihr gefunden hat?«

»Harm Tholen«, beeilte sich Thilo Küppers zu sagen. »Er ist hier aufgewachsen und wohnt hier immer noch. Sechsundsechzig Jahre alt, seit einem Jahr Rentner. Verwitwet. Seine Frau starb vor wenigen Monaten. Er verdient sich ein wenig Geld hinzu, indem er die Koffer der Touristen vom Hafen in die Stadt transportiert und umgekehrt.«

»Was hat Herr Tholen gemacht, bevor er verrentet wurde?«

»Er war Metzger.«

»Ach was.« Büttners Blick fiel erneut aufs Fleischmesser. »Und Sie glauben, dass er diese Frau ... ähm ... wie war noch gleich ihr Name?«

»Helga Brandes.«

»Sie glauben, dass er Frau Brandes umgebracht hat? Was hätte er für ein Motiv?«

»Das weiß ich nicht.« Küppers klang nun fast trotzig. »Aber wer soll es denn sonst gewesen sein? Harm hielt das Messer in der Hand, als er gefunden wurde. Die Sache dürfte klar sein.«

»So, dürfte sie das.« Büttner sah ihn tadelnd an. »Ein bisschen glatt, finden Sie nicht? Schon mal auf die Idee gekommen, dass man ihm den Mord einfach nur anhängen wollte?«

»Und warum sollte das jemand tun?« Küppers imitierte Büttners sarkastischen Tonfall. »Und was hätte Harm hier mitten in der Nacht am Strand zu tun gehabt? Harm ging nachts nie an den Strand, schon gar nicht zu dieser Jahreszeit und schon gar nicht bei dem Wetter. Kein Einheimischer würde bei dem Wetter an den Strand gehen. Warum auch?«

»Leuchtet mir trotzdem nicht ein.« Büttner wandte sich wieder Anja Wilkens zu. »Hast du diesen Harm Tholen noch gesehen?«

»Nein. Er wurde direkt, also noch vor meinem Eintreffen, zum Inselarzt gebracht«, bestätigte die Ärztin Hasenkrugs Aussage.

»Du weißt auch nicht, wie lange er bewusstlos war und wann genau er gefunden wurde?«

»Nein. Das erfährst du vermutlich alles von ihm selbst. Sobald er ansprechbar ist.«

»Aber den Todeszeitpunkt dieser Dame hier, den kannst du benennen.«

»Einer ersten Schätzung nach würde ich sagen, dass sie zwischen zwanzig und einundzwanzig Uhr am gestrigen Abend verstorben sein muss. Plus/minus eine halbe Stunde. Ich werde es dir später genauer sagen können.«

»Und sie lebte auch auf Baltrum?«, fragte Büttner den Inselpolizisten.

»Ja. Auch schon immer.«

»Ist sie auch verwitwet?«

»Ja.«

Büttner nickte, dann fragte er die Ärztin: »Ich nehme an, der Leichnam wird aufs Festland gebracht?«

»Ja, natürlich. In die Gerichtsmedizin. Ich muss nur noch abklären, mit welchem Schiff sie aufs Festland gebracht wird.«

»Dann gib mir bitte Bescheid, wenn es so weit ist.«

»Natürlich.«

»Gut. Dann werde ich mich jetzt mal zur Arztpraxis begeben und ein Gespräch mit Harm Tholen führen. Dürfte interessant sein, was der zu sagen hat.«

»Ein Geständnis wird's wohl kaum sein«, brummte Küppers. »Das hab ich auch schon versucht.«

»Ich würde auch kein Geständnis ablegen, wenn ich mir keiner Schuld bewusst bin«, erwiderte Büttner. »Und nun bringen Sie mich bitte zur Praxis.« Büttner nickte Doktor Wilkens kurz zu, dann griff er nach seinem Handy, um Hasenkrug Bescheid zu geben.

3

Sebastian Hasenkrug wartete bereits im Eingangsbereich der Arztpraxis, als David Büttner in Begleitung von Thilo Küppers dort eintraf. Gerade steckte er sein Smartphone zurück in die Jackentasche und sah dabei alles andere als zufrieden aus.

»Und? Haben Sie den Fall gelöst?«, witzelte Büttner.

Hasenkrug verzog das Gesicht. »Klar. Mörder verhaftet. Was wohl sonst, bei all den gesprächigen Baltrumern, mit denen ich mich zwischenzeitlich unterhalten habe.«

»Bei den Unterhaltungen hat es sich eher um Monologe als um Dialoge gehandelt, oder täusche ich mich da?« Büttner hatte schon befürchtet, dass es bei den Insulanern nicht ganz einfach werden würde, sie zum Sprechen zu bewegen. Was ihre Auskunftsfreude gegenüber Fremden anbelangte, waren sie als noch sturer bekannt als die Ostfriesen vom Festland. Und das sollte schon was heißen.

»Nichts habe ich erfahren«, schimpfte Hasenkrug. »Gar nichts.« Er warf seinem Kollegen Küppers einen Blick zu, als wäre der schuld an dem Schlamassel. Der jedoch hob abwehrend die Hände und sagte hastig: »Wenn Sie jetzt glauben, dass ich mehr aus ihnen herausbekomme als Sie, dann muss ich Sie enttäuschen. Die sagen nichts, schon allein, um Harm keine Maleschen zu machen. Ist hier ziemlich beliebt, der Kerl.«

»Wohl nicht bei allen«, gab Büttner zu bedenken. »Schließlich hat ihn jemand niedergeschlagen und will ihm einen Mord anhängen. Klingt mir nicht gerade nach inniger Freundschaft.«

»Das ist bestimmt keiner von uns, der so was tut«, warf Küppers ein.

»Der unbekannte Fremde also?« Büttner schüttelte den Kopf. »Das glauben Sie doch wohl selbst nicht.«

»Na ja, wie gesagt. Die Insulaner werden nichts sagen. Nicht zur Polizei. Auch nicht, wenn ich einer von ihnen bin.«

»Sie könnten es wenigstens versuchen.«

»Keine Chance. Wenn Sie etwas herausfinden wollen, dann müssen Sie es anders angehen.«

»Und wie?« Büttner und Hasenkrug sahen ihn interessiert an.

»Am besten gehen Sie heute Abend in die Kneipe, in der Harm immer verkehrt. Helga war da auch oft. Anzunehmen, dass die Stammgäste heute Abend kein anderes Thema kennen.«

Büttner seufzte. »Das hätten Sie auch gleich sagen können. Hätte ich das gewusst, dann hätte ich meinen Kollegen inkognito dorthin geschickt. Das können wir ja nun knicken. Wenn wir uns zu denen an die Theke setzen und sie uns als die Polizisten erkennen, die sie schon tagsüber genervt haben, dann sagen sie doch auch kein Wort mehr.«

Küppers kratzte sich am Kopf. »Damit könnten Sie wohl recht haben.«

Hasenkrug sah seinen Chef mit schiefgelegtem Kopf an. »Sind Sie sich sicher, Chef, dass man Sie erkennen würde? Ich meine, Sie haben bislang doch keinen Zeugen befragt, sondern waren lediglich am Tatort, oder? Dort dürfte Sie keiner von denen aus der Kneipe gesehen haben.«

Das war nicht unbedingt das, was Büttner hatte hören

wollen, denn ihm dämmerte, dass er dann auf der Insel würde übernachten müssen. Eigentlich hatte er seiner Frau versprochen, zum Abendessen wieder zurück zu sein. »Es wird sich schnell rumsprechen, dass ...«, setzte er zum Widerspruch an, wurde jedoch von Hasenkrug unterbrochen: »Einen Versuch ist es wert. Ich denke, es könnte klappen.«

»Denke ich auch«, nickte Küppers. »Ilse kocht auch ganz prima, bei ihr bekommen Sie bestimmt was Gutes zu essen, heute Abend.«

»Wer ist Ilse?«, knurrte Büttner.

»Die Wirtin vom *Smutje*.«

»Heißt so die Gaststätte, in die Sie mich nötigen wollen?«

Hasenkrug und Küppers nickten.

»Na ja, ich denke mal drüber nach«, wich Büttner einer Zusage aus. Zuerst wollte er mit Susanne telefonieren. Davon mal abgesehen, dass er gerne mit ihr zu Abend essen würde, ließ er sie immer noch nicht gerne allein. »Jetzt werden wir uns erst einmal diesen Harm Tholen vorknöpfen. Haben Sie schon herausgefunden, wo genau wir ihn finden und wenn ja, ob er ansprechbar ist?«

»Zweimal ja. Folgen Sie mir einfach.«

Thilo Küppers räusperte sich. »Wenn es Ihnen nichts ausmacht, dann würde ich jetzt gerne zur Polizeistation zurückgehen. Könnte mir vorstellen, dass es zum Mord an Helga und so ein paar Fragen gibt. Die Leute machen sich ja doch Sorgen, wenn mir nix, dir nix jemand von ihnen umgebracht wird. Ist ja nicht schön, so was. Weiß man ja nie, ob sich nicht so 'n Geisteskranker auf der Insel rumtreibt. Und Harm können sie ja jetzt nicht fragen, wird ja keiner zu ihm gelassen.«

»Das ist auch gut so«, meinte Büttner. »Ich rufe Sie

später an, Herr Kollege, und gebe Ihnen Bescheid, ob ich heute Nacht auf der Insel bleibe.« Vorsichtshalber fügte er mit erhobenem Zeigefinger hinzu: »Und erzählen Sie niemandem von meinem Plan, mich in der Kneipe ein wenig umzuhören. Absolut niemandem, verstehen Sie?«

»Na-natürlich nicht«, stammelte Küppers, blickte ihn dabei jedoch nicht an, sondern beeilte sich ohne einen Gruß, nach draußen zu kommen.

»Was war denn das für eine seltsame Reaktion?« Zwischen Hasenkrugs Augen zeigte sich eine steile Falte.

»Irgendwas weiß der, was er uns nicht sagen will«, erwiderte Büttner. »Immerhin gehört auch er zu den Insulanern. Vermutlich will er ihnen nicht auf die Füße treten.«

»Es geht um einen Mord.« Hasenkrug klang nun ehrlich empört. »Noch dazu um einen Mord an einer von ihnen. Ein bisschen mehr Kooperation dürfte man da doch wohl erwarten.«

»Bin mal gespannt, wann sie den Auswärtigen aus dem Hut zaubern, der es angeblich gewesen sein soll«, meinte Büttner, während er seinem Assistenten folgte.

»Sie glauben, dass sie jemand Bestimmten im Visier haben, dem sie den Mord anhängen wollen?«

»Wundern würde es mich jedenfalls nicht. Aber jetzt sprechen wir erst mal mit dem zweiten Opfer. Vielleicht sind wir nach dem Gespräch mit ihm ja schon schlauer.« Und hoffentlich erübrigt sich dann der abendliche Besuch in der Gaststätte, fügte er in Gedanken hinzu, sprach es jedoch nicht laut aus.

Harm Tholen lag alleine im Krankenzimmer, sein Kopf war bandagiert. Er schaute den Polizisten aus rot unterlaufenen Augen entgegen. In seinem Blick lag Misstrauen.

Büttner hielt ihm seinen Dienstausweis entgegen und stellte sich und Hasenkrug vor. Der misstrauische Blick blieb.

»Ich weiß nix«, brummte Tholen, dessen stämmiger Körper in dem Krankenhaushemd, das der Inselarzt irgendwo herausgekramt haben musste, ein wenig deplatziert wirkte.

»Sie werden des Mordes an Helga Brandes verdächtigt«, erwiderte Büttner. »Ich an Ihrer Stelle hätte dazu schon so einiges zu sagen.«

»Sie sind aber nicht an meiner Stelle.«

»Schildern Sie uns doch einfach mal, was gestern Abend am Strand passiert ist«, versuchte es Hasenkrug. »Es muss doch auch in Ihrem Interesse liegen, dass der Fall so rasch wie möglich aufgeklärt wird.«

»Das glauben Sie doch wohl selbst nicht, dass ich jetzt so einfach ein Geständnis ablege.« Tholen blickte starr vor sich an die Wand, sein Atem ging stoßweise. »Sie können mich ja verhaften, aber sagen tu ich trotzdem nix. Ich war es nämlich nicht.«

»Keiner spricht von einem Geständnis«, versuchte Büttner, ihn zu beruhigen. »Wenn Sie tatsächlich nicht der Täter sind, ist es umso wichtiger, dass Sie uns alles sagen, was Sie wissen. Also?«

Tholen hob die Hand und winkte ab. »Nee, nee, nicht mit mir. Ich sag nur was, wenn mein Anwalt dabei ist. Sieht man ja immer wieder im Fernsehen, wie schnell man im Knast sitzt, nur weil man was Falsches gesagt hat. Ich sag nix.«

Büttner stöhnte innerlich auf. Das konnte ja heiter werden. Doch noch ehe er einen weiteren Versuch starten konnte, den Mann zum Reden zu bringen, öffnete sich die Tür und der Arzt, der sie an der Tür bereits begrüßt hatte, betrat den Raum. Büttner schätzte ihn auf deutlich über sechzig, wenn nicht gar Anfang bis Mitte siebzig. Womöglich gehörte er zu den Ärzten, die keinen Nachfolger für ihre Praxis fanden und aus Treue zu den Patienten ihren Job erledigten, bis sie selber tot umfielen. »Wirklich tragisch, dass so was auf unserer schönen Insel passiert«, sagte Krüger. »Und dann ausgerechnet Helga. Ich kann es noch immer nicht begreifen.«

»Sie kannten Frau Brandes näher?«, hakte Hasenkrug nach.

»Baltrum ist eine kleine Insel, da kennt jeder jeden.« Er trat ans Bett heran und fühlte seinem Patienten den Puls. »Du solltest dich wieder abregen, Harm. Denk an deinen Blutdruck.«

Harm Tholen entzog ihm schroff seinen Arm. »Na, du hast gut reden, Christoph! An deinem Bett steht ja auch keiner und will dich verhaften.«

Der Arzt sah Büttner überrascht an. »Sie wollen Harm verhaften? Also, da hätte ich dann ja auch noch ein Wörtchen mitzureden.«

Büttner schnaubte verärgert. »Ich weiß wirklich nicht, wo das Problem ist. Wir sind lediglich hier, um Herrn Tholen als Zeugen zu befragen. Und ich habe nicht den Eindruck, dass ...«

»Ich weiß nichts«, wiederholte Harm Tholen in bockigem Tonfall.

»Ich nehme an, Sie haben Herrn Tholen intensiv untersucht?«, fragte Hasenkrug.

»Du sagst nichts!«, fauchte Tholen den Arzt an. »Wäre ja noch schöner, wenn du vor denen alles ausbreitest. Ich frag die ja auch nicht, ob sie unter Hämorrhoiden leiden. Oder was auch immer.«

»Es geht um Mord«, klärte Büttner ihn auf. »Und Sie sind ebenfalls Opfer eines Verbrechens geworden. Wir haben alles Recht der Welt, von Ihrem Arzt zu erfahren, was genau mit Ihnen geschehen ist.«

Harm Tholen hob erstaunt den Blick. »Sie halten mich nicht für den Mörder?«

»Derzeit ermitteln wir in alle Richtungen«, antwortete Büttner. »Wenn Sie tatsächlich nicht der Mörder von Helga Brandes sind, dann werden wir es herausbekommen. Dazu müssten Sie allerdings mit uns kooperieren. Wenn Sie es nicht tun, müssen wir natürlich annehmen, dass Sie etwas zu verbergen haben.«

Harm Tholen klopfte sich mit dem Finger auf die Brust. »Ich?«, rief er empört aus. »Ich soll was zu verbergen haben? Da geht man einmal am Strand spazieren und schon ist man plötzlich ein Mörder. Na, das kann ich ja leiden.« Er runzelte die Stirn, dann schaute er zum Doktor und sagte: »Na gut, kannst den beiden alles sagen. Hauptsache, sie lassen mich mit diesem Mörderscheiß in Ruhe.«

»Wie standen Sie zu Helga Brandes?«, fragte Büttner, bevor er den Arzt zu Wort kommen ließ. »Haben Sie sie gut gekannt?«

»Jo. Sie war mit Gertrud befreundet, also mit meiner Frau. Wir kannten uns schon als Kinder, waren aber ein paar Jahre auseinander. Über Helga hab ich Gertrud damals kennengelernt.« Er lächelte wehmütig.

Hasenkrug versuchte es erneut. »Was genau ist am Strand geschehen, Herr Tholen?«

»Was ich gesagt hab. Ich bin da rumgelaufen, es war dunkel und neblig und ich hab kaum was gesehen. Wollte gerade gehen, als ich Schritte im Sand hörte. Und so 'n unterdrücktes Wimmern oder so. Dann der Schlag gegen meinen Kopf, dann Filmriss. Mehr weiß ich nicht, bis ich hier aufgewacht bin und Christoph sagte, dass Helga tot ist.«

»Es muss ja ein heftiger Schlag gewesen sein, wenn Herr Tholen so lange bewusstlos war«, wandte sich Büttner an den Arzt.

»Es war nicht nur der Schlag auf den Kopf«, erklärte Krüger. »Harm wurde ein Betäubungsmittel gespritzt. Vermutlich nach dem Schlag.« Er tippte auf Tholens Oberarm. »Eine ziemlich hohe Dosis. Hätte Harm keine so gute körperliche Konstitution, hätte diese Dosis auch sein Ende bedeuten können. Genauso wie die Unterkühlung, die er davongetragen hat.«

»War das womöglich sogar die Absicht?«

»Das müssten Sie den Täter fragen. Wenn er sich mit dem Zeug auskennt, hat er zumindest in Kauf genommen, dass Harm stirbt.«

Büttner machte sich gedanklich eine Notiz, die Spurensicherer nach einer Spritze zu fragen. Womöglich hatten sie ja noch etwas gefunden, nachdem er gegangen war. Es würde wenig Sinn ergeben, Harm Tholen ein Betäubungsmittel zu injizieren und dann die Spritze einzustecken, wenn man ihn zum Mörder von Helga Brandes stempeln wollte. Jeder klar denkende Mensch hätte es in diesem Fall wie einen erweiterten Selbstmord aussehen lassen und Tholen nicht nur das Messer, sondern auch die Spritze in die Hand gedrückt. Natürlich durfte man nicht außer Acht lassen, dass die Spritze womöglich von der Flut davongetragen worden war. Was für die Aufklärung des Falls nicht gerade hilfreich wäre.

»Wer hat die beiden am Strand gefunden?«, fragte Büttner an den Arzt gewandt.

»Ich hab sie gefunden, bei meinem morgendlichen Strandspaziergang. Ich hab dann gleich Thilo Küppers angerufen und dafür gesorgt, dass Harm ins Warme kommt.«

»Gut«, sagte Büttner. »Dann erholen Sie sich jetzt erst mal, Herr Tholen. Wenn wir Fragen haben, kommen wir wieder auf Sie zu.« Büttner nickte dem Arzt zu. »Das Gleiche gilt für Sie. Vielen Dank soweit für Ihre Unterstützung.«

»Da nicht für. Immer gerne.«

»Herr Kommissar?«, meldete sich Harm Tholen noch einmal zu Wort. In seinen Augen standen Tränen. »Bitte finden Sie das Schwein, das Helga das angetan hat. Sie hatte es nicht verdient, so zu sterben. Sie war ein guter Mensch.«

»Wir tun, was wir können, Herr Tholen.« In diesem Moment wurde Büttner klar, dass ihm gar nichts anderes übrig blieb, als über Nacht auf der Insel zu bleiben. Hoffentlich gab es im *Smutje* wenigstens einen anständigen Grog.

4

Das *Smutje* hatte weniger Gäste, als David Büttner angenommen hatte. Eigentlich hatte er damit gerechnet, hier mindestens die Hälfte der Baltrumer Bevölkerung anzutreffen, war dieses doch die einzige Lokalität, die um diese Jahreszeit noch geöffnet hatte und in der man sich über die neuesten Ereignisse austauschen konnte. Aber anscheinend war das Bedürfnis dazu nicht so groß, wie er es sich vorgestellt hatte.

Auf dem Weg hierher war er durch nahezu ausgestorbene Straßen gelaufen, nur in wenigen Häusern brannte Licht. Lediglich die eine oder andere Katze hatte seinen Weg gekreuzt. Allerdings verwunderte es ihn nicht, dass sich niemand draußen aufhielt, denn die Temperaturen bewegten sich um den Gefrierpunkt. Der Nebel hatte sich verzogen, war jedoch durch einen schneidenden Wind ersetzt worden, der Büttner den Nieselregen waagerecht ins Gesicht trieb. Es war wahrlich kein Vergnügen, sich im Freien herumzutreiben.

Thilo Küppers hatte Büttner eine kleine, schlicht eingerichtete Ferienwohnung zur Verfügung gestellt, die er mit seiner Frau bewirtschaftete, da die einzige Pension, die auf Baltrum zu dieser Jahreszeit noch geöffnet hatte, belegt war. Sogar eine Zahnbürste und Zahnpasta sowie Duschgel und Handtücher fand er im Bad vor. Da niemand mit einem Gast gerechnet hatte, war allerdings die Heizung ausgestellt gewesen, und Büttner hatte schnell wieder die Flucht ergriffen. Er hoffte, dass es in den Räumen einigermaßen warm sein würde, wenn er später zurückkehrte. Nun aber drängte alles in ihm nach einem guten Abendessen.

Büttner nickte kurz in die Runde, bevor er seine Jacke über die Stuhllehne hängte und sich an einen Tisch für zwei Personen setzte. Keiner grüßte zurück, zu sehr waren die vier Männer, die am Nebentisch saßen, in ihr Gespräch vertieft. Auf ihrem Tisch stand ein blecherner Wimpel mit der Aufschrift Stammtisch, vor jedem der Männer standen ein Pils und ein Korn. Büttner fragte sich, ob sie sein Erscheinen überhaupt wahrgenommen hatten.

»Was darf's denn sein?« Neben ihm hatte sich eine dralle ältere Frau mit hochgestecktem, grauem Haar und rosigen Wangen aufgebaut und lächelte ihn mit in die Hüften gestemmten Armen an. Büttner vermutete, dass es sich bei ihr um besagte Wirtin Ilse handelte. Noch ehe er antworten konnte, fügte sie hinzu: »Sie haben wohl die Fähre verpasst. Oder warum sonst sind Sie bei diesem Schietwetter noch hier?«

»Muss mal ausspannen«, murmelte Büttner. Er fragte sich, ob der Inselpolizist wirklich seine Klappe gehalten hatte oder ob hier alle nur so taten, als hätten sie keine Ahnung, um wen es sich bei ihm handelte. »Was haben Sie denn zum Abendessen im Angebot?«, fragte er, woraufhin prompt sein Magen anfing zu knurren. Seit dem Frühstück hatte er nichts mehr gegessen, es wurde wirklich Zeit für eine gute Mahlzeit.

»Heute habe ich Schweinebraten mit Kartoffelbrei und Sauerkraut.«

Das klang perfekt. Büttner strahlte. »Eine große Portion, bitte, und dazu ein Pils.«

»Kommt sofort.«

»Ilse, bringst du uns noch eine Runde?«, rief ein Mann vom Nebentisch herüber.

»Jo«, lautete die knappe Antwort. Sie verschwand hinter der Theke und zapfte fünf Bier an, gleich darauf verschwand sie in einem Raum, von dem Büttner annahm, dass es sich um die Küche handelte.

Er sah sich in der rustikal eingerichteten Kneipe um. Schon seit Längerem war er in keiner Raucherkneipe mehr gewesen, der Zigarettenrauch brannte ihm in den Augen. Neben dem Stammtisch war nur noch ein weiterer der insgesamt acht Tische besetzt. An ihm saßen zwei Männer um die vierzig und unterhielten sich angeregt, jedoch mit gesenkten Stimmen. Vor jedem von ihnen standen ein Teller mit Currywurst und Pommes sowie ein Weizenbier.

Es dauerte etwa eine Viertelstunde, bis die Wirtin nach dem Bier auch den Schweinebraten brachte. Er roch ganz köstlich. Dennoch besann sich Büttner auf sein Anliegen. »Ich habe gehört, dass heute am Strand eine Leiche gefunden wurde. Ich hoffe doch, da hat sich jemand nur einen schlechten Scherz erlaubt«, sagte er in einer solchen Lautstärke, dass ihn auch die anderen Gäste hören mussten. Prompt kehrte am Stammtisch Ruhe ein, und auch die Currywurstesser schauten nun interessiert zu ihm herüber.

Ilse zögerte nach einem schnellen Blick zum Stammtisch, dann sagte sie: »Nein, leider ist es kein Scherz. Eine Frau wurde tot aufgefunden. Das ist leider die Wahrheit.«

»Wie furchtbar.« Büttner bemühte sich, möglichst betreten dreinzuschauen. »War es eine Urlauberin? Man hört ja immer wieder, dass Leute unbedacht ins Watt laufen und dann von der Flut überrascht werden.«

»Ich wüsste nicht, was dich das angeht!«, donnerte eine tiefe Stimme so plötzlich los, dass Büttner unwillkürlich zusammenschrak. Er blickte auf. Ein kräftig gebauter Mann von vielleicht sechzig Jahren war aufgesprungen und hatte seine Faust auf den Tisch niederfahren lassen. Das frisch gezapfte Bier schwappte aus den Gläsern. Sein Gesicht war wutverzerrt, und er schaute Büttner hasserfüllt an.

Auch der Wirtin stand der Schreck für einen Moment ins Gesicht geschrieben, doch hatte sie sich schnell wieder im Griff. »Nun mach mal langsam, Menko!«, wies sie den Mann zurecht. »Hier schnauzt mir keiner meine Gäste an, damit das klar ist. Setz dich wieder hin oder geh nach Hause. So läuft das hier nicht, verstanden? Ob nun Helga tot ist oder nicht, spielt da keine Rolle. Und dieser Mann hier«, sie tippte Büttner auf die Schulter, »kann für ihren Tod nun mal überhaupt nichts.«

Der Mann zeigte sich unbeeindruckt, denn er schrie nun: »Woher willst du das denn wohl wissen, he? Irgendjemand muss sie ja umgebracht haben, und von uns war es ganz sicher niemand. Kann ja nur einer von außerhalb gewesen sein.«

Aha, dachte Büttner, da haben wir ihn ja schon, den ominösen Auswärtigen! »Sie wurde umgebracht?« Er spielte seine Rolle weiter, indem er entsetzt die Augen aufriss. »Aber wer macht denn bloß so was?« Er war sich nun sicher, dass keiner hier im Raum wusste, dass er Polizist war. Gut so. Dann konnte er ja in seinem Spiel fortfahren. »Ich ... ich meine«, stammelte er in der Hoffnung, dass sein vorgetäuschtes Entsetzen glaubwürdig klang, »das ist ja ... oh, mein Gott! Wie schrecklich! Weiß man denn schon, wer es war?«

»Hast du was auf den Ohren, oder was?«, plärrte ihn der Mann an, der sich auch von seinen Freunden, die versuchten, ihn zurück auf seinen Stuhl zu nötigen, nicht beeindrucken ließ. »Keiner hier weiß, wer es war, verstanden? Und nun tu nicht so betroffen, du kanntest

Helga doch überhaupt nicht! Immer dieses falsche Mitleid, das ist doch zum Kotzen!«

»Mensch, Menko, man muss doch nun wirklich niemanden persönlich kennen, um über seinen Tod betroffen zu sein«, versuchte sich nun einer seiner Kumpel in Beschwichtigungsfloskeln, während ein anderer sagte: »Nun reg dich mal nicht so auf, Mann! Weiß doch jeder, dass du mit Helga Stunk hattest in der letzten Zeit. Wer sagt uns denn, dass du es nicht warst? Willst wohl nur von dir selbst ablenken.«

Büttner horchte auf. Nun wurde es interessant. Gerne hätte er ein paar Fragen gestellt, doch musste er leider nach wie vor den unwissenden Urlauber spielen.

Nun verstand Menko gar keinen Spaß mehr, denn er rastete nach dieser Bemerkung völlig aus. Zunächst schmetterte er sein Bierglas mit einer solchen Wucht auf den Tisch, dass es zerbrach. Dann lief er schnurstracks auf den ihm gegenüber sitzenden Mann zu, packte ihn am Kragen und schüttelte ihn. »Noch ein Wort, Freddy! Nur noch ein Wort, und ich drück dir so die Kauleiste ein, dass du für den Rest deines Lebens nur noch Haferschleim isst!«

Büttner schaute zu Ilse, die nach wie vor an seinem Tisch stand. Eigentlich hatte er damit gerechnet, dass sie einschreiten und die Streithähne des Lokals verweisen würde, so wie sie es gerade noch angedroht hatte. Doch stand sie, die Augen zu schmalen Schlitzen verengt, mit einem unergründlichen Gesichtsausdruck einfach nur da. Den Blick hatte sie starr auf Menko und seinen Widersacher Freddy gerichtet. Nicht mal, als sich nun auch noch ein dritter Mann einmischte, zeigte sie die geringste Regung. Hatte sie angesichts der Aggressivität der Mut verlassen oder steckte etwas anderes hinter ihrer Zurückhaltung? Büttner vermutete Letzteres, denn sie machte nicht den Eindruck, als könne sie sich gegen diese Männer nicht durchsetzen.

»Nun sag du doch auch mal was, Piet!«, brüllte der dritte Mann einen vierten an und stieß ihm mit der Hand gegen die Schulter. »Schließlich war Helga deine Schwester!«

Büttner fiel auf, dass sich die Currywurstesser, die sich zwischenzeitlich wieder ihrer Mahlzeit zugewandt hatten, nach einem erstaunten Blick auf Piet bedeutungsvoll zunickten.

»Als würde das Helga wieder lebendig machen, wenn hier einer auf den anderen losgeht«, sagte Piet mit ruhiger Stimme und nahm einen Schluck Bier. Dann jedoch hob er den Blick und verzog spöttisch das Gesicht. »Weiß doch jeder, dass Helga Freddy hat abblitzen lassen. Dass er nun versucht, die Schuld auf Menko zu schieben, kann ja nur heißen, dass er ein schlechtes Gewissen hat.«

Menko grinste und stieß Freddy, der bei Piets Worten knallrot angelaufen war, von sich. »Bitte schön, endlich bringt's mal einer auf den Punkt«, sagte er zufrieden. »War doch schon lange klar, dass Helga dir bald den Laufpass gibt.«

Büttner wurde nervös. Aus diesen vagen Andeutungen wurde ja niemand schlau. Wirklich zu schade, dass er einfach nur hier sitzen und keine Fragen stellen konnte. Zumindest hielt er es für die bessere Idee zu schweigen, um nicht auch noch körperlich angegangen zu werden. Und da sich vermutlich auch die Wirtin nun nicht mehr für ihn einsetzen würde ... Aber immerhin schmeckte der Schweinebraten ganz vorzüglich. Allein dafür hatte es sich schon gelohnt, hierher zu kommen.

Möglichst unauffällig musterte Büttner die beiden Männer mit der Currywurst. Sie schienen das Geschehen noch aufmerksamer zu verfolgen als zuvor, auch wenn sie keinerlei Anstalten machen, in irgendeiner Weise Position zu beziehen. »Machen die beiden auch Urlaub auf Baltrum?«, fragte er die Wirtin, die sich immer noch nicht von seinem Tisch fortbewegt hatte.

Sie schaute ihn für einen Moment so irritiert an, als sehe sie ihn zum ersten Mal. »Was?«

Büttner deutete unauffällig auf die Männer. »Die beiden da? Machen sie Urlaub hier oder sind es Insulaner?«

»Warum wollen Sie das wissen?«

»Es interessiert mich einfach.«

»Sie sind nicht von hier. Sehe sie heute zum ersten Mal.« Ilse wandte sich wieder ihren Stammgästen zu, die nach wie vor in ein Wortgefecht verstrickt waren. Doch Konkretes erfuhr Büttner aus den hin und her geworfenen Anfeindungen noch immer nicht. Piet stand gerade auf, zog seine Jacke über und verließ, leise vor sich hin fluchend, das Lokal. Niemand versuchte, ihn aufzuhalten.

Büttner nahm sich vor, sich diese Gesellen am nächsten Tag einen nach dem anderen zur Brust zu nehmen. Auf Dauer würde er seine Identität sowieso nicht geheim halten können, und er sah auch keinen Grund, es zu tun. An diesem Abend aber würde er sich nicht mehr als Polizist zu erkennen geben, denn das hätte die Lage ganz sicher nicht beruhigt. »Haben Sie vielleicht noch ein Dessert für mich und einen Kaffee?«, fragte er Ilse.

Wieder dieser irritierte Blick, doch sagte sie: »Ja, sicher. Mögen Sie Tiramisu? Ich habe es heute frisch gemacht.«

»Gerne.« Büttner war froh, dass sie sich jetzt auf den Weg in die Küche machte, denn so konnte er sich endlich ein paar Notizen machen. Vor allem wollte er die

Namen der Streithähne festhalten, um sie am nächsten Tag ausfindig machen zu können. Bei seinem Namensgedächtnis war es ausgeschlossen, dass sie ihm morgen noch einfallen würden.

»Ich geh dann auch«, brummte Menko. »Hält ja kein Mensch aus, in diesem Affenstall. Aber mit Freddy bin ich noch nicht fertig, damit das klar ist.«

»Möchte nur mal wissen, was Harm mit alldem zu tun hat«, überlegte der Vierte im Bunde, dessen Namen Büttner noch nicht kannte. »Ist doch komisch, dass man ausgerechnet ihn bei Helgas Leiche findet.«

»Mein Gott, bist du naiv!« Menko schnaubte spöttisch, während er seine Jacke anzog. Büttner fiel auf, dass seine Hand, mit der er das Bierglas zerschmettert hatte, blutete.

Warum Menko seinen Kumpel für naiv hielt, erfuhr Büttner nicht mehr, denn er rauschte ohne ein weiteres Wort nach draußen.

»Tut mir leid, dass es hier so rabiat zuging«, entschuldigte sich Ilse, als sie mit einer großen Portion Tiramisu und einem Pott Kaffee zurückkam. »Das geht aufs Haus, als Wiedergutmachung.«

»Das wäre doch nicht nötig gewesen«, meinte Büttner, doch nahm er dieses Geschenk gerne an, da er sich ja heute ausnahmsweise mal nicht als Beamter outen musste. Oder? Er beschloss, diese Frage einfach auf sich beruhen zu lassen. Wo kein Kläger, da kein Richter.

Auch die Currywurstconnection machte sich nun, da die unwürdige Vorstellung der Insulaner vorbei war, auf den Nachhauseweg.

Büttner fand, dass sie in ihren eher förmlichen und offensichtlich teuren Klamotten aussahen wie Geschäftsleute. Doch was sollten die zu dieser Jahreszeit ausgerechnet auf Baltrum zu tun haben? Er beschloss, sie danach zu fragen, sollte er ihnen noch einmal über den Weg laufen.

»Haben Sie diese Helga gut gekannt?«, wollte er von Ilse wissen, als sie ihm Minuten später die Rechnung auf den Tisch legte.

»Natürlich. Sie war von hier.«

»Waren Sie befreundet?«

»Darüber will ich nicht sprechen. Ist alles noch zu frisch. Wenn Sie verstehen, was ich meine.« Täuschte Büttner sich, oder zeigte ihre Hand jetzt tatsächlich ein schwaches Zittern? »Natürlich. Bitte entschuldigen Sie.«

Nachdem er bezahlt hatte, verließ Büttner das Lokal. Zwar hatte dieser Abend nicht viele Fragen beantwortet, doch morgen war ja auch noch ein Tag. Immerhin hatte er schon ein paar Namen, um die er sich kümmern konnte. Es dürfte ja nicht allzu schwierig sein, die dazugehörigen Personen in diesem Kaff wiederzufinden.

An der Tür drehte er sich noch einmal um. »Haben Sie auch Frühstück im Angebot?«, fragte er Ilse, die dabei war, das verschüttete Bier vom Boden aufzuwischen.

»Kriegen Sie nichts in der Pension?«

»Ich wohne nicht in der Pension.«

»Dann kommen Sie einfach vorbei. Ich mache Ihnen Rührei mit Speck.«

Büttner schenkte ihr ein strahlendes Lächeln. Er beschloss, ihr erst nach dem Rührei zu sagen, wer er war. Gut möglich, dachte er, dass er ansonsten keines mehr bekommen würde.

5

Da die erste Fähre nach Baltrum erst am Mittag fuhr, reiste Sebastian Hasenkrug am nächsten Morgen mit dem Hubschrauber an. Der Leichnam von Helga Brandes war noch am gestrigen Tag mit der Fähre aufs Festland in die Gerichtsmedizin gebracht worden, würde jedoch erst heute obduziert werden. Am Abend sollten die ersten Obduktionsergebnisse vorliegen und Auskunft darüber geben, was genau mit der Frau geschehen war.

David Büttner hatte gerade sein Rührei mit Speck und ein Schinkenbrötchen verputzt, als Hasenkrug zur Tür hereinkam. Büttner war froh über sein Timing, denn nun würde ihm niemand mehr das Frühstück streitig machen. Hasenkrug schaute seinen Chef nach einem prüfenden Blick zur Wirtin fragend an, woraufhin Büttner ihm zuraunte: »Ich denke, wir sollten jetzt mein Inkognito auflösen und gleich zur Tat schreiten. Die Wirtin hat bestimmt einiges zu erzählen, doch hat sie mir gestern Abend klar zu verstehen gegeben, dass sie nicht gedenkt, mit mir über das Opfer zu reden. Dazu wird sie zwar auch jetzt keine Lust haben, doch wird ihr nichts anderes übrigbleiben, wenn wir uns als die ermittelnden Kommissare zu erkennen geben.«

»Zumindest wird die Hemmschwelle, uns etwas zu verheimlichen, ein wenig größer sein«, schränkte Hasenkrug ein. »Ob wir sie wirklich zum Reden bewegen können, müssen wir erst noch herausfinden.«

Büttner winkte Ilse heran, die mit einem zugewandten Lächeln an ihren Tisch trat. »Wie ich sehe, haben Sie

Verstärkung bekommen. Haben Sie sich hier auf der Insel kennengelernt?«

Büttner sah keinen Grund, ihr noch länger etwas vorzumachen, und hielt ihr seinen Dienstausweis entgegen. »Mein Name ist Büttner, dies ist mein Kollege Hasenkrug. Wir sind von der Kriminalpolizei und ermitteln im Fall Helga Brandes.« Als nun das Lächeln wie ausgeknipst aus Ilses Gesicht verschwand und sie abwehrend die Arme vor dem Körper verschränkte, fügte er rasch hinzu: »Ich wollte Sie wirklich nicht täuschen, Frau ... ähm ... Wie war noch gleich Ihr Nachname?«

»Akkermann«, presste sie hervor, wobei ihr Tonfall wenig vielversprechend klang.

»Frau Akkermann. Nur war es mir gestern aus ermittlungstaktischen Gründen leider nicht möglich, meine Identität preiszugeben. Ich denke, dass Sie das verstehen.«

»So, denken Sie das«, erwiderte die Wirtin frostig.

»Dürfte ich fragen, was dagegen spricht, den Mörder von Frau Brandes ausfindig zu machen?«, fragte Hasenkrug.

»Gar nichts. Wieso?«

»Weil Sie nicht gerade begeistert zu sein scheinen, dass die Polizei hier auftaucht.«

Ilse seufzte. »Ach, wissen Sie, die Sache bringt hier doch nur alles durcheinander.«

»Die *Sache*?« Büttner hob die Brauen. »Sie bezeichnen die Ermordung einer Ihnen nahe stehenden Person als *Sache*? Wenn ich Sie gestern richtig verstanden habe, dann waren Sie und Helga Brandes seit Langem befreundet. Eigentlich müsste es also auch in Ihrem Interesse sein, dass wir den Fall so schnell wie möglich aufklären.«

»So einfach ist das nicht.«

»Ach so?« Büttner klopfte auf den Stuhl neben sich. »Das müssten Sie uns näher erklären, Frau Akkermann. Setzen Sie sich doch bitte für einen Moment zu uns.«

Die Wirtin schien von diesem Vorschlag nicht gerade begeistert zu sein, doch besann sie sich anscheinend ihrer Profession und sagte: »Darf ich Ihnen denn vorher noch einen Kaffee machen? Oder etwas anderes?«

»Ein Cappuccino wäre toll«, antwortete Büttner, und Hasenkrug schloss sich ihm nickend an.

Zu Büttners Verwunderung lief die Wirtin anstatt zur Theke jetzt in Richtung Ausgangstür. Für einen Moment befürchtete er, dass sie sich aus dem Staub machen würde, doch sie drehte lediglich den Schlüssel im Schloss. »Will jetzt nicht gestört werden«, murmelte sie, als Büttner sie fragend ansah. Nur wenige Augenblicke später war von der Theke her das Gluckern und Zischen der Kaffeemaschine zu hören, und Ilse Akkermann stellte bald darauf drei dampfende Tassen auf den Tisch. »Ich weiß nichts über Helgas Tod«, stellte sie klar, noch bevor die Kommissare eine erste Frage stellen konnten. »Kann mir auch überhaupt nicht vorstellen, wer sie umgebracht haben könnte.«

»Harm Tholen gibt an, hier bei Ihnen in der Kneipe gewesen zu sein, bevor er zum Strand ging«, hakte Büttner ein.

»Ja, das stimmt.«

»Um welche Uhrzeit ist er gegangen?«

Ilse Akkermann legte den Finger an die Nase und zog die Stirn in Falten. »Es war auf jeden Fall früher als sonst. So gegen sieben, halb acht vielleicht. Er war nicht gut drauf an diesem Abend, wirkte irgendwie ... abwesend.«

»Hat er gesagt, was ihn beschäftigt?«

»Nein. Harm spricht nicht so viel, schon gar nicht

über seine Gefühle. Wie Männer eben so sind.« Sie zupfte mit einem Seufzen ihre geblümte Schürze zurecht, die sie über der Hüfte trug. »Auf jeden Fall kam er hierher, nachdem er die letzten Koffer zur Fähre gefahren hatte. Er hat Grünkohl gegessen und zwei Bier getrunken, dann ist er gegangen.«

»Hat er gesagt, was er noch vorhat?«

»Nein. Ich sag ja, dass Harm nicht viel redet.«

Schwang da in ihrer Stimme ein gewisses Bedauern mit? »In welchem Verhältnis stehen Sie zu Harm Tholen?«, fragte Büttner.

Mit dieser Frage schien die Wirtin nicht gerechnet zu haben, denn sie schaute ihn nun völlig perplex an und fummelte mit fahrigen Bewegungen an einem Knopf ihrer Bluse herum. »Was wollen Sie denn damit sagen?« Als Büttner stumm blieb, fügte sie mit einer wegwerfenden Handbewegung betont lässig hinzu: »Na ja, man kennt sich eben schon lange. Seit seine Frau vor ein paar Monaten gestorben ist, kommt er fast jeden Tag zum Essen hierher. Mehr ist da nicht.«

»Würden Sie sich denn wünschen, da wäre mehr?«, stellte Hasenkrug die Frage, die auch Büttner in den Kopf gekommen war, als die Wirtin nun die Lippen zusammenkniff und den Blick senkte.

»Ich wüsste nicht, was Sie das angeht«, sagte sie schnippisch.

»Wir versuchen nur, uns ein Bild zu machen.«

Ilse Akkermann hob den Blick. »Können Sie mir denn sagen, wie es Harm geht? Hat Christoph ihn wieder gehen lassen?«

»Meines Wissens darf er die Krankenstation heute wieder verlassen«, antwortete Büttner. »Alles andere wird er Ihnen dann sicherlich selbst erzählen.« Er nippte an seinem immer noch recht heißen Kaffee und kam dann auf das Mordopfer zu sprechen. »Wir wüssten gerne mehr über Frau Brandes. Was war sie für ein Typ? Wie war sie in das Leben auf der Insel eingebunden? Können Sie sich irgendeinen Grund vorstellen, warum jemand ihren Tod wollte?«

Ein Schatten legte sich auf Ilse Akkermanns Gesicht. »Ich hab doch gesagt, dass ich nichts darüber weiß.«

»Na, na, Frau Akkermann«, erwiderte Hasenkrug. »Sie werden doch wohl wissen, was Helga Brandes für ein Typ war, wenn Sie sich seit Ihrer Kindheit gekannt haben.«

Büttner wusste, dass sein Assistent bereits zur Person Helga Brandes recherchiert hatte, doch waren ihm die Ergebnisse dieser Recherche noch nicht bekannt, denn weder in seiner Ferienwohnung noch hier in der Gaststätte hatte er seine E-Mails abrufen können. Der Handyempfang auf der Insel war miserabel.

»Helga war eine ganz normale Frau«, erklärte Ilse Akkermann. »Über sie gibt es nicht viel zu sagen.«

»Wir konnten keine Angehörigen auftun«, stellte Hasenkrug fest. »Wissen Sie vielleicht von irgendwelchen Verwandten?«

»Nein.« Ihre Miene verschloss sich, und Büttner hatte den Eindruck, dass sie nicht die Wahrheit sagte. Andererseits: Wenn es seinen Kollegen nicht gelungen war, Angehörige ausfindig zu machen, dann gab es vermutlich tatsächlich keine. »Helgas Mann ist schon vor vielen Jahren bei einem Unfall ums Leben gekommen. Er war Fischer, sein Boot ist im Sturm gekentert. Man hat seine Leiche nie gefunden. Helga hat das ziemlich mitgenommen, seitdem war sie nicht mehr dieselbe. Mit Männern hatte sie seither kaum noch was zu schaffen. Sie meinte immer, sie könne es nicht noch einmal ertragen, einen geliebten Menschen zu verlieren.«

»Hatte sie denn noch mehr Verluste zu ertragen?«, fragte Büttner, der die Trauer zwar verständlich, die Reaktion von Helga Brandes allerdings ein klein wenig übertrieben fand. Bislang hatte er nur Leute so reden hören, die bereits mehrere solcher Schicksalsschläge erlitten hatten.

»Nicht, dass ich wüsste.« Ilse Akkermann zuckte die Schultern. »Aber das heißt ja nichts. Mit seiner Trauer geht jeder anders um.«

»Wie lange ist der Tod ihres Mannes nun her?«, fragte Hasenkrug.

»Über zehn Jahre. Helga war eine sehr junge Witwe damals. Wirklich tragisch. Ich sag ja, so richtig hat sie es nie verwunden.«

»Womit hat sie ihren Lebensunterhalt verdient?«

»Ihr Mann hat ihr das Haus hinterlassen. Es hat schon seinen Eltern gehört, aber auch die sind früh gestorben. Ist ziemlich groß, mit vier Wohnungen drin. Helga bewohnte die untere und hat die anderen an Feriengäste vermietet. Lief ziemlich gut, in der Saison hat sie viel Geld verdient. Hätte sich ein gutes Leben davon machen können, aber sie hat die Insel nie verlassen.«

»Sie ist nie von dieser Insel runter?« Büttner und Hasenkrug schauten sich verblüfft an. »Gab es einen Grund dafür?«

»Sie sagte immer, sie braucht das nicht. Hat Tag und Nacht geschuftet, als wäre der Teufel hinter ihr her.« Ilse Akkermann zuckte die Schultern. »So macht eben jeder sein Ding.«

»Aber hier auf Baltrum pflegte sie schon soziale Kontakte?«, wollte Hasenkrug wissen.

»Ja, natürlich. Hier ist man ja auch aufeinander angewiesen. So im täglichen Umgang war Helga ganz in Ordnung. Ist auch auf Feste gegangen und so. Ja, eigentlich war sie ein ganz geselliger Mensch. Nur das Leben da draußen«, sie deutete in eine unbestimmte Richtung, »das hat ihr Angst gemacht.«

Büttner kramte einen Zettel aus seiner Tasche und warf einen kurzen Blick darauf, dann sagte er: »Gestern Abend hat ein gewisser Piet – bei dem es sich ja wohl um Frau Brandes' Bruder handelt – behauptet, ein gewisser Freddy, der ja auch hier war, habe etwas mit Helga Brandes gehabt. Das wurde von einem Mann namens Menko quasi bestätigt. Was wissen Sie darüber?«

»Gerüchte. Männerfantasien eben.«

»Sie sind sich also sicher, dass da nichts dran ist?«

»Es ist richtig, dass Freddy ein Auge auf Helga geworfen hat. Schon ewig hat er versucht, bei ihr zu landen. Kann auch sein, dass Helga ihn mal rangelassen hat. Was Festes war das sicher nicht, auch wenn Freddy sich das gewünscht hat.«

»Ihre Abweisung könnte ihn wütend gemacht haben«, stellte Hasenkrug fest.

»Sie meinen, dass Freddy Helga deswegen umgebracht hat?« Die Wirtin legte den Kopf in den Nacken und lachte krähend. »Nee, wirklich nicht. Zu so was wäre Freddy gar nicht in der Lage. Der kann keiner Fliege was zuleide tun.«

»Helga Brandes war ja auch keine Fliege«, erwiderte Büttner trocken. »Aber gut, lassen wir das mal so stehen. Dieser Menko, der auch mich ziemlich scharf angegangen ist, scheint mir ein weniger friedliebender Zeitgenosse zu sein. Er hat ziemlich wütend auf den Tod von Frau Brandes reagiert. Gibt es dafür einen bestimmten Grund?«

Ilse Akkermann zögerte, bevor sie sagte: »Geben Sie Menko ein Bier und einen Söpke zu viel zu trinken, und er wird zum Tier. Seinen Auftritt von gestern dürfen Sie nicht so ernst nehmen. Er beruhigt sich auch schnell wieder, wenn der Rausch nachlässt, und dann ist er eigentlich ganz umgänglich.«

»Es hieß, er und Helga Brandes hätten Streit miteinander gehabt. Worum ging es da?«

»Davon weiß ich nichts«, sagte die Wirtin ein wenig zu schnell. Als Büttner sie weiterhin fragend ansah, winkte sie ab. »Nee, nee, an der Stelle kommen Sie nicht weiter, glauben Sie mir. Weder Freddy noch Menko, Piet oder Hannes haben irgendetwas mit Helgas Tod zu tun, dafür lege ich meine Hand ins Feuer.«

»Wer ist Hannes?«, hakte Büttner nach. Auf seiner Liste konnte er den Namen nicht finden.

»Der vierte vom Stammtisch. Er hat nicht viel gesagt, gestern.«

Büttner schob seinen Notizblock und einen Kugelschreiber zu ihr rüber. »Dann schreiben Sie mir doch bitte mal die vollen Namen dieser vier Männer auf, wenn möglich mit Adresse.«

Die Wirtin sah ihn finster an. »Sie wollen sie befragen? Ich sag doch, das bringt Sie nicht weiter.«

»Das zu beurteilen, müssen Sie schon uns überlassen. Wir haben es hier mit einem ungeklärten Tötungsdelikt zu tun. Da kann jede Zeugenaussage wichtig sein.«

»Das bringt doch alles nur Unruhe hier rein«, seufzte Ilse Akkermann, während sie ein paar Namen und Anschriften auf den Zettel kritzelte und diesen dann an Büttner zurückgab.

»Das sollte man sich überlegen, bevor man einen Mord begeht«, erwiderte Büttner spöttisch. Er nahm einen letzten Schluck Kaffee, dann erhob er sich von seinem Platz. »Vielen Dank, Frau Akkermann. Wir kommen wieder auf Sie zu, wenn wir noch Fragen haben. Halten Sie sich bitte zu unserer Verfügung.«

6

Der Nieselregen hatte sich zu einem richtigen Schauer ausgewachsen, als David Büttner und Sebastian Hasenkrug die Gaststätte verließen und unter dem Vordach stehen blieben. Obwohl Schauer vielleicht nicht der richtige Ausdruck war, bemerkte Büttner nach einem kritischen Blick zum grauverhangenen Himmel hinauf. Vielmehr sah es so aus, als wollte sich der Regen dauerhaft über der Insel festsetzen. Weit und breit war kein heller Streifen zu sehen, der auf Besserung hätte hoffen lassen. Immerhin war der Wind ein wenig abgeflaut, was den Regen gleich ein wenig wärmer erscheinen ließ, stellte Büttner in einem Anfall von Sarkasmus fest.

Hasenkrug deutete auf die Liste mit den Namen, die Büttner nach wie vor in der Hand hielt. »Wen nehmen wir uns als nächstes vor?«

»Den Schreihals von gestern Abend«, antwortete Büttner ohne zu zögern. »Menno irgendwas.«

»Menko Bruhns«, korrigierte Hasenkrug. »Ein echter Sympathieträger, wie mir scheint.«

»Vielleicht hat er sich wieder beruhigt. Die Wirtin meinte ja, er würde nur unter Alkoholeinfluss so aggressiv reagieren.«

»Dann schauen wir uns den am besten mal an.« Hasenkrug nannte die Hausnummer, Straßennamen gab es auf Baltrum nicht.

»Irgendeine Ahnung, wo das sein könnte?« Büttner drehte sich einmal um sich selbst, als könnte er das richtige Haus auf diese Weise ausfindig machen.

»Nee. Aber mein Handy weiß es. Öhm ... dachte ich zumindest.« Hasenkrug hielt sein Smartphone über den Kopf und wedelte damit herum. Ganz offensichtlich hatte es keinen Empfang. »Vielleicht sollten wir unseren Tätigkeitsschwerpunkt nach Madagaskar verlegen«, sagte er. »Wie man hört, gibt es dort ein gut ausgebautes Netz. Manchmal fragt man sich wirklich, welches nun eigentlich das Entwicklungsland ist.« Hasenkrug verschwand noch einmal in der Kneipe. Als er wenig später wieder herauskam, deutete er in östliche Richtung und lief, gefolgt von seinem Chef, los. »Immer geradeaus, dann vorm Inselmarkt rechts ab. Kann nicht weit vom Strand entfernt sein.«

»Hier ist nichts weit vom Strand entfernt«, brummte Büttner. »Schließlich ist dieser Sandhaufen keine sieben Quadratkilometer groß. Auf ihm würde sich nicht mal meine Schwiegermutter verlaufen, und die ist bekanntlich erschreckend orientierungsblond.«

»Nun lassen Sie mich doch mal ausreden, Chef. Ich wollte sagen, dass Menko Bruhns anscheinend nicht weit von der Stelle entfernt wohnt, an der der Leichnam von Helga Brandes gefunden wurde.«

»Nun sagen Sie bloß.« Büttner zog eine Grimasse. »Und inwieweit hilft uns das jetzt weiter? Oder haben Sie bei Ihren Befragungen herausgefunden, dass die Baltrumer grundsätzlich nur unmittelbar vor der eigenen Haustür morden?«

»Ich meine ja nur.«

»Apropos: Was haben eigentlich Ihre gestrigen Interviews mit den Bewohnern gebracht? Wir hatten noch gar keine Gelegenheit, detailliert darüber zu sprechen, da Sie mich ja unbedingt in diesem gottverlassenen Funkloch alleine zurücklassen mussten.« Büttner zog die Stirn in Falten. »Selbst um meine Frau anzurufen, musste ich auf den guten alten Festnetzanschluss in meiner Ferienwohnung zurückgreifen. Na ja, die Küppers werden schon wissen, warum sie die Wohnungen mit so was ausstatten.«

»Könnte aber auch am Wetter liegen, dass der Empfang hier so schlecht ist«, gab Hasenkrug zu bedenken.

»Das liegt an niemand anderem als an der Schar inkompetenter Politiker, die wir den letzten Jahrzehnten ertragen mussten«, teilte Büttner weiter aus. »Möchte mal wissen, wofür die ihr Geld kriegen, wenn sie unser Land in der Steinzeit versauern lassen.«

»Für Ihre Inselphobie können aber auch die nichts. Könnten Sie also Ihre schlechte Laune mal wieder wegstecken?« Hasenkrug blieb vor einem Haus stehen. »Hier müsste es sein. Über die Befragungen der Inselbewohner können wir später sprechen. Ist sowieso nichts Interessantes dabei. Sind nicht besonders auskunftsfreudig, die Baltrumer.«

Büttner betrachtete das Haus, das sich in nichts von den typischen Einfamilienhäusern unterschied, die es sonst auf dieser Insel gab. Zweistöckig, rot geklinkert, weiße Fensterrahmen. Den Vorgarten umrahmte eine Hecke, an die Hauswand gelehnt standen zwei Fahrräder.

»Na, dann wollen wir mal …« Büttner stockte in der Bewegung, als sein Handy klingelte. »Hören Sie das, Hasenkrug?«, fragte er mit unverhohlenem Staunen. »Es geschehen noch Zeichen und Wunder. Baltrum ist in der digitalen Welt angekommen.« Er hoffte, dass der Empfang auch noch in Ordnung war, wenn er das Telefon aus der Tasche gezogen hatte.

»Frau Weniger?«, schrie er ins Telefon.

»Wieso schreien Sie mich denn so an?«, kam es vom anderen Ende der Leitung zurück.

Büttner meinte durchs Telefon sehen zu können, wie seine Sekretärin erschrocken den Hörer vom Ohr nahm. »Bitte entschuldigen Sie, Frau Weniger. Es ist nur so, dass der Empfang hier ...«

»Das habe ich bemerkt«, unterbrach sie ihn. »Weiß gar nicht, wie oft ich schon versucht habe, Sie zu erreichen.«

»Was gibt es denn so Dringendes?«

»Die Leiche ist weg.«

»Was?« Büttner schüttelte sein Handy, weil er meinte, dass der Satz nicht richtig übertragen worden war. »Ich habe verstanden, die Leiche sei weg«, sagte er amüsiert.

»Ich wüsste nicht, was daran witzig ist«, wurde er von Frau Weniger zurechtgewiesen. Sie schien heute nicht bester Laune zu sein.

»Wenn Sie Ihren Satz einfach noch mal wiederholen könnten, Frau Weniger.«

»Ich wüsste nicht, was daran witzig ist.«

»Nein, den davor.«

»Die Leiche ist weg.«

Büttner war irritiert. »Dann habe ich es doch richtig verstanden?«

»Ich wüsste nicht, was an dem Satz falsch zu verstehen ist.«

»Die Leiche ist also weg«, brachte Büttner den Satz noch einmal auf den Punkt, was nun auch Hasenkrug irritiert dreinblicken ließ. Büttner schaltete das Handy laut, damit sein Assistent mithören konnte.

»So ist es«, sagte Frau Weniger gerade.

Büttner traute sich die nächste Frage kaum zu stellen. Er wusste zwar nicht, welche Laus Frau Weniger über die Leber gelaufen war, er hatte jedoch auch keine Lust, deren Bekanntschaft zu machen. »Von welcher Leiche reden Sie? Und was heißt das, sie ist weg?«

»Na, die von Helga Brandes natürlich. Oder haben Sie noch mehr gefunden?«

»Aber sie wurde doch gestern mit der Fähre aufs Festland gebracht und müsste inzwischen bei Frau Doktor Wilkens auf dem Tisch liegen.« Büttner verstand nur Bahnhof.

»Müsste sie, ja. Fakt ist aber, dass sie dort nie angekommen ist. Dass sie vermutlich sogar nie auf dem Festland angekommen ist.«

»Und warum nicht? Gab es ein Missverständnis? Der Sarg sollte doch ...«

»Der Sarg ist ja auch da«, hakte Frau Weniger ein. »Nur ohne Leiche. Dafür liegen jetzt jede Menge Sandsäcke in der Gerichtsmedizin herum.«

»*Sandsäcke?!*«

Büttner war baff. So was war ihm ja in seiner gesamten Laufbahn noch nicht passiert. Wer, um alles in der Welt, tauschte denn einen Leichnam gegen Sandsäcke aus? Und warum? Das sah man doch sonst nur in schlechten Fernsehkrimis. »Und wo ist dann Helga Brandes?«

»Das wüsste man hier auch gerne.«

»Tja.« Büttner wusste nicht, was er dazu sagen sollte, und auch Hasenkrug schwieg, während er sich nachdenklich die Schläfe kratzte. »Und es war ganz sicher der richtige Sarg, der in der Gerichtsmedizin angeliefert wurde?«

»Ja. Nur ohne Leiche. Die muss unterwegs verschüttgegangen sein.«

»Oder bereits auf Baltrum«, dachte Büttner laut nach. »Okay, Frau Weniger. Ich bespreche mich mal mit Hasenkrug und dann melde ich mich wieder. Sollte die Leiche aber in der Zwischenzeit wieder auftauchen, geben Sie mir bitte sofort Bescheid. Dann müssen wir nicht unnötig suchen.« Er legte auf.

»Irgendwie hoffe ich ja immer noch, dass das ein schlechter Scherz war«, bemerkte Hasenkrug. Er starrte auf das Handy seines Chefs, das dieser rhythmisch auf die Handfläche schlug.

Büttner wünschte sich, es würde jeden Augenblick klingeln und Frau Weniger sich mit einem *April, April!* melden – was im Januar allerdings kaum zu erwarten war. Davon mal ganz abgesehen, würde es nicht zu der Sekretärin passen, ihren Vorgesetzten derart aufs Korn zu nehmen.

»Was machen wir denn jetzt?«, fragte Hasenkrug. Als Büttner nicht antwortete, schlug er vor: »Wir könnten unseren Kollegen Küppers bitten, am Hafen nachzufragen, ob man dort gestern etwas Auffälliges beobachtet hat.«

Büttner schüttelte den Kopf. »Nein, das machen wir selbst. Auf einer Insel, auf der mir nichts, dir nichts eine Leiche verschwindet, kann man niemandem trauen.«

»Nicht mal einem Kollegen?«

»Nein. Allerdings sollten wir es ihm nicht so sagen. Er muss es ja zunächst einmal gar nicht erfahren.«

»Es wird nicht lange geheim bleiben«, gab Hasenkrug zu bedenken. Er schritt neben seinem Chef her in Richtung Hafen.

»Natürlich nicht. Aber wenigstens so lange will ich unbehelligt ermitteln. Diesen Menko Bruhns knöpfen wir uns später vor. Zunächst will ich wissen, was am Hafen vorgefallen ist. Vielleicht wurde da ja nur irgendwas vertauscht.« Er merkte selbst, wie unsinnig das klang.

»Vertauscht?«, sprang Hasenkrug prompt darauf an.

»Natürlich. Warum nicht. Ein menschlicher Leichnam und ein paar Sandsäcke zeigen ja auch eine gewisse Ähnlichkeit auf. Da könnte es durchaus zu Verwechslungen kommen.«

»Dann finden Sie eine plausiblere Erklärung.«

»Ich bin dabei.«

»Und fordern Sie Verstärkung an, während Sie nachdenken. Wir müssen die Insel durchkämmen, das ist zu zweit kaum zu schaffen. Die Kollegen sollen Leichenspürhunde mitbringen.«

»Sie glauben, dass die Leiche noch auf der Insel ist?« Hasenkrug wiegte zweifelnd den Kopf hin und her.

»Ich glaube gar nichts. Aber ich wüsste es gerne. Wenn sie hier nicht gefunden wird, muss sie woanders sein. Irgendwo müssen wir ja anfangen zu suchen.«

Hasenkrug machte eine raumgreifende Bewegung mit den Armen. »Also, wenn ich hier vorhätte, eine Leiche verschwinden zu lassen, dann würde ich auf die Nordsee hinausfahren und sie versenken. Da findet sie so schnell keiner mehr.«

»Dann hoffen wir, dass der Täter nicht so ausgebufft ist wie Sie, Hasenkrug. Alles andere würde nur zu unerwünschten Komplikationen führen.«

Der Fährhafen lag wie ausgestorben da, als die Kommissare ankamen, weit und breit war kein Mensch zu sehen. »Wann kommt die nächste Fähre vom Festland?«, fragte Büttner.

»Erst am Nachmittag.«

»Dann fragen Sie doch auch gleich mal bei der Reederei nach, ob gestern dasselbe Personal an Bord war wie heute.«

»Wird gemacht, Chef – wenn es hier am Hafen denn

Handyempfang gibt«, schränkte er sogleich ein. Er zog sein Smartphone aus der Tasche. »Sieht so aus, als könnte es klappen.«

»Man kann ja auch mal Glück haben«, brummte Büttner. Inzwischen standen sie am Anleger. Während sich Hasenkrug Richtung Pier bewegte, um zu telefonieren, probierte Büttner, ob die Tür des Kassenhäuschens offen war. Er hatte Glück, sie ließ sich widerstandslos öffnen.

»Die nächste Fähre geht erst um fünf. Sind 'n bisschen früh hier.« Ein in einen Arbeitsoverall gekleideter Mann stand hinter dem Tresen. Er wischte sich die Hände an einem Lappen ab. Büttner schätzte ihn auf Ende fünfzig. Hatte er ihn nicht schon mal irgendwo gesehen? »Und Fahrkarten können Sie auch erst dann kaufen.«

Büttner zeigte ihm seinen Dienstausweis. »Es geht um den Leichnam von Helga Brandes.«

»Helga, ja«, nickte der Mann. »Blöde Sache, das.« Er musterte Büttner kritisch. »Gestern Abend haben Sie nichts davon gesagt, dass Sie von der Polizei sind.« Er wedelte mit der Hand und grinste, was eine Reihe schiefstehender gelber Zähne offenbarte. »Oh-oh, da wird sich Menko wohl bei Ihnen entschuldigen müssen, wa?«

Jetzt wusste auch Büttner wieder, woher er den Mann kannte. Er versuchte, sich an die Namen der Männer auf seiner Liste zu erinnern und sagte dann aufs Geratewohl: »Sie waren gestern auch in der Gaststätte am Stammtisch, nicht wahr? Allerdings haben Sie sich aus der Streiterei weitgehend herausgehalten. Und Ihr Name ist ... Hannes Ruffelt.«

Der Mann pfiff durch die Zähne. »Sie sind ganz schön auf Zack, Herr Kommissar.«

»Das gehört zu meinem Job«, erwiderte Büttner, der selbst erstaunt über sein plötzlich hervorragendes Namensgedächtnis war. »Sie wissen, dass der Leichnam von Frau Brandes gestern aufs Festland überführt wurde?«

»Hab da so was läuten hören.«

»Sie waren aber nicht hier, als der Sarg verladen wurde?«

Der Mann schob die Unterlippe vor und stieß durch die Nase die Luft aus. »Kann sein, kann auch nicht sein. Hab nicht drauf geachtet.« Er deutete auf einen Schalterkasten. »Ich hab hier zu tun. Seit Tagen schon funktioniert die Elektrik nicht richtig. Gibt dauernd Beschwerden deswegen. Na ja, und nun bin ich am Gucken, wie ich das wieder hinkrieg.«

»Sie haben also nicht gesehen, wie der Sarg verladen wurde.«

»Nee. Für so was hab ich keine Zeit, wenn ich arbeite.«

»Verstehe. Kannten Sie Frau Brandes denn persönlich?«

»Natürlich. Hier kennt doch jeder jeden. Stimmt es denn nun, dass sie umgebracht wurde? Ich wollt's ja gar nicht glauben, als ich das gehört hab.«

»Wer war denn für die Verladung des Sargs verantwortlich?«, wich Büttner einer Antwort aus.

»Das weiß ich nicht, da müsste ich fragen. Ist aber keiner da, den ich fragen könnt. Die kommen erst, wenn die nächste Fähre kommt. Kann also noch 'n bisschen dauern.«

Büttner gab sich geschlagen. »Gut, dann komme ich später wieder. Wann haben Sie denn Feierabend? Ich würde mich auch noch mal gerne mit Ihnen unterhalten.«

»Um fünf, denke ich. Aber nur, wenn ich diese verdammte Elektrik bis dahin wieder ans Laufen krieg.«

»Gut, dann warten Sie bitte hier um siebzehn Uhr auf mich.«

Hannes Ruffelt schien von dieser Aufforderung nicht begeistert zu sein, nickte jedoch ergeben. »Aber ich weiß sowieso nix. Da können Sie lange fragen.«

»Das sehen wir ja dann.« Büttner hob die Hand zum Gruß.

»Haben Sie alles veranlassen können?«, fragte er Hasenkrug, der vor der Tür auf ihn wartete. Nach wie vor regnete es, und Büttner zog schnell die Kapuze seiner Jacke über den Kopf.

»Ja. Die Kollegen kommen so bald wie möglich und bringen Hunde mit.«

»Gut. Und wie sieht es mit dem Personal des Schiffes aus?«

»Dieselbe Besatzung wie gestern.«

Büttner nickte zufrieden. »Sehr gut. Dann werden wir uns nachher mal ein wenig umhören. Vor allem bei denen, die für das Verladen der Fracht zuständig waren.« Er warf einen Blick auf die Uhr. »Hier kommen wir derzeit nicht weiter. Also statten wir Menko Bruhns den geplanten Besuch ab.« Er winkte seinem Assistenten, ihm zu folgen.

»Sprechen wir ihn auf die verschwundene Leiche an?«, fragte Hasenkrug.

»Das sehen wir dann. Hab mich selbst noch nicht so richtig an den Gedanken gewöhnt, dass wir nun ohne Leiche ermitteln. So was muss man ja erst mal sacken lassen. Mir fehlt noch eine passende Strategie für das weitere Vorgehen. Ich hoffe, dass der Fall nicht noch mehr unschöne Überraschungen für uns bereithält.«

»Das können Sie laut sagen, Chef«, stimmte Hasenkrug ihm zu. »Sieht nach einer komplizierten Geschichte aus. Schade eigentlich.«

»Sehr bedauerlich, ja«, brummte Büttner. »Hoffentlich schaffen wir wenigstens die letzte Fähre. Ich würde mich gerne mal umziehen.«

»Irgendwie müssen die Kollegen ja auch wieder zurück aufs Festland«, meinte Hasenkrug. »Wir könnten uns ihnen anschließen, falls es mit der Fähre nicht klappt.«

»Gute Idee, Hasenkrug. Bis dahin gibt es jedoch noch einiges zu tun.«

7

Menko Bruhns schien nicht besonders überrascht zu sein, sie zu sehen, als er den Kommissaren die Tür öffnete. Auch die Dienstausweise registrierte er ohne erkennbare Regung, sodass David Büttner davon ausging, dass Hannes Ruffelt bereits einen Rundruf gestartet hatte, um die Beamten bei seinen Stammtischkollegen anzukündigen. Schade eigentlich, aber auf einer Insel wie Baltrum war wohl nichts anderes zu erwarten. Büttner wünschte sich, der Handyempfang würde hier nur halb so gut funktionieren wie die Buschtrommeln.

»Tee?«, fragte Menko Bruhns, noch bevor Büttner und Hasenkrug ihr Anliegen hatten vorbringen können. Dafür, dass er am gestrigen Abend blau wie eine Haubitze gewesen war, machte Bruhns heute einen erstaunlich frischen Eindruck. Auch lag bei seiner Frage ein zugewandtes Lächeln auf seinem Gesicht, und er hatte sie mit einem freundlichen *Bitte, treten Sie näher!* hineingebeten. Entweder war er ein guter Schauspieler oder aber es verhielt sich mit ihm genauso, wie die Wirtin des *Smutje* es ihnen gesagt hatte, nämlich dass Menko Bruhns ein ganz angenehmer Zeitgenosse sei, solange er die Finger vom Alkohol ließ.

»Sie leben alleine?«, begann Büttner, als sie alle in der Küche am Tisch saßen und mit Tee versorgt waren. Soweit Büttner es nach einem ersten Eindruck beurteilen konnte, war die Einrichtung der Wohnung überaus spartanisch.

Die Tür zum Wohnzimmer hatte offen gestanden,

doch außer einem abgeschabten Sofa mit niedrigem Beistelltisch und einem Fernsehsessel, der vor einem riesigen Bildschirm stand, war kaum ein Möbelstück zu sehen gewesen. Auch das graue Laminat des Bodens trug nicht eben zur Behaglichkeit bei. In der mit beigefarbenen Schränken eingerichteten Küche verhielt es sich nicht anders. Außer einer Kaffeemaschine und einem Kanten Brot auf einem Holzbrett stand oder lag nichts herum. Der Herd war blitzblank geputzt und schien bislang wenig genutzt worden zu sein.

Wo nichts ist, kann auch nichts in Unordnung gebracht werden, schoss es Büttner durch den Kopf, doch sprach er es nicht aus. Den Einrichtungsstil seiner Mitmenschen zu bewerten, gehörte nun wahrlich nicht zu seinen Aufgaben, auch wenn dieser manchmal durchaus Rückschlüsse auf den Charakter des Nutzers zuließ. Zum Mörder aber stempelte er niemanden.

»Meine Frau ist mit einem anderen durchgebrannt«, erklärte Bruhns. »Ist ewig her. Hat es hier auf der Insel nicht ausgehalten. Irgendwann in der Saison hat sie sich einem Touristen an den Hals geschmissen und ist weg. Unsere Tochter hat sie mitgenommen. Ich hab die beiden nie wiedergesehen.« Er zuckte resigniert die Schultern. »Kannste nix machen. Nicht jeder ist für das Inselleben geschaffen. Aber mich hätte hier keiner weggekriegt, nicht für alles Geld der Welt.« Er trank seine Tasse in einem Zug leer und schenkte noch einmal nach.

»Sie waren gestern ziemlich aufgebracht, als ich den Tod von Helga Brandes erwähnt habe«, kam Büttner auf ihren Fall zu sprechen.

»Jo. Muss der Alkohol gewesen sein. Bin sonst gar nicht so.«

»Ihr Kollege vom Stammtisch deutete an, dass Sie in

letzter Zeit Ärger mit Frau Brandes gehabt haben. Worum ging es da?«

Bruhns schnaubte. »Ach, das war doch nix. Wie man sich unter Nachbarn eben mal so streitet.« Er hob den Kopf und sah Büttner direkt in die Augen. »Aber deswegen bringe ich sie doch nicht gleich um, falls Sie das jetzt glauben.«

»Worum ging es in Ihrem Streit?«, versuchte Büttner es erneut.

»Sie hat mir Gäste ausgespannt.«

»Gäste ausgespannt?«, hakte Hasenkrug nach. »Wie genau muss man sich das vorstellen?«

»Wir, also Helga und ich und noch ein paar andere, haben da so eine Seite im Internet, wo wir unsere Ferienwohnungen anbieten. Und irgendwie waren die Wohnungen von Helga immer besetzt, ja sogar überbucht, und meine wurden viel seltener nachgefragt. Das fand ich komisch. Hab Helga zur Rede gestellt, aber sie hat so getan, als wüsste sie von nix.«

»Sie glauben, dass sie Einfluss auf die Buchungen genommen hat? Wie genau sollte das funktionieren?«

»Ja, was weiß denn ich. Kenn mich doch nicht aus mit dem Kram. Aber Helga kennt sich damit ganz gut aus, die würde das schon hinkriegen.«

»Ist Ihre Ferienwohnung hier im Haus?«, fragte Büttner.

»Nee, das ist das Holzhaus hinten im Garten.« Er deutete zum Fenster raus. Büttner folgte seinem Finger und entdeckte einen in einem leuchtenden Zitronengelb gestrichenen Pavillon, der gar nicht so recht in seine triste Umgebung passen wollte. Was natürlich an der Jahreszeit liegen mochte. Wie der Garten in der Saison aussah, konnte er nicht beurteilen.

»Haben Sie selbst den Pavillon eingerichtet?«, fragte

Büttner, der einen Verdacht hegte, warum die Gäste ausblieben.

Bruhns sah ihn erstaunt an. »Ja, wer denn sonst?«

»Verstehe.« Büttner sah aus den Augenwinkeln, dass Hasenkrug versuchte, ein Grinsen zu unterdrücken. Ganz offensichtlich konnte auch er sich nicht vorstellen, dass Bruhns im Pavillon ein für Touristen heimeliges Nest geschaffen hatte. »Und wo sind die Ferienwohnungen von Frau Brandes?«

»Na, gleich nebenan doch«, antwortete Bruhns, als gehörte dies zum Allgemeinwissen.

»Wie wir hörten, lebte sie selbst auch in dem Haus.« Büttner hatte bislang noch auf das Okay der Spurensicherung gewartet, das Haus des Opfers betreten zu dürfen. Es sei so groß, hatte es geheißen, dass sie auch den heutigen Vormittag noch für ihre Arbeit benötigten. Büttner hatte am gestrigen Tag nur einen kurzen Blick auf das Haus geworfen und es durchaus beachtlich gefunden. Da die Besitzerin aber offensichtlich am Strand den Tod gefunden hatte, war es nicht dringend gewesen, das Haus zu betreten. Sie würden es später nachholen.

»Ja. Sie hat da drei Ferienwohnungen und lebt selbst unten drin. Also lebte. Nun isse ja tot.«

Im Gegensatz zu gestern Abend hatte Büttner nun nicht mehr das Gefühl, als würde Helga Brandes' Tod ihren Nachbarn sonderlich berühren.

»Wissen Sie, wer das Haus erbt?«, fragte Hasenkrug.

Bruhns zuckte die Schultern. »Ihr Bruder ja wohl.«

»Hatte sie keine Kinder?«

»Nee.«

»Und einen Mann?«

»Nee. Der ist schon lange tot.«

Büttner nickte Hasenkrug zu, zum Zeichen, dass er

die Erbschaftsverhältnisse der Dame überprüfen sollte. »Sie haben gestern angedeutet, dass Frau Bruhns etwas mit Ihrem Stammtischkollegen … ähm …«

»Freddy Wagner«, half Hasenkrug ihm auf die Sprünge.

»Ja, dass sie etwas mit diesem Freddy hatte. Waren die beiden ein Paar?«

»Freddy war schon immer hinter ihr her, seit ihr Mann tot ist.« Er machte eine wegwerfende Handbewegung. »Ach, was sag ich, davor ja auch schon. Aber sie hat ihn immer abblitzen lassen. Nur in letzter Zeit …« Menko Bruhns biss sich auf die Lippen.

»Ja?«

Bruhns warf die Hände in die Luft und klang plötzlich verärgert. »Ach, was weiß denn ich, was Helga und Freddy miteinander hatten. Ich sitz ja schließlich nicht bei denen im Schlafzimmer.«

»Das klang gestern aber ganz anders«, stellte Büttner fest. »Dem Bruder von Frau Brandes – wie hieß er noch gleich?«

»Piet.«

»Piet gegenüber haben Sie behauptet, dass da was lief zwischen den beiden.«

»Was weiß denn ich. War's das?« Menko Bruhns schien es plötzlich eilig zu haben, sie loszuwerden. Er knetete nervös seine Hände im Schoß, was er vorher nicht getan hatte. Auch schaute er ständig hektisch zum Fenster hinaus, als befürchtete er, von jemandem beobachtet zu werden.

Irgendetwas musste es mit diesem Freddy auf sich haben, dachte Büttner. Oder mit Piet. Oder mit beiden. »Wie stehen Sie zu Harm Tholen?«, fragte er, ohne sich von der Nervosität seines Gegenübers beeindrucken zu lassen.

»Harm ist einer von uns. Mehr gibt's dazu wohl nicht zu sagen.«

»Wissen Sie, ob er in letzter Zeit mit irgendwem Streit hatte? War er anders als sonst?«

»Nee. Harm ist Harm. Ich glaub ja nicht, dass er mit Helgas Tod was zu tun hat, dafür gibt's doch gar keinen Grund. Haben sich gut verstanden, die beiden. Da will ihm doch jemand was unterschieben. Das glauben wir alle hier auf der Insel.«

»So, glauben Sie das?«

»Aber Sie können sich nicht vorstellen, dass es jemand von der Insel ist, der ihm was unterschieben will?«, mischte sich Hasenkrug ein.

»Nee, ganz sicher nicht. Warum sollte das wohl jemand tun?«

»Wo waren Sie denn, als Helga Brandes ermordet wurde?«

Das Kneten der Hände im Schoß wurde heftiger, als Bruhns hervorpresste: »Wo soll ich wohl gewesen sein? Zu Hause natürlich.«

»Nicht in der Gaststätte, im *Smutje*, so wie Harm Tholen?«

»Nee. Ich bin da ja nicht dauernd.«

»Und Harm Tholen ist da dauernd?«

Menko Bruhns wand sich auf seinem Stuhl. »Na ja, der geht da immer zum Essen hin, seit seine Gertrud tot ist. Was bleibt ihm übrig, er kann ja nicht kochen. Und jetzt im Winter gibt es sonst nicht so viele Möglichkeiten, was Warmes zu kriegen.«

»Sie kochen selbst?«

»Ja, nee, ich ... Ist das jetzt wichtig?« Er zeigte auf die Wanduhr. »Ich muss gleich zum Doc. Wenn das dann alles wär ...«

»Ja, vorerst wäre das dann alles.« Büttner stand auf.

»Aber wir kommen wieder auf Sie zu, falls wir noch Fragen haben. Vielen Dank für den Tee, Herr Bruhns.«

»Da nicht für.« Menko Bruhns ging ihnen voraus zur Haustür. »Schönen Tag noch«, sagte er. Bevor Büttner und Hasenkrug etwas erwidern konnten, fiel die Tür hinter ihnen ins Schloss.

»Das war ein glatter Rausschmiss. Möchte mal wissen, was mit dem plötzlich los war«, meinte Hasenkrug. »Sobald die Frage auf Freddy und Piet kam, war er wie ausgewechselt. Seltsam.«

»Wir sind in einer Mordermittlung, Hasenkrug«, stellte Büttner fest. »Da benehmen sich viele Menschen, denen wir begegnen, seltsam. Wir werden schon noch herausfinden, was es mit den dreien auf sich hat. Und deshalb nehmen wir uns gleich mal den Bruder von Helga Brandes vor.« Er deutete auf das Haus nebenan. »Aber zuerst schauen wir uns das Anwesen des Opfers mal genauer an.«

8

Zwei Mitarbeiter der Spurensicherung verließen gerade mit jeweils einem Koffer in der Hand das Haus von Helga Brandes, als David Büttner und Sebastian Hasenkrug auf den Eingang zuliefen.

»Moin. Wir sind soweit fertig«, verkündete einer von ihnen. »Haben alles auf den Kopf gestellt, vom Dach bis zum Keller und auch den Garten.«

»Was Interessantes dabei?«, fragte Büttner.

»Auf den ersten Blick nicht. Wir haben ihren Computer mitgenommen und diverse Akten und Notizbücher. Mal gucken, ob sich da was findet, was euch weiterhilft. Ich hab den Kollegen auf dem Kommissariat schon Bescheid gesagt, die freuen sich aufs Aktenwälzen.« Er grinste.

»Kann ich mir vorstellen.« Büttner grinste zurück. »Habt ihr ein Handy gefunden?«

»Nein.« Der Mann in weißem Schutzanzug machte eine Kopfbewegung zum Haus hin. »Übrigens: Ihr müsst die Türen nachher noch versiegeln.«

»Wird gemacht. Fahrt ihr jetzt aufs Festland zurück?«

»Ja, die Kollegen von der Wasserschutzpolizei bringen uns rüber. Die Fähre fährt ja hier nur alle Jubeljahre mal, da können wir nicht drauf warten.«

»Dann gute Überfahrt. Wir sehen uns.«

»Nun ja, ein bisschen wohnlicher als bei Menko Bruhns sieht es hier ja schon aus«, stellte Büttner fest, als sie das Haus betraten. Bereits die ungewöhnlich große Diele strahlte mit ihren in hellen Gelbtönen gestrichenen Wänden eine gewisse Behaglichkeit aus. Neben zwei taubenblauen Sesseln stand ein Tisch, auf ihm eine Vase mit frischen Blumen. Die Wände zierten Aquarelle mit Nordseemotiven sowie ein Regal mit Kerzen und Büchern. Büttner verspürte spontan Lust, sich in einen der Sessel zu setzen und zu schmökern.

Auch alle anderen Räume im Erdgeschoss waren ausnehmend geschmackvoll eingerichtet, Helga Brandes schien ein Händchen für Inneneinrichtung gehabt zu haben.

Sie stiegen die Treppe hinauf und fanden sich vor einer Tür wieder, an der ein Schild mit der Aufschrift *Möwe* hing. »Vermutlich eine der Ferienwohnungen.« Büttner drückte die Klinke hinunter. »Richtig geraten«, stellte er fest, als sie gleich darauf in einem ebenfalls sehr ansprechend gestalteten Raum standen.

Sie setzten ihre Besichtigungstour nach oben fort, neben der *Möwe* gab es hier noch den *Seehund* und die *Krabbe*. Jede der Wohnungen hatte ihren eigenen Stil, doch sie alle verband das Flair des Nordischen.

»Es wäre wirklich schade, wenn diese Wohnungen jetzt aufgegeben werden müssten«, meinte Büttner. »Als Feriengast fühlt man sich hier doch bestimmt bestens aufgehoben.«

»Zumindest besser als bei Menko Bruhns«, grinste Hasenkrug. »Dafür musste Helga Brandes wohl kaum das Internet manipulieren.«

»Sehe ich auch so.«

»Vielleicht lagen die Probleme ja woanders«, gab Hasenkrug zu bedenken. »Im Service oder beim Frühstück oder was auch immer.«

Büttner sah ihn skeptisch an. »Sie vermuten, dass es einer ihrer Feriengäste war, der sie umgebracht hat? Weil er meinte, nicht angemessen umsorgt zu werden?«

»Wir sollten es zumindest nicht ausschließen. Noch haben wir ja keinen konkreten Anhaltspunkt darauf, dass es jemand von der Insel war. Auch wenn sich alle ein wenig merkwürdig benehmen.«

»Heißt das, die anderen Bewohner Baltrums, die Sie gestern befragt haben, haben sich auch merkwürdig benommen?«, hakte Büttner nach.

»Zumindest haben sie alle abgeblockt, wenn es konkret wurde, und auf jemand anderen verwiesen, der uns weiterhelfen könnte. Irgendwann war die Reihe geschlossen und man verwies mich zurück auf denjenigen, mit dem ich zuerst gesprochen hatte. Ein Nullergebnis also. Ich hoffe, dass die Kollegen irgendetwas in den Akten finden.«

»Als Allererstes sollten wir die Leiche wiederfinden«, wandte Büttner ein. »Denn ohne die haben wir sowieso schlechte Karten. Noch haben wir ja nicht einmal einen verlässlichen Obduktionsbericht.« Er fluchte. »Ich frag mich wirklich, wie so was unbemerkt passieren kann.«

»Aber wir wissen immerhin, dass Helga Brandes wirklich tot ist.«

»Ja. Aber anscheinend wollte irgendjemand nicht, dass wir mehr wissen als das. Fragt sich nur, warum.« Büttner öffnete die Schubladen eines Nachttisches, doch alles, was zum Vorschein kam, war eine Bibel. »Wann kommt die Hundestaffel? Wenn sie noch lange brauchen, wird es wieder dunkel.«

»Gut möglich, dass sie schon da sind.« Hasenkrug schaute auf sein Smartphone. »Kein Empfang. So werden wir es nie erfahren. Aber sie wissen, was sie zu tun haben.«

»Um auf dem Laufenden zu bleiben, sollten wir ab und zu mal bei unserem Inselpolizisten im Büro vorbeischauen. Da gibt es wenigstens WLAN. Nicht, dass uns noch irgendwas durch die Lappen geht. Womöglich ist der Leichnam längst wieder aufgetaucht und wir machen uns ganz umsonst Gedanken.« Er wollte noch etwas hinzufügen, als er meinte, von der Haustür her ein Geräusch zu hören. Er bedeutete Hasenkrug mit einem Fingerzeig, still zu sein, dann zeigte er nach unten. Hasenkrug nickte.

Bedacht darauf, kein Geräusch zu machen, schlichen sich die beiden Kommissare die Treppen hinunter. Inzwischen war eindeutig zu hören, dass sich außer ihnen noch jemand im Haus aufhielt. Und dieser Jemand machte ordentlich Krach. Büttner, der, wie fast immer, ohne Waffe unterwegs war, bemerkte aus dem Augenwinkel, dass Hasenkrug seine Pistole zog und entsicherte. Er ließ ihn vor.

Im Erdgeschoss angekommen, blieben sie kurz stehen, dann zeigten sie beide gemeinsam aufs Wohnzimmer. Ganz offensichtlich machte sich dort jemand an den Möbeln zu schaffen. Schranktüren knarzten, Scharniere quietschten. Bei der erklecklichen Anzahl antiker Möbel, die in Helga Brandes' Wohnung standen, war diese Geräuschkulisse nicht wirklich verwunderlich.

Auf einen Wink von Büttner hin, preschte Hasenkrug vor, stieß mit dem Fuß die Tür auf, sodass diese krachend gegen die Wand donnerte, und sprang ins Zimmer. »Polizei! Nehmen Sie die Hände hoch!«

Als Hasenkrug nickte, folgte Büttner ihm. »Moin«, sagte er ruhig, als er erkannte, wer da völlig überrumpelt, die Arme in die Luft gestreckt, vor ihm stand und am ganzen Leib zitterte. »Darf ich fragen, was Sie hier machen?«

»Das ... das Gleiche könnte ich Sie fragen«, keuchte der Mann empört. »Ich hätte fast einen Herzinfarkt gekriegt.«

»Dieses Haus darf bis auf Weiteres von niemandem betreten werden«, klärte Büttner ihn auf. »Also, was haben Sie hier zu suchen? Wenn ich mich recht erinnere, sind Sie der Bruder von Helga Brandes? Piet Boonkamp, richtig?«

»Ja. Und damit ist auch die Frage beantwortet.« Der Mann klang nun schon wieder viel selbstsicherer. Vorsichtig nahm er die Arme nach unten, Büttner ließ ihn gewähren. »Helga ist tot, ihre Beerdigung muss organisiert werden und das ganze Drumherum. Deshalb bin ich hier, schließlich wollen alle Behörden und so irgendwelche Unterlagen sehen, bevor Helga ...« Er ließ den Rest des Satzes in der Luft hängen.

»Und deshalb veranstalten Sie hier solch ein Tohuwabohu? Das glauben Sie doch wohl selber nicht!« Büttner ließ seinen Blick durch den Raum schweifen. Der Boden war übersät mit Papieren und Zeitungen, die Schubladen eines antiken Sekretärs waren herausgerissen, eines der Schlösser ganz offensichtlich aufgebrochen worden. »In der Kürze der Zeit haben Sie ja ganze Arbeit geleistet«, stellte er fest. »Kann mir kaum vorstellen, dass es mit der Beerdigung Ihrer Schwester so dringend ist, dass Sie dafür Schubladen aufbrechen und all das Zeug durch die Gegend schmeißen müssen. Zumal der Leichnam Ihrer Schwester ja ver...« Nach einem warnenden Blick seines Assistenten verschluckte er den Rest des Satzes. Nun hätte er sich beinahe verplappert. »Da er ja sowieso erst einmal von der Gerichtsmedizin freigegeben werden muss.« Büttner kniff die Augen zusammen und fokussierte Boonkamps Hände. »Was haben Sie denn da? Das sieht ja aus, wie ... Geld?« Er trat ein paar Schritte vor, während Hasenkrug Boonkamp immer noch mit der Waffe in Schach hielt. Sicher war sicher.

»Tatsächlich.« Er nahm dem Mann das Geldbündel aus der Hand und fuhr mit seinem Daumen die Scheine entlang. »Das dürften mindestens tausend Euro sein«, stellte er fest. »Wollten Sie Ihre Schwester beklauen? Sind Sie deswegen hier?«

»Es ... es ist für ihre Beerdigung. Irgendwer muss sich doch schließlich darum kümmern. Und ... und Helga hat doch sonst niemanden.«

»Gerade sprachen Sie noch von Unterlagen, die Sie dafür benötigen. Doch alles, was ich sehe, ist jede Menge Geld. Das hiermit beschlagnahmt ist.«

»Aber ... aber, das hab ich doch nur zufällig gefunden. Es lag hier in der Schublade. Ich ... ich wusste nicht, dass es hier liegt. Ganz ehrlich nicht. Aber ich brauch es doch sowieso, sonst kann ich doch ...«

»Die Beerdigung nicht bezahlen, ja, ja, ich weiß«, unterbrach Büttner ihn mit einer ungeduldigen Handbewegung. »Ob das nun stimmt oder nicht, Sie haben jedenfalls nicht das Recht, dieses Haus zu betreten, ohne vorher eine Erlaubnis von den Ermittlungsbehörden eingeholt zu haben. Und schon gar nicht haben Sie das Recht, sich an dem Eigentum Ihrer Schwester zu vergreifen, bis es Ihnen offiziell zugesprochen wurde.«

Boonkamp senkte den Kopf. »Das ... das wusste ich nicht.«

»Sehen Sie, und genau das glaube ich Ihnen nicht.« Büttner sah auf die Uhr. »Wir sehen uns um fünfzehn Uhr auf der Polizeistation, Herr Boonkamp. Jetzt können Sie erst mal gehen.«

»Und das Geld?«

Büttner runzelte die Stirn. »Was genau haben Sie an dem Wort *beschlagnahmt* nicht verstanden? Um fünfzehn Uhr auf der Polizeistation, Herr Boonkamp, und keine Minute später.«

Piet Boonkamp kniff die Lippen zusammen und schlich gesenkten Hauptes hinaus.

»Ich glaube dem kein Wort«, sagte Hasenkrug, als die Haustür ins Schloss gefallen war. »Kann mir doch keiner erzählen, dass es ihm nur um die Beerdigung geht. Die ganze Aktion stinkt doch zum Himmel. Irgendwas muss hier sein, das …«

»Gut möglich, dass das, was er sucht, längst bei den Kollegen auf dem Schreibtisch liegt«, unterbrach Büttner den Redefluss seines Assistenten. »Wenn es etwas gibt, was dieses Schlachtfeld hier rechtfertigt, dann wird es sich uns schon offenbaren.«

»Die Hundestaffel durchkämmt bereits die Insel«, wechselte Hasenkrug das Thema und hielt Büttner sein Smartphone unter die Nase, auf dem ein Foto von Uniformierten zu sehen war, die sich in den Dünen aufhielten. »Wie schön, dass die Satellitensignale doch ab und zu mein Handy erreichen. Das Foto wurde vor zwanzig Minuten geschossen. Wahrscheinlich hatten sie versucht, mich anzurufen.« Er bestätigte diese Vermutung durch ein Kopfnicken, als er die Liste seiner Telefonate durchscrollte. »Frau Weniger hat auch schon angerufen. Allerdings hat sie keine Nachricht hinterlassen oder geschrieben. So dringend kann es also nicht sein.«

»Dennoch sollten wir es baldmöglichst klären«, meinte Büttner. Er rieb sich den Bauch. »Ich würde vorschlagen, dass wir jetzt erst mal Mittag machen. Das heißt, wir gehen wieder ins *Smutje*. Vielleicht treffen wir ja auf den einen oder anderen Herren, den wir sowieso aufsuchen wollten. Wer fehlt uns denn noch in unserer Reihe?«

»Freddy Wagner.«

»Das ist der Mann, der angeblich Helga Brandes nachgestiegen ist, richtig?«

»Richtig.«

»Gut. Falls er nicht in der Gaststätte ist, besuchen wir ihn anschließend zu Hause. Bis fünfzehn Uhr bleibt uns ja noch Zeit. Um sechzehn Uhr gehen wir zum Hafen und warten auf die Fähre. Ich hoffe, dass wir dort jemanden antreffen, der gestern für die Verladung der Fracht zuständig war. Aber jetzt freue ich mich erst mal auf ein gutes Mittagessen.«

9

Freddy Wagner saß am Tisch mit den zwei jüngeren Männern, die David Büttner am Abend zuvor als Currywurstesser tituliert hatte. Sie spielten Skat. Während Freddy ein Pils vor sich stehen hatte und ein Zigarillo rauchte, beschränkten sich seine Spielkameraden auf den Genuss einer Cola. Außer ihnen und der Wirtin hielt sich niemand in der Gaststätte auf.

»Moin.« Büttner blieb am Tisch stehen, während Hasenkrug auf die Toilette verschwand. »Gut, dass Sie hier sind, Herr Wagner. Wir würden uns gerne mit Ihnen unterhalten.«

Wagner schaute kurz hoch. »Hab schon gehört, dass Sie uns gestern was vorgespielt haben und nun hier rumschnüffeln. Glaub kaum, dass ich Ihnen weiterhelfen kann. Hab keine Ahnung, wer Helga das angetan hat, und hab auch keine Lust, dauernd drüber nachzudenken.«

»Nun, wir können Sie nicht zwingen, mit uns zu reden«, stellte Büttner fest. »Aber dass dieses Verhalten kein gutes Licht auf Sie wirft, ist Ihnen doch sicherlich klar.«

»Ist mir völlig wumpe, was das für ein Licht auf mich wirft«, nuschelte Wagner hinter seinem Zigarillo hervor. Obwohl er von Büttner abgelenkt wurde, schien er hoch konzentriert zu spielen, denn soeben beendete er mit einem knappen *Gewonnen!* die Partie. Sofort sammelte er die Karten ein, mischte sie und teilte erneut aus. Seine Mitspieler hatten bislang kein Wort gesprochen, sondern schienen sich ausschließlich fürs Spiel zu interessieren.

Büttner beschloss, offensiver vorzugehen. »Dabei sollte es doch gerade in Ihrem Interesse liegen, dass wir den Mörder von Frau Brandes dingfest machen, denn wie uns gesagt wurde, waren Sie mit Frau Brandes liiert.«

»So, sagt man das.«

»Stimmt es denn nicht?«

»Das geht nur Helga und mich was an.«

Büttner ließ sich nicht beirren. So einfach würde der Kerl nicht davonkommen. Er zog einen Stuhl heran und setzte sich. Für eine Weile verfolgte er schweigend das Spiel, bei dem die Karten in einem beachtlichen Tempo ausgespielt und wieder eingesammelt wurden. Hier saßen drei geübte Spieler am Tisch.

»Was soll's denn sein, Herr Kommissar?«, fragte Wirtin Ilse Akkermann, die zu ihnen getreten war. Ihre ganze Haltung drückte Abwehr aus, und sie schaute ihn so finster an, dass Büttner sich wunderte, überhaupt nach seinen Wünschen gefragt zu werden. Er hatte wahrlich keine Lust, auf dieser Insel zu verhungern. Was, wenn die Wirtin beschloss, dass sie die Polizisten nicht mehr bedienen würde? Büttner hielt das keineswegs für ausgeschlossen, bei dem wenig kooperativen Verhalten, das die Insulaner bislang an den Tag gelegt hatten.

»Was haben Sie denn heute zum Mittagessen?«, erkundigte er sich.

»Kohlrouladen mit Salzkartoffeln.«

»Klingt fantastisch. Und dazu ein alkoholfreies Pils, bitte.« Büttner deutete auf einen der Nachbartische. »Aber ich setze mich dort drüben mit meinem Kollegen hin, wenn es fertig ist.«

»Sie machen hier ja einen ganz schönen Wirbel«, bemerkte Ilse Akkermann. »Nach was suchen die ganzen Polizisten eigentlich, dass sie dafür die Dünen kaputttrampeln? Und das auch noch mit diversen Hunden. Von Küstenschutz haben die wohl noch nie was gehört.«

Büttner sah, dass Sebastian Hasenkrug von der Toilette zurückkam, sich jedoch nicht zu ihnen gesellte, sondern sich an einen anderen Tisch setzte, auf seinem Smartphone herumdaddelte und dabei zufrieden nickte. Büttner schloss daraus, dass er Empfang hatte.

Er überlegte kurz, ob es der richtige Zeitpunkt war, mit der Wahrheit herauszurücken. Lange würde sich der Zweck der Suchaktion sowieso nicht mehr geheim halten lassen. Er war sich nicht einmal sicher, ob seine Kollegen Order hatten, zu schweigen, wenn sie nach dem Grund ihres Einsatzes gefragt wurden. Vielleicht half die Wahrheit ja sogar dabei, die Baltrumer endlich wachzurütteln. Einen Versuch war es wert. »Sie suchen nach Helga Brandes«, sagte er daher, musste jedoch feststellen, dass er sich ein wenig missverständlich ausgedrückt hatte, denn Freddy Wagner riss jetzt die Augen auf und sagte mit bebender Stimme: »Helga lebt?« Zum ersten Mal, seit Büttner in der Kneipe war, legte Wagner sein Skatblatt auf dem Tisch ab.

Büttner hob die Hand. »Nein. Sie lebt nicht. Aber ihr Leichnam ist verschwunden.«

»Nun sagen Sie bloß«, erwiderte die Wirtin, während Wagner nach Luft schnappte. Er stützte sich mit den Händen am Tisch ab und stemmte sich halb in die Höhe. »Was sagen Sie da? Das ist doch wohl ein schlechter Scherz!«

»Leider nicht. Es entspricht den Tatsachen.«

Büttner schreckte kurz zusammen, als nun einer der

Currywurstesser wie von der Tarantel gestochen aufsprang, sein Skatblatt zu Boden rieseln ließ und Richtung Toilette hetzte. »Mir ist schlecht«, murmelte er im Vorbeigehen, und tatsächlich hatte sein Gesicht einen ungesunden Grauton angenommen. An der Cola konnte das wohl kaum liegen. Büttner musterte den Begleiter des Mannes, der mit gerunzelter Stirn vor sich hinstarrte.

Als er Büttners prüfenden Blick bemerkte, sagte er ein wenig zu schnell: »Florian ist sensibel. Bei solchen Geschichten reagiert er immer hoch emotional, wissen Sie? Schon als er gestern von dem Mord hörte, hat sein Magen rebelliert. Die ganze Nacht ist er nicht zur Ruhe gekommen.«

Büttner ließ das einfach mal so stehen, auch wenn er sich plötzlich brennend für die beiden interessierte. Aber er würde sie sich später zur Brust nehmen, denn – sensibel oder nicht – alarmiert war er durch die unerwartete Reaktion des Mannes allemal.

Auch Hasenkrug schien sich seinen Teil zu denken, denn er nickte Büttner nun mit einem bedeutsamen Gesichtsausdruck zu.

»Ich mach mich dann mal an die Roulade«, verkündete die Wirtin. Auf dem Weg zur Küche fragte sie Hasenkrug, ob er auch eine wolle, woraufhin der nickte.

»Aber man hat Helga gestern aufs Festland gebracht! Das hat mir Franz doch selbst erzählt«, ließ Wagner nicht locker.

»Das dachten wir auch, ja.«

»Aber Franz sagt, sie hätten den Sarg verladen.« Wagner ließ sich zurück auf den Stuhl fallen und raufte sich die Haare. »Ich glaub das ja nicht. Nee, das glaub ich wirklich nicht! Und sie ist wirklich mitsamt dem Sarg verschwunden?«

Büttner beschloss, darauf nichts zu erwidern, denn es war sicherlich nicht ratsam, zu viele Details preiszugeben. Ob Helga Brandes nun mit ihrem Sarg oder ohne verschwunden war, tat an dieser Stelle nichts zur Sache.

»Aber was ist denn passiert? Ich meine, wie konnte das denn passieren?«

»Das wüssten wir auch gerne.« Büttner schaute von einem zum anderen. »Irgendeine Idee, wer daran ein Interesse haben könnte?«

Erwartungsgemäß schüttelten beide den Kopf, und Wagners Gesicht verschloss sich wieder. Auch die Tatsache, dass der Leichnam seiner Gefährtin gerade von einer ganzen Hundestaffel gesucht wurde, schien ihn nicht zur Kooperation mit den Ermittlern zu veranlassen. Bedauerlich.

»Wo waren Sie vorgestern zwischen neunzehn und einundzwanzig Uhr, Herr Wagner?«, fragte Büttner.

»Wo soll ich schon gewesen sein?« Wagners Stimme klang plötzlich viel dunkler. »Zu Hause natürlich.«

»Nicht hier in der Kneipe?«

»Nein.«

»Kann das jemand bezeugen?«

»Meine Frau. Sie war bei mir. Wir haben Fernsehen geguckt.«

»Ihre Frau?« Büttner konnte sein Erstaunen nicht verbergen. »Ich denke, Sie waren mit Helga Brandes liiert?«

»Ach, was wissen denn Sie!«, kam es schroff zurück.

»Wusste Ihre Frau vom Verhältnis ...?« Büttner unterbrach seine Frage, als er bemerkte, dass der Currywurstesser, dessen Freund noch nicht zurückgekehrt war, interessiert von einem zum anderen schaute. Vielleicht war es doch besser, diese Befragung ohne Zeugen fortzusetzen. Er stand auf, als die Wirtin sein Essen bei

Hasenkrug auf den Tisch stellte. »Ich komme wieder auf Sie zu, Herr Wagner. Wir sind noch nicht fertig. Halten Sie sich bitte zu unserer Verfügung. Und Sie beide«, wandte er sich an den anderen Mann, »Sie kommen bitte morgen früh um zehn Uhr auf die Polizeistation. Auch an Sie hätte ich ein paar Fragen.«

Er erntete einen finsteren Blick. »Warum? Sind wir jetzt etwa verdächtig, nur weil Florian einen sensiblen Magen hat?«

Büttner kramte seinen Notizblock aus der Tasche. »Wenn Sie mir bitte Ihre Namen nennen können?«

»Michael Bellmann. Das bin ich. Und Florian Teichner.«

»Gut. Dann sehen wir uns morgen um zehn Uhr.« Büttner schaute über die Schulter, aber Florian Teichner ließ noch immer auf sich warten. »Vielleicht sollten Sie mal nach Ihrem Freund schauen. Wenn er so sensibel ist, braucht er vielleicht ... Okay, hat sich erledigt.« Gerade trat Teichner durch die Tür, die zu den Toiletten führte. Auf seinem wachsbleichen Gesicht standen Schweißperlen. »Tut mir leid«, murmelte er, als er an Büttner vorbeilief, und strich sich über den Bauch. »Empfindlicher Magen.«

Büttner verzichtete auf eine Erwiderung und setzte sich zu seinem Assistenten an den Tisch. »Guten Appetit«, sagte der. »Die Kohlroulade schmeckt ganz wunderbar.« Er beugte sich zu seinem Chef rüber und raunte: »Alles Weitere besprechen wir lieber außerhalb dieser Kneipe.«

»Haben Sie etwas Interessantes in Erfahrung bringen können?«, raunte Büttner zurück.

»Später.« Hasenkrug machte eine unauffällige Geste zur Wirtin hin, die, nicht weit entfernt von ihnen, mit einem Lappen über die Tische fuhr. »Sie tut so desinteressiert, aber ich bin sicher, dass sie nur deshalb um uns herumschleicht, um nichts von dem, was wir besprechen, zu verpassen.«

Also widmete sich Büttner seiner Kohlroulade. Als die Wirtin das nächste Mal an den Tisch kam, um zu fragen, ob sie noch etwas trinken wollten, bestellten sie zwei weitere alkoholfreie Bier und Büttner sagte: »Ihre Kohlrouladen sind ganz ausgezeichnet. Ich hoffe, Sie haben in den kommenden Tagen jeden Mittag geöffnet?«

»Ja. Hier auf der Insel gibt es einige, die sich auf meine Küche verlassen. Die kann ich nicht hängenlassen. Außerdem hab ich im Winter nicht viel zu tun, wenn nicht gerade Feiertage sind. Da bin ich froh über jeden Gast, der kommt.« Sie nickte zur Tür hin, durch die in diesem Augenblick Freddy Wagner und seine Skatpartner verschwanden. »Die drei haben Sie schon mal erfolgreich vertrieben. Vielen Dank auch.«

»Da nicht für«, entfuhr es Büttner, was ihm ein unwilliges *Pah!* einbrachte. Sofort setzte er ein verbindliches Lächeln auf und hoffte, sie damit wieder zu besänftigen. »Mit uns dürfen Sie dafür auch in den kommenden Tagen rechnen.«

»Sie werden hier also noch länger unterwegs sein?« Begeisterung hörte sich anders an.

»So lange, bis der Fall gelöst ist.«

»Und wie lange dauert das?«

»Bis der Fall gelöst ist.«

»So genau wollte ich es gar nicht wissen.«

Büttner seufzte. »Je mehr Kooperation wir von Seiten der Bevölkerung erfahren, desto schneller wird der Fall gelöst sein, Frau Akkermann. Leider rennen wir zurzeit nicht gerade offene Türen ein. Aber über kurz oder lang haben wir noch jeden Mörder verhaften können, ob mit oder ohne Unterstützung der Bevölkerung.« Büttner schob sich ein Stück Kartoffel in den Mund, bevor er weitersprach: »Heutzutage gibt es ja zahlreiche andere Möglichkeiten, etwas herauszufinden. Was natürlich seine Zeit dauert. Tja, und so lange werden wir Ihre schöne Insel wohl mit unserer Anwesenheit beehren müssen.«

»Und wenn sich Helgas Mörder gar nicht mehr auf Baltrum aufhält?«, gab die Wirtin mit mürrischem Gesichtsausdruck zu bedenken.

»Dann werden wir auch das herausfinden.«

»Sie scheinen nicht begeistert zu sein, zwei zahlende Gäste mehr zu haben«, stellte Hasenkrug fest. »Am liebsten würden Sie uns lieber heute als morgen loswerden, stimmt's? Darf ich fragen, warum?«

Alles, was Ilse Akkermann von sich gab, war ein unwilliges Schnauben.

»Es ist schon ein wenig verwunderlich, dass keiner ein rechtes Interesse daran zu haben scheint, dass der Mörder von Helga Brandes seiner gerechten Strafe zugeführt wird«, fuhr Hasenkrug unbeirrt fort. »Man könnte fast den Eindruck gewinnen, Sie steckten alle unter einer Decke. Ich weiß nicht, ob Ihnen bewusst ist, dass sich jeder Einzelne von Ihnen strafbar macht, wenn Sie uns nicht alles sagen, was Sie wissen, und damit unsere Ermittlungen behindern.«

Die Wirtin legte den Kopf in den Nacken und lachte rau auf. »Nun werden Sie mal nicht albern, Herr Kommissar!« Sie wartete keine Erwiderung ab, sondern drehte sich um und ging zur Theke zurück.

»Vielleicht könnten Sie uns wenigstens die Frage beantworten, was Freddy Wagner beruflich macht«, rief Büttner hinter ihr her. »Oder ist er schon in Rente?«

»Wieso haben Sie ihn nicht selbst gefragt?«

»Wir kriegen es sowieso raus. Also?«

»Er arbeitet hier auf Baltrum. Als Sachbearbeiter in der Gemeindeverwaltung.«

»Sehen Sie, war doch gar nicht so schwer. Vielen Dank. Könnten Sie uns bitte noch zwei Cappuccinos bringen? Und etwas Süßes dazu, wenn Sie was da haben.« Büttner vermisste schmerzlich seine geliebten Schokoriegel. Hätte er gewusst, dass er auf dieser Insel würde übernachten müssen, hätte er sich eine Familienpackung davon eingesteckt. Diese Nervennahrung hätte seine Laune gerade noch retten können. Wurde Zeit, dass er einen Supermarkt aufsuchte.

»Ich hab noch Eis in der Gefriertruhe, wäre das recht?«

»Perfekt. Eine große Portion, bitte.«

»Zweimal?«

»Ja, bitte«, rief Hasenkrug. Er warf einen Blick auf die Uhr. »Und dann müssen wir gehen. In einer halben Stunde wird Piet Boonkamp auf der Polizeistation sein. Bin mal gespannt, welche Erklärung er diesmal für das Eindringen ins Haus seiner Schwester parat hat.«

»Irgendetwas Abstruses wird er sich sicherlich zurechtgelegt haben«, befürchtete Büttner. »Aber den knacken wir schon. Viel drängender erscheint mir allerdings die Beantwortung der Frage, wie der Leichnam von Helga Brandes aus dem Sarg verschwinden konnte. Ich hoffe inständig, dass unsere vierbeinigen Kollegen sie aufspüren können. So ohne Leiche steht eine Mordkommission doch ein wenig nackig da.«

Ilse Akkermann brachte die Cappuccinos und zwei gut gefüllte Eisbecher. »Wohl bekomm's«, sagte sie, ohne sie eines Blickes zu würdigen, dann rauschte sie wieder von dannen.

Büttner seufzte vernehmlich. »Na, dann hoffen wir

mal, dass Eis und Kaffee weniger giftig sind als die Wirtin.«

10

Schlecht gelaunt kam David Büttner auf der Polizeistation an. Was nicht nur daran lag, dass ihn auf dem Weg hierher ein heftiger Regenschauer erwischt hatte. Nein, viel schlimmer war, dass das Eis, das ihm zum Dessert serviert worden war, seinen Appetit auf Süßes nur weiter gesteigert hatte. Der Supermarkt aber, in dem er noch rasch ein paar Schokoriegel hatte kaufen wollen, war über die Mittagszeit geschlossen. Wie überhaupt fast alles auf der Insel geschlossen war. Er fragte sich wirklich, wie es ein Normalsterblicher zu dieser Jahreszeit hier aushalten konnte.

Piet Boonkamp war bereits eingetroffen und hielt bei einer Tasse Kaffee offensichtlich einen gemütlichen Plausch mit dem Inselpolizisten Thilo Küppers. Gerade lachten sie über einen Witz, von dem Büttner nur noch die Pointe mitbekommen hatte. Er fragte sich, wie gut die beiden befreundet waren, denn sie machten einen recht vertrauten Eindruck. Womöglich wäre es besser, den Polizisten mit anderen Aufgaben zu betrauen, während Sebastian Hasenkrug und er den Zeugen vernahmen.

»Moin.« Büttner hängte seine tropfnasse Jacke an die Garderobe und rieb sich die kalten Hände. »Haben Sie vielleicht einen Kaffee für mich?«, fragte er seinen Kollegen. »Ich muss erst mal wieder auftauen. Ist wirklich ein bescheidenes Wetter bei Ihnen.«

Küppers deutete auf eine Thermoskanne und mehrere Becher, die vor ihm auf dem Tisch standen. »Bedienen

Sie sich. Ist genug für alle da.« Er schaute Boonkamp fragend an. »Piet, willst du auch noch einen? Mit Kaffee im Bauch spricht sich's leichter.« Er lachte, als hätte er einen besonders guten Witz gemacht. Boonkamp tat ihm den Gefallen und lachte mit.

»Nee, du, lass mal, sonst kann ich die ganze Nacht nicht schlafen.«

»Aber es ist doch erst Mittag.«

»Trotzdem. Keinen Kaffee mehr. Hab doch schon drei Tassen gehabt.«

Büttner hob verwundert die Brauen. Wie lange saß der Kerl denn schon hier bei Küppers? Der kurze Draht, den die Inselbewohner offensichtlich zu ihrem Polizisten hatten, gefiel ihm ganz und gar nicht. Ganz sicher ließ es sich auf einem Flecken Land wie diesem nicht vermeiden, dass sich alle gut kannten. Bei Bagatelldelikten wie beispielsweise einem Fahrraddiebstahl konnte so was auch recht hilfreich sein. Aber ob es bei der Aufklärung eines Mordfalls von Nutzen war, wagte Büttner zu bezweifeln. Schließlich war es kaum vorstellbar, dass sich ein Inselpolizist freiwillig bei seinen Nachbarn unbeliebt machte, indem er unbequeme Fragen stellte. Außerdem fragte sich Büttner, wie viel Einblick Küppers in die privaten Angelegenheiten seiner Mitbürger hatte. Er nahm an, dass es eine ganze Menge war. Womöglich war er sogar mit dem einen oder anderen verwandt. Ein Gewissenskonflikt war also keineswegs ausgeschlossen. Mit Objektivität jedenfalls hatte Küppers' Position hier nichts zu tun. Ob er wenigstens die Klappe halten konnte, wenn es um die Ermittlungsergebnisse ging? Büttner hatte da so seine Zweifel.

Er nahm seinen Kaffee in die Hand und winkte Küppers hinaus in den Nebenraum.

»Was gibt's, Herr Kommissar?«, fragte der.

»Wie lange sitzt Boonkamp denn schon hier bei Ihnen?«

Küppers wiegte den Kopf hin und her. »Och, das mag wohl so ’ne gute Stunde sein.«

»Haben Sie mit ihm schon über den Fall gesprochen? Oder, konkreter gesagt, weiß er, dass der Leichnam seiner Schwester verschwunden ist?«

Küppers sah ihn erstaunt an. »Aber das weiß doch jeder hier. Schließlich haben Sie es selbst in der Kneipe erzählt, wie Freddy sagte.«

»Das war vor nicht einmal einer Stunde.«

»Jo. Aber so was spricht sich doch schnell rum bei uns. Sind doch auch so viele Kollegen mit Hunden und so unterwegs. Kann ja dann gar kein Geheimnis bleiben. Wenigstens nicht für lange.«

»Ich nehme aber an, dass Sie mit den Inselbewohnern nicht über den Fall sprechen?«

Küppers schaute für einen kurzen Moment wie ertappt aus der Wäsche, doch riss er dann die Augen auf und schlug sich mit der flachen Hand auf die Brust. »Ich? Aber das würde ich nie tun, Herr Kommissar! Ich schwöre!« Er hob zwei Finger zum Schwur.

Büttner glaubte ihm kein Wort. Das übertriebene Gebaren seines Kollegen war ihm ein wenig zu dick aufgetragen. Doch eine diesbezügliche Ermahnung würde vermutlich nichts nützen, denn er war überzeugt, dass Küppers in die Kategorie Klatschweib einzuordnen war. Sie würden also genau darauf achten müssen, was sie ihm anvertrauten und was nicht. Er würde Hasenkrug entsprechend instruieren.

Büttner räusperte sich, bevor er sagte: »Na gut. Der Kollege Hasenkrug und ich werden uns jetzt mit Piet Boonkamp unterhalten. Ich würde Sie bitten, in der Zwischenzeit bei den Kollegen vom Suchtrupp vorbeizugehen und nachzufragen, ob es etwas Neues gibt. Und falls sie noch nichts gefunden haben, fragen Sie sie, wie lange sie sich heute noch auf der Insel aufhalten werden.«

Nach einem Blick aus dem Fenster zog Küppers ein langes Gesicht. »Aber es regnet ziemlich stark«, stellte er fest. »Kann man die denn nicht einfach anrufen?«

»Nein, das haben wir schon versucht. Der Handyempfang ist nicht allzu gut.« Büttner war sich zwar nicht sicher, ob Hasenkrug, der draußen noch mit Frau Weniger telefonierte, nicht längst Meldung von den Kollegen hatte, aber schließlich ging es ihm nur darum, Küppers für die Dauer der Befragung loszuwerden. Der Marsch in die Dünen dürfte dafür ausreichend sein. Am liebsten hätte er ihn für die Dauer der ganzen Ermittlungen in Urlaub geschickt, doch lag das leider nicht in seiner Macht.

Küppers fügte sich murrend in sein Schicksal und machte sich auf den Weg.

Hasenkrug saß bereits mit Boonkamp am Tisch, als Büttner zurück in den Raum kam. Etwas Dringendes schien sich in der Zwischenzeit nicht ereignet zu haben, denn sein Assistent schaute ihm mit einem Schulterzucken entgegen. Schade eigentlich. Das ein oder andere Aha-Erlebnis hätte ihren Ermittlungen ganz gutgetan.

Piet Boonkamp saß mit verschränkten Armen da, seine Mimik war abweisend. Der Abgang von Thilo Küppers schien ihn verunsichert zu haben, Büttner hatte gesehen, dass er schwer schluckte, als der Polizist sich verabschiedete. Was auch immer die beiden verabredet hatten, nun versuchte Boonkamp anscheinend, seine Unsicherheit durch eine zur Schau gestellte Coolness zu überspielen.

»So, Herr Boonkamp«, begann Büttner, nachdem er

sich gesetzt hatte. »Ist Ihnen inzwischen wieder eingefallen, was Sie im Haus Ihrer Schwester gesucht haben?«

Piet Boonkamp beugte sich vor. »Zuerst wüsste ich gerne, wie der Leichnam meiner Schwester verschwinden konnte. Was ist das für eine unglaubliche Schlamperei!«

»Der Leichnam Ihrer Schwester konnte verschwinden, weil ihn irgendwer hat verschwinden lassen. Daran können Sie schwerlich uns die Schuld geben. Ich verstehe Ihre Verärgerung, doch ist die Situation nun mal so, wie sie ist. Bedanken Sie sich bei demjenigen, der ganz offensichtlich vor einer Leichenschändung nicht zurückschreckt.«

Beim Wort *Leichenschändung* war Boonkamp unwillkürlich zusammengezuckt, doch fasste er sich schnell wieder. »Dafür müssen Sie ja erst mal wissen, wer es war.«

»Das werden wir herausfinden, verlassen Sie sich drauf.«

»Sie hätten Helga bewachen müssen. Ich werde mich beschweren.«

Büttner seufzte. »Tun Sie, was Sie nicht lassen können. Die Diskussion hier aufzumachen, führt allerdings zu nichts. Vielleicht können wir uns darauf einigen, dass wir die Fragen stellen und Sie antworten. Umso schneller sind Sie hier wieder raus. Darf ich fragen, was Sie beruflich machen?«

»Ich arbeite in der Stadtverwaltung. In Aurich.«

»Und Sie wohnen hier auf Baltrum?«, wunderte sich Hasenkrug.

»Ich bin nur am Wochenende hier.«

»Wir haben kein Wochenende«, stellte Hasenkrug fest. »Heute ist Mittwoch, falls es Ihnen entgangen ist.

Ihr Arbeitgeber könnte irritiert sein.«

»Ich hab mir ein paar Tage freigenommen, nachdem das mit Helga passiert ist. Muss ja schließlich alles organisiert werden.«

»Das heißt, Sie waren am Montagabend gar nicht auf der Insel, als der Mord passiert ist?«

»Nee. Ich war in Aurich. Bin dann gleich rüber, als ich das mit Helga gehört hab.«

»Mit welcher Fähre sind Sie denn gefahren?«

»Mit der ersten natürlich.«

»Auf der waren wir auch«, stellte Büttner fest, was ihm von Boonkamp jedoch nur ein Schulterzucken einbrachte. »Ich kann mich aber nicht erinnern, Sie gesehen zu haben.«

»Ich auch nicht«, bestätigte Hasenkrug.

»Haben Sie das Ticket noch?«, wollte Büttner wissen.

Boonkamp sah ihn spöttisch an. »Ich hab 'ne Dauerkarte, stellen Sie sich das mal vor.«

Klar, da hätte er auch selbst drauf kommen können, dachte Büttner. »Gut, nun aber zurück zur Wohnung Ihrer Schwester. Was genau haben Sie dort gesucht?«

»Papiere. Für die Beerdigung.«

Büttner seufzte. »Herr Boonkamp, so kommen wir nicht weiter.«

»Ist doch Ihr Problem. Ich jedenfalls sag die Wahrheit. Ob es Ihnen nun passt oder nicht. Helgas Mörder müssen Sie schon woanders suchen. Aber wenn Sie unbedingt mit mir Ihre Zeit vertrödeln wollen ...« Er zuckte die Achseln. »Bitte schön, das können Sie haben.«

Die Tür wurde aufgerissen und Thilo Küppers trat ein. Von Jacke und Hut fielen Tropfen auf den Boden, sodass sich unter ihm im Nullkommanichts eine Pfütze auf dem grauen PVC bildete. »Ich hatte Glück«, verkündete er, »die Kollegen waren nicht mehr so weit weg.

Sie haben aber noch nichts gefunden. Also, Helgas Leichnam noch nicht, meine ich.«

»Nun, es ist ja schön, dass Sie gleich die ganze Welt an Ihrem Wissen teilhaben lassen«, ätzte Büttner mit einem Blick auf Boonkamp.

Küppers machte eine wegwerfende Handbewegung. »Ach, das weiß doch auch schon jeder.«

»Aha.« Büttner hatte den Eindruck, dass er sich den Kollegen mal ordentlich zur Brust nehmen musste. Offensichtlich hatte er seine Tätigkeitsbeschreibung nicht richtig gelesen. »Gut, Herr Boonkamp«, wandte er sich an den Bruder der Toten. »Wenn Sie uns nichts sagen wollen, dann ist es eben so.« Er lehnte sich zurück und sah sein Gegenüber aus schmalen Augen an. »Vielleicht interessiert es Sie ja zu hören, dass wir längst zu wissen glauben, wonach Sie gesucht haben«, bluffte er. »Die Kollegen im Kommissariat sind fleißig gewesen und haben in den Unterlagen Ihrer Schwester höchst interessante Informationen gefunden.«

»Wüsste nicht, was das sein sollte«, erwiderte Boonkamp, doch seine Stimme klang nun alles andere als sicher. Er sah hilfesuchend zu Küppers, doch der machte sich gerade an der Kaffeemaschine zu schaffen und drehte ihm den Rücken zu.

»Na, dann dürften Sie ja voller Vorfreude sein, bis wir Ihnen unser Wissen präsentieren«, meinte Büttner. »Wir sagen Ihnen Bescheid, wenn alle Infos gesammelt und bei uns angekommen sind. Sie können jetzt gehen. Schönen Tag noch, Herr Boonkamp!«

»Darf ich fragen, um was für Unterlagen es sich handelt?« Küppers hatte gewartet, bis Boonkamp die Polizeistation verlassen hatte.

»Ja, das dürfen Sie.« Büttner stand auf. »Kommen Sie, Hasenkrug, wir müssen weiter.«

Küppers stand mit offenem Mund da. »Und was waren das nun für Unterlagen?«

»Einen schönen Tag noch, Herr Kollege. Falls nichts Dringendes mehr dazwischen kommt, nehmen wir die letzte Fähre aufs Festland und kommen morgen früh wieder hierher zurück.« Er zog sich seine Jacke über, grüßte kurz und zog dann die Tür hinter sich und seinem Assistenten ins Schloss.

»Den haben Sie aber ganz schön auflaufen lassen«, stellte Hasenkrug fest, als sie sich auf den Weg zum Fährhafen machten. »Gibt es dafür einen Grund? Und darf wenigstens ich erfahren, um welche interessanten Unterlagen es sich handelt?«

»Es war ein Bluff, Hasenkrug«, klärte Büttner ihn auf. »Oder gibt es schon irgendetwas von den Kollegen?«

»Nicht dass ich wüsste.«

»Schade. Bitte stellen Sie sicher, dass unser Kollege Küppers keinen Zugriff auf ermittlungsrelevante Informationen bekommt.«

»Sie trauen ihm nicht?«

»Keinen Meter weit«, bestätigte Büttner. »Ich bin überzeugt, dass er alles gleich weitertratscht. Wobei ich ihm noch nicht mal böse Absicht unterstellen will. Ich halte ihn ganz einfach für reichlich einfältig und damit der Sache nicht gewachsen.«

Hasenkrug nickte. »Damit könnten Sie recht haben. Ich kümmere mich drum. Blöd eigentlich. Für unsere Ermittlungen könnten wir eine verlässliche Kraft vor Ort ganz gut gebrauchen. Einen, der die Baltrumer aus der Reserve lockt.«

»Ja, so einen hätte ich auch gerne«, erwiderte Büttner. »Nur sieht es derzeit leider nicht so aus, als würde es den auf dieser Insel geben. Aber noch haben wir ja auch nicht alle kennengelernt.«

Als sie sich dem Fährhafen näherten, war schon aus einiger Entfernung zu sehen, dass hier deutlich mehr Betrieb war als am Vormittag. Man schien sich auf das Einlaufen der Fähre und des Frachtschiffes vorzubereiten. Büttner hoffte, nun endlich die richtigen Ansprechpartner zu finden.

11

Die Fähre befand sich bereits in Sichtweite des Hafens und würde nur noch wenige Minuten brauchen, bis sie an der Pier festmachte. Hannes Ruffelt stand, die Hände in den Taschen seiner Wachsjacke vergraben, inmitten der Handkarren und Pferdekutschen, die die angelieferte Fracht an ihren jeweiligen Bestimmungsort auf der Insel liefern würden. Unweit von ihm standen drei Container, die vermutlich auch fürs Festland bestimmt waren und darauf warteten, mit einem Kran verladen zu werden. David Büttner und Sebastian Hasenkrug gingen auf Ruffelt zu.

»Moin. Da sind wir wieder«, begrüßte Büttner den Elektriker. »Und? Leuchten die Glühbirnen im Kassenhäuschen wieder?«

»Jo. Alles paletti.« Ruffelt zog eine Zigarettenschachtel aus der Tasche seiner Wachsjacke, schnippte eine Zigarette hinaus und steckte sie sich in den Mund. Bevor er sie mit einem Feuerzeug anzündete, fragte er: »Ist das wahr, dass Helgas Leiche verschwunden ist? Waren Sie deswegen heute Vormittag hier?«

»Ja, das ist richtig«, bestätigte Büttner. Er deutete auf die Container. »Ich nehme an, dass der Sarg gestern auch hier an der Pier stand?«

»Das nehme ich auch an. Ich sag ja, dass ich nix gesehen hab. Müssen Sie mal mit Franz reden.«

»Dann wissen Sie auch nicht, wann genau der Zinksarg hier am Hafen ankam?«

»Nee. Wird wohl mit der Pferdekutsche gebracht worden sein. Kann mir aber nicht vorstellen, dass er hier lange gestanden hat. Macht ja immer keinen so guten Eindruck, so ’n Sarg, und man will ja die Leute nicht unnötig erschrecken.«

»Und wo finden wir diesen Franz?«, fragte Hasenkrug. »Kommt er mit dem Schiff?«

»Nee, der steht da bei den Containern.« Ruffelt stieß geräuschvoll den Rauch seiner Zigarette aus und deutete mit dem Kopf auf einen Mann mittleren Alters in Wollpullover und Daunenweste, dem eine Schar kreischender Möwen um den Kopf flog. Anscheinend erwarteten sie, von ihm gefüttert zu werden, obwohl er, soweit Büttner es erkennen konnte, nichts Essbares in Händen hielt.

»Wieso sagen Sie denn nicht gleich, dass er schon hier ist?«, beschwerte sich Hasenkrug.

»Mich hat keiner gefragt.«

»Moin«, sagte Büttner wenig später und zeigte dem Mann namens Franz seinen Dienstausweis. »Hannes Ruffelt sagte uns, dass Sie für das Verladen der Fracht zuständig sind. Ist das richtig?«

»Jo. Geht es um Helga? Hab schon gehört, dass sie verschwunden ist.« Er grinste und ließ den Rauch seiner Zigarette durch die Nase entweichen. »Ich war’s nicht, der sie da rausgenommen hat, falls Sie das meinen.«

»Dürften wir zunächst Ihren Nachnamen erfahren?«

»Wolters.«

»Wann wurde der Sarg mit Frau Brandes gestern hier angeliefert?«, fragte Hasenkrug.

Wolters warf seine Zigarettenstummel auf den Boden und trat ihn mit dem Hacken seines Lederstiefels aus. »Ich denk mal, dass das so ’ne Viertelstunde vor Ankunft der Fähre war.«

»Wer hat den Sarg gebracht?«

»Enno.«

»Enno?«

»Jo.«

Büttner seufzte innerlich. Wieso nur mussten die Ostfriesen immer so maulfaul sein?! »Hat Enno auch einen Nachnamen?«

»Tholen.«

Büttner runzelte nachdenklich die Stirn. »Hasenkrug, hatten wir hier nicht schon mal einen mit diesem Namen?«

»Ja. Harm Tholen.«

»Ach ja, der von der Krankenstation.«

»Nix Krankenstation. Harm ist wieder zu Hause, hat man mir gerade erzählt«, sagte Franz Wolters. »Enno ist sein Bruder. Er hat Harms Pferdekutsche genommen, weil Harm ja gestern nicht selbst fahren konnte.«

»Haben Sie hier an der Pier jemanden beobachtet, der sich am Sarg zu schaffen gemacht hat?«, wollte Hasenkrug wissen.

Franz Wolters verzog spöttisch das Gesicht. »Sie meinen, ob vor meinen Augen jemand Helgas Leiche rausgenommen hat? Nee, sicher nicht. Könnt mir vorstellen, dass mir das aufgefallen wäre.«

»Wer hat den Sarg von der Kutsche gehoben?«, fragte Büttner.

»Da hab ich Enno bei geholfen.«

»Ist Ihnen am Sarg etwas aufgefallen? War er ungewöhnlich leicht oder so?«

»Nee. Muss irgendwas drin gewesen sein, wenn Helga es nicht war. Könnt nicht sagen, dass er zu leicht war. Genau richtig, würd' ich sagen. Ist ja nicht der erste Sarg, den wir transportiert haben. Haben uns nicht gewundert oder so, wenn Sie das meinen.« Er steckte sich eine neue Zigarette an. Inzwischen hatten Fähre und Frachtschiff an der Pier festgemacht. Sofort begannen ein paar Männer damit, die für die Insel bestimmte Fracht zu löschen. Franz Wolters winkte einen der Männer heran.

»Was gibt's, Franz?« Der schlaksige Mann von vielleicht vierzig Jahren nahm eine Zigarette entgegen, die Wolters ihm anbot.

»Die Herren hier sind von der Polizei«, antwortete Wolters. »Sie wollen wissen, was ihr gestern mit Helga gemacht habt.«

»Hä?«

»In dem Sarg gestern, da war irgendwas drin, aber nicht Helga.«

»Was redest du denn für 'nen Scheiß? Was soll denn da wohl sonst drin gewesen sein?«

»Sind Sie für die Fracht auf der Fähre verantwortlich?«, mischte sich Büttner ein.

»Jo. Aber davon, dass Helga verschwunden ist, weiß ich nix. Oder war das jetzt 'n blöder Witz oder so was?«

»Leider nicht. Wie war noch gleich Ihr Name?«

»Andy. Andreas Lottmann.«

»Sie können sich also nicht vorstellen, dass der Leichnam von Helga Brandes von Bord der Fähre verschwunden ist, Herr Lottmann?«

Der Mann schaute ihn so verständnislos an, als würde Büttner Chinesisch sprechen. »Ist jetzt nicht Ihr Ernst«, sagte er dann mit dunkler Stimme. »Wie soll denn das wohl gehen? Und warum überhaupt? Ich meine ...« Er machte einen Scheibenwischer. »Alleine der Gedanke ist doch schon total gaga. Ich meine, wer klaut denn 'ne Leiche aus 'nem Sarg?! Gibt es nur noch Perverse, oder was?« Der Mann schien ehrlich verwirrt zu sein.

»In Neßmersiel wurde der Sarg dann ganz normal

verladen, nehme ich an?«, wollte Hasenkrug wissen.

Lottmann nahm einen tiefen Zug seiner Zigarette. »Ja. Der Leichenwagen stand an der Pier, als wir ankamen. Wir haben den Sarg ausgeladen, und die haben ihn bei sich eingeladen. Sagten, sie bringen ihn in die Gerichtsmedizin. Wir haben dann noch 'ne Fluppe miteinander geraucht, und als auch alle anderen Kisten und Container von Bord waren, haben ich und meine Jungs Feierabend gemacht.«

»Ist Ihnen am Gewicht des Sargs etwas aufgefallen?«, fragte Hasenkrug.

»Nee. War ganz normal für das, was drin war. Was drin sein sollte, meine ich.« Er legte den Kopf in den Nacken und schlug sich mit der flachen Hand vor die Stirn. »Ey, ich fass das echt nicht! Da klaut einer einfach so 'ne Leiche? Wie krank muss man denn sein?«

Büttner warf einen Blick auf die Personenfähre. Wenn Hasenkrug und er mit ihr zurück aufs Festland fahren wollten, blieb ihnen nicht mehr viel Zeit. »Okay«, sagte er. »Vielen Dank, Herr Lottmann, das war's fürs Erste. Falls wir noch Fragen haben, kommen wir wieder auf Sie zu. Frohes Schaffen noch.«

Sie gingen zu Hannes Ruffelt zurück, der beim Beladen des Versorgungsschiffes geholfen hatte und nun schnaufend an der Pier stand und sich mit dem Ärmel seiner Jacke den Schweiß von der Stirn wischte.

»Können Sie mir sagen, wo Enno Tholen den Sarg abgeholt hat, um ihn zum Hafen zu bringen?«, fragte Büttner.

»Vom Doc, nehme ich an. Da wird er wohl zwischengelagert gewesen sein. Aber Sie können Christoph ja fragen, wenn Sie es genau wissen wollen.«

»Das werden wir dann wohl. Danke, Herr Ruffelt, Sie haben uns sehr geholfen.« Büttner und Hasenkrug verabschiedeten sich. »Dort drüben ist ein Wartehäuschen«, bemerkte Hasenkrug nach einem Blick zum Himmel. »Ich glaube, wir sollten uns unterstellen, bis wir auf die Fähre dürfen. Sieht sehr nach dem nächsten Schauer … Da ist er schon«, korrigierte er sich, denn schon prasselten dicke Regentropfen auf sie nieder. Sie beeilten sich, in dem Häuschen aus Glas Schutz zu suchen. Außer ihnen war niemand da. Anscheinend würde die Fähre zum Festland an diesem Nachmittag nicht sehr viele Gäste haben.

»War ja alles ein wenig ernüchternd heute«, stellte Hasenkrug fest.

Da musste Büttner ihm recht geben. Ein zufriedenstellendes Ermittlungsergebnis lag noch in weiter Ferne. Heute hatten sie mit vielen Zeugen gesprochen, die wenig zu sagen hatten. Doch war sich Büttner sicher, dass diese Verschwiegenheit Methode hatte. Fast schien es, als hätten die Baltrumer ein kollektives Schweigegelübde abgelegt. Es würde nicht ganz einfach sein, diese Mauer zu sprengen.

»Sind denn die Kollegen mit den Unterlagen und Dateien von Helga Brandes weitergekommen?«, fragte Büttner. »Oder ist irgendwer mit irgendwas weitergekommen? Ich würde mich ja auch mit Kleinigkeiten zufriedengeben.«

»Bisher nichts Erhellendes.« Hasenkrug hob bedauernd die Schultern. »Unser Opfer scheint in geordneten Verhältnissen gelebt zu haben. Finanziell gibt es keine Auffälligkeiten. Ihr Mann ist vor mehreren Jahren auf dem Meer geblieben und hat ihr das Haus und ein ganz ordentliches, wenn auch nicht auffallend hohes Vermögen hinterlassen. Durch die Vermietung der Ferienwohnungen hatte sie ein gesichertes Einkommen.«

»Hat man ihren Bruder durchleuchtet?«

»Piet Boonkamp? Die Kollegen sind dran. Er scheint finanzielle Probleme zu haben, hat sich an unterschiedlichen Stellen verschuldet.«

»Dann käme ihm das Erbe seiner Schwester gerade recht.«

»Ja. Aber würden ihn die Baltrumer wirklich schützen, wenn er seine Schwester aus Habgier umbringt?«, meldete Hasenkrug Zweifel an. »Kann ich mir kaum vorstellen. So verstockt, wie sie sich alle geben, muss mehr dahinterstecken als eine reine Erbschaftsgeschichte.«

»Hinzu kommt, dass er ja anscheinend in Aurich war, als der Mord an seiner Schwester geschah«, erinnerte sich Büttner. »Was wir natürlich überprüfen werden. Aber wenn es so ist, dann fällt er als Mörder sowieso aus. Fragt sich nur, was er im Haus seiner Schwester so dringend gesucht hat.«

Aus der Ferne war Gebell zu hören. Büttner schaute auf. »Da kommt die Hundestaffel«, stellte er fest. »Vielleicht haben die ja Neuigkeiten für uns.«

Er wurde enttäuscht. Einer der zwölf Beamten fing schon an, mit dem Kopf zu schütteln, als er noch mehrere Dutzend Meter entfernt war. »Nichts«, sagte er, als er und seine Kollegen schließlich keuchend bei ihnen unterm Dach standen. »Alles für die Katz, und das bei diesem Schietwetter.« Er klopfte sich den Regen von der Uniform, doch war die Nässe so weit in die Fasern eingedrungen, dass diese Geste zwecklos war. Auch das Fell der Hunde war total durchnässt. Dennoch schienen sie den ausgiebigen Ausflug genossen zu haben, denn sie schnüffelten immer noch eifrig vor sich hin, bis man ihnen befahl, Sitz zu machen.

»Dann steht zu befürchten, dass man den Leichnam von der Insel geschafft hat«, seufzte Büttner. »Wenn wir nur wüssten, wo genau er aus dem Sarg verschwand. Das kann auf der Insel, auf dem Schiff oder auch auf dem Festland gewesen sein.« Er schaute Hasenkrug an. »Bitte sorgen Sie dafür, dass die Sandsäcke genau untersucht werden. Wenn wir wissen, woher der Sand in ihnen stammt, sind wir vielleicht schon einen Schritt weiter.«

»Schon passiert«, erwiderte Hasenkrug. »Der Sand stammt laut Labor eindeutig von Baltrum.« Er tippte auf sein Smartphone. »Der Bericht kam gerade rein.«

»Haben Sie auch jedes Haus, jeden Keller und jede Gefriertruhe untersucht?«, wandte sich Büttner wieder an den uniformierten Kollegen.

»Natürlich. Soweit wir reinkamen. Viele Häuser stehen um diese Jahreszeit ja auch leer. Aber irgendwas hätten die Hunde trotzdem erschnüffelt, wenn da was gewesen wäre.«

»Trotz des Regens?«

»Der macht es nicht einfacher, aber ich denke schon.« Er fuhr sich mit der Hand durch die nassen Haare, bevor er hinzufügte: »An Ihrer Stelle würde ich davon ausgehen, dass Ihr Opfer nicht mehr auf der Insel ist. Ich schätze mal, dass man die Frau in der Nordsee entsorgt hat.«

Büttner stöhnte auf. »In diesem Fall stünden die Chancen nicht besonders gut, sie jemals wiederzusehen.«

Der Kollege antwortete mit einem Schulterzucken.

»So wie es aussieht, können wir schon an Bord«, verkündete ein anderer und deutete auf die Fähre.

Die Gruppe setzte sich in Bewegung. Büttner freute sich auf eine warme Dusche und ein gutes Abendessen. Dann würde man weitersehen. Morgen war schließlich auch noch ein Tag.

12

Über Nacht war es winterlich geworden. Als David Büttner am Morgen aus dem Fenster schaute, waren Straßen, Häuser und Gärten mit einem weißen Schleier überzogen. Die Sonne lugte über den Horizont, ihr rotorangenes Licht brach sich in den Eiskristallen und brachte die Landschaft zum Glühen. Diese winterliche Stimmung war ihm zwar grundsätzlich lieber als das nasse Grau der vorangegangenen Tage, doch würde sich sein Aufenthalt auf Baltrum bei Temperaturen unter null Grad gewiss nicht angenehmer gestalten als bei Regen. Leider aber hatte er keine andere Wahl, als auf die Insel zurückzukehren und die Ermittlungen im Fall Helga Brandes fortzusetzen. In rund einer Stunde sollte ihr Helikopter startbereit sein, denn die erste Fähre würde auch heute erst gegen Mittag fahren.

Auf dem Weg zur Küche waberte Büttner der Duft von frisch aufgebrühtem Kaffee entgegen. Seine Frau Susanne saß bereits am gedeckten Tisch und blätterte in der Tageszeitung, Heinrich lag zu ihren Füßen. Seit sie aus dem Krankenhaus entlassen worden war, wich ihr der Hund nicht mehr von der Seite.

Büttner drückte ihr einen Kuss auf die Stirn. »Dir scheint es heute gut zu gehen«, stellte er fest, und seine Laune stieg augenblicklich an. Er war für jeden Tag dankbar, an dem Susannes Gesundheit Fortschritte machte, was in der letzten Zeit häufiger vorkam als noch in den letzten Monaten, in denen sie so manchen Rückschlag hatte wegstecken müssen.

Susanne lächelte. »Ja, es wird mit jedem Tag besser. Auch die Nächte werden ruhiger, ich habe richtig gut geschlafen.« Sie legte die Zeitung beiseite und sah ihrem Mann in die Augen. »Ich denke, dass ich nach Ostern wieder anfange zu arbeiten. Wenigstens für ein paar Stunden die Woche. Je besser es mir geht, desto mehr fällt mir zu Hause die Decke auf den Kopf.«

Büttner hatte für diesen Wunsch vollstes Verständnis, doch gefiel ihm der Gedanke, dass sich Susanne den Strapazen des Schulunterrichts aussetzte, ganz und gar nicht. Allerdings lag es ihm fern, sie von ihrem Neustart abzuhalten, denn irgendwann musste sie schließlich ausprobieren, ob sie bereits gesund genug war, um ihren gewohnten Alltag wieder aufzunehmen. Also sagte er nur: »Du musst wissen, ob du dich dafür gesund genug fühlst. Einen Versuch ist es wert. Aber übernimm dich bitte nicht.«

Er goss sich eine Tasse Kaffee ein und füllte die seiner Frau noch einmal auf. Dann reichte er ihr die Milch.

»Versprochen. Sobald ich merke, dass es nicht geht, werde ich meinen Zwangsurlaub wieder aufnehmen.« Sie nahm sich eine Scheibe Brot aus dem Korb und bestrich sie mit Butter. »Und du? Heute wieder im Einsatz auf Baltrum?«

»Ja. Die Leiche unseres Opfers ist immer noch verschwunden. Leider gibt es derzeit nichts ...« Er stockte, als sein Handy klingelte. Es war Sebastian Hasenkrug. »Moin. Was gibt's?«, sagte er.

»Moin, Chef. Eine Leiche.«

»Na, Gott sei Dank. Dann kommen wir an der Stelle ja wenigstens ...«

»Eine *neue* Leiche«, dämpfte Hasenkrug die Euphorie seines Chefs. »Auf Baltrum. Scheint sich auszuwachsen, die Sache.«

Büttner stöhnte gequält auf. »Nun sagen Sie doch nicht so was, Hasenkrug. Hätte man nicht wenigstens die alte finden können, bevor man uns Nachschub vor die Füße legt? Um wen handelt es sich denn?«

»Darüber habe ich noch keine konkreten Infos, es wurden wohl keine Papiere gefunden und auch kein Handy. Wir wissen nur, dass es sich um ein männliches Opfer handelt und dieses ganz offensichtlich keines natürlichen Todes starb. Aber unser Hubschrauber startet ja in einer halben Stunde. Allzu lange werden wir also nicht über die Identität rätseln müssen.«

»Sagen Sie den Kollegen, dass sie gut auf unseren Toten aufpassen sollen«, brummte Büttner. »Nicht, dass der uns auch noch abhandenkommt.«

»Ich richte es aus. Bis gleich, Chef.«

»Das klang jetzt so, als gäbe es für dich auf Baltrum mehr zu tun als gedacht«, stellte Susanne nüchtern fest. »Planst du unter diesen Umständen, dich auf der Insel einzuquartieren?«

Büttner starrte seine Frau an, als hätte sie ihm ein unmoralisches Angebot gemacht. »Ich hoffe doch sehr, dass sich das vermeiden lässt.« Er runzelte die Stirn. »Obwohl sich die Fährzeiten ja leider nur selten mit unseren Arbeitszeiten decken. Mal sehen, ob man uns auch in den nächsten Tagen den Helikopter genehmigt. Bestimmt rechnet in der Verwaltung gerade jemand aus, was den Staat günstiger kommt.«

»Ich hätte ansonsten nichts dagegen, dich auf die Insel zu begleiten. Ein bisschen Seeluft würde mir ganz guttun. Ich könnte lange Spaziergänge am Strand machen.« Sie strahlte. »Wäre das nicht herrlich?«

»Oh«, war alles, was Büttner zunächst auf diesen Vorschlag hin einfiel. Seine Gedanken wirbelten durcheinander. Ganz spontan hatte er sich über diese Idee gefreut, schließlich könnten sie dann zusammen sein. Und frische Seeluft könnte Susannes Gesundungsprozess sicherlich nicht schaden.

Doch bereitete es ihm gleichzeitig Bauchschmerzen, sie an einem Ort zu wissen, an dem gerade zwei Morde geschehen waren. Nach allem, was ihr im Herbst passiert war, würde er sie am liebsten gar nicht mehr aus dem Haus lassen – auch wenn das natürlich völliger Unsinn war. Doch gelang es in der Regel nur schwer, seinen Ängsten mit rationalen Argumenten Einhalt zu gebieten.

»So viel freudige Zustimmung hatte ich gar nicht erwartet.« Susanne zwinkerte ihm zu.

»Natürlich würde ich mich freuen, wenn du bei mir wärst«, beeilte er sich zu erwidern. »Doch nun lass uns erst einmal sehen, ob ein Aufenthalt überhaupt nötig wird. Heute Abend weiß ich sicherlich schon mehr.«

Er schob sich den letzten Bissen seines Wurstbrotes in den Mund, dann stand er auf. »Ich mache mich jetzt mal auf den Weg. Sobald ich schlauer bin, rufe ich dich an, um dir mitzuteilen, ob es sich lohnt, die Koffer zu packen.« Er gab ihr einen Kuss auf die Wange. »Bis später, mein Schatz. Mach dir einen schönen Tag.«

Der neuerliche Todesfall musste sich längst auf der Insel herumgesprochen haben, doch als David Büttner und Sebastian Hasenkrug am Tatort eintrafen, war außer Thilo Küppers niemand zu sehen. Die vereisten Wege des Westdorfes lagen wie ausgestorben da, nur der Inselpolizist lief die Straße auf und ab, schlug dabei die Arme um den Körper und atmete stoßweise aus, wobei vor seinem geröteten Gesicht kleine Dampfwolken aufstiegen.

»Das wird aber auch Zeit«, sagte er ungehalten, als er die Kollegen kommen sah.

»Vermutlich können Sie sich vorstellen, dass es seine Zeit dauert, ein ganzes Team vom Festland auf die Insel zu befördern«, erwiderte Büttner, der nicht nur seinen Assistenten, sondern auch etliche Mitarbeiter der KTU und der Spurensicherung sowie die Gerichtsmedizinerin Doktor Wilkens im Schlepptau hatte. Er blickte zu Boden. Zu seinen Füßen lag der Tote, mit dem Bauch nach unten. Die Arme hatte er von sich gestreckt, Kleidung und Haare waren mit Eiskristallen überzogen.

»Hat man ihn genauso gefunden?«, fragte Hasenkrug, während ein Mitarbeiter der Spusi Fotos machte.

»Ja. Keiner hat ihn angerührt. Also wenigstens nicht, solange ich hier bin.«

»Wer hat ihn gefunden?«

»Ilse Akkermann. Sie war auf dem Weg zum Einkaufen, als sie über ihn gestolpert ist. Aber sie sagt, sie hat ihn nicht angefasst.«

»Und wo ist sie jetzt?«, fragte Büttner und schaute sich nach der Wirtin um. Vergeblich.

»In ihrer Kneipe, Frühstück machen.«

»Scheint auf Baltrum auf kein allzu großes Interesse zu stoßen, dieser Tote«, stellte Hasenkrug fest. »Können Sie sich das erklären?«

Küppers hob die Schultern. »Könnte an der Kälte liegen. Da bleibt man doch lieber im Haus. Vielleicht auch daran, dass es keiner von uns ist. Wer weiß das schon.«

»Haben Sie denn inzwischen herausfinden können, um wen es sich bei dem Toten handelt?«, fragte Büttner.

»Piet sagt, er weiß, dass der Mann hier Urlaub gemacht hat.« Er blies seinen Atem in die steifgefrorenen Hände, um sie zu wärmen. »Obwohl man sich ja schon fragt, was einer bei dieser Kälte hier zu suchen hat. Ist ja auch fast alles geschlossen, Restaurants und so.«

»Dann war Herr Boonkamp also auch hier und hat den Toten gesehen?«, hakte Hasenkrug nach.

»Ja. Piet war auch auf dem Weg zum Supermarkt, genau wie Ilse. Er sagt, dass Freddy sagt, dass er mit ihm und seinem Freund Skat gespielt hat. Gestern, bei Ilse in der Kneipe.«

»Darf ich?«, fragte die Gerichtsmedizinerin und deutete auf den Leichnam.

»Bitte«, erwiderte Büttner, dem es bereits dämmerte, um wen es sich bei dem Leichnam handelte. »Am besten drehen wir ihn erst einmal um, damit wir sein Gesicht sehen können.« Er schaute seinen Assistenten auffordernd an, doch war Anja Wilkens schneller. Sie griff beherzt zu und drehte den Toten mit Schwung auf den Rücken, wobei die leblose linke Hand auf Büttners Schuh aufschlug. Rasch zog er seinen Fuß zurück.

»Der Currywurstesser«, murmelte er, was ihm irritierte Blicke bescherte. »Er heißt Florian Teichner. Dieser junge Mann hier saß gestern tatsächlich mit seinem Bekannten und Piet Boonkamp im *Smutje* und spielte Skat. Als er erfuhr, dass die Leiche von Helga Brandes verschwunden ist, wurde er ganz blass und sein Mittagessen ging retour.«

»Wir hatten ihn für zehn Uhr vorgeladen«, erinnerte sich Hasenkrug.

»Richtig. Mir scheint, dass er sich zu einer Vernehmung nun nicht mehr in der Lage sieht«, meinte Büttner. Er warf einen Blick auf die Uhr. »Allerdings müsste sein Freund inzwischen auf der Polizeistation eingetroffen sein. Wenn Sie bitte mal nachschauen würden, Küppers?«

»Meinen Sie, der hat seinen Kumpel gar nicht vermisst?« Küppers sah Büttner verwundert an.

»Das wissen wir erst, wenn wir ihn gefragt haben. Das wiederum können wir erst, wenn wir ihn gefunden haben«, stellte Büttner fest. »Deswegen sollen Sie ja zur Polizeistation gehen und nachschauen.«

»Ich bin mit dem Fahrrad da.« Küppers deutete auf ein schwarzes Hollandrad, das an eine Hauswand gelehnt dastand.

»Ja? Und? Ändert das irgendetwas an Ihrem Auftrag?«, fragte Büttner.

»Öhm ...« Küppers verzichtete auf eine Antwort, schwang sich auf seinen Sattel und fuhr davon.

»Auf den ersten Blick kann ich nicht sagen, woran der Mann gestorben ist«, meldete sich Doktor Wilkens zu Wort. »Keine offenkundigen Verletzungen. Ich müsste ihn entkleidet auf meinem Tisch haben.«

»Demnach wäre es aber auch möglich, dass er eines natürlichen Todes gestorben ist?«, fragte Büttner.

»Ausschließen kann ich es jedenfalls nicht.«

»Wie lange ist er schon tot?«

»Keine Ahnung. Das ist bei diesen Temperaturen schwer zu sagen. Der Frost wirkt konservierend. Vielleicht kann ich es konkretisieren, wenn er aufgetaut ist.«

»Gut, dann nehmt ihn mit aufs Festland. Aber passt auf, dass er bei euch ankommt. Nicht, dass wir auch noch nach ihm suchen müssen.«

»Er wird mit der Fähre fahren müssen, im Hubschrauber dürfte kaum Platz für ihn sein, und huckepack nehmen kann ich ihn ja schlecht«, gab Doktor Wilkens zu bedenken. »Also muss erst mal der Bestatter vom Festland kommen. Ich würde ihn gerne beim Inselarzt zwischenlagern.«

»Gut. Dann werden wir kontrollieren, dass er auch in

seinem Sarg liegt, wenn die Fähre wieder ablegt.« Büttner seufzte. »Bleibt nur zu hoffen, dass es nicht der Inselarzt war, der den Leichnam von Frau Brandes hat verschwinden lassen. Dann hätten wir ein Problem.«

Thilo Küppers kam zurück und bremste kurz vor Büttner scharf ab, wobei sein Fahrrad auf der vereisten Straße gefährlich ins Schlingern geriet. Nur mit Mühe gelang es dem Polizisten, sich und sein Rad in der Aufrechten zu halten. »Der Kumpel von unserem Toten ist nicht gekommen. In seiner Ferienwohnung ist er auch nicht, da hab ich gerade nachgeguckt.«

»Dann geben Sie bitte eine Fahndung nach ihm raus«, wandte sich Büttner an Hasenkrug. Er zog seinen Notizblock aus der Tasche. »Ich hab mir gestern seinen Namen notiert. Ah, hier: Michael Bellmann. Die Kollegen sollen versuchen, ein Foto von ihm aufzutreiben, ansonsten müssen wir ein Phantombild anfertigen. Versuchen Sie bei den Vermietern der Ferienwohnung an Daten zu kommen. Und zeigen Sie mir das Foto, wenn Sie eins gefunden haben. Wäre blöd, wenn wir nach dem falschen Michael Bellmann fahnden.«

»Und wenn er bei Ilse ist?«, fragte Küppers.

»Kann ich mir nicht vorstellen. Er wird wohl kaum in aller Ruhe frühstücken, wenn sein Kumpel verschwunden ist.«

»Vielleicht sucht er nach ihm.«

»Hier auf der Insel? Dann wäre er wohl schon hier vorbeigekommen. So groß ist Baltrum nun ja wirklich nicht. Nein, ich gehe davon aus, dass er sich abgesetzt hat.«

»Oder er ist auch tot«, murmelte Küppers.

»Ja. Auch das ist möglich. Wir werden es aber nicht herausfinden, wenn wir nicht nach ihm suchen. Also, bitte, meine Herren! Sie wissen, was Sie zu tun haben.«

Büttner zog seine Zehen ein, in denen trotz der gefütterten Winterstiefel kaum noch Gefühl war. Es wurde Zeit, dass er ins Warme kam. »Ich für meinen Teil gehe ins *Smutje*, um noch einmal mit Ilse Akkermann zu sprechen. Vielleicht hat sie ja eine Ahnung, wo Bellmann stecken könnte.«

13

Zu Büttners Überraschung hatte sich auch der Herrenstammtisch wieder eingefunden, als er das *Smutje* betrat. Ergänzt wurde die Gruppe durch Harm Tholen, an dessen Hinterkopf ein größeres Pflaster klebte, und einen Mann, den Büttner noch nicht kannte. Kaum dass er die quietschende Tür geöffnet hatte und der mitgeführte kalte Lufthauch die Männer auf ihn aufmerksam machte, verstummte ihr Gespräch, und sie schauten ihm mit ausdruckslosen bis skeptischen Gesichtern entgegen. Vor ihnen stand jeweils ein Grog, der Duft nach heißem Rum vermischte sich mit dem von Zigarettenrauch.

»Moin«, grüßte Büttner, nachdem er seine Jacke an einen Haken gehängt hatte und zu ihnen an den Tisch trat. Die Männer nickten ihm stumm zu. »Ich gehe davon aus, dass Sie alle über den erneuten Todesfall informiert sind?« Ohne eine Antwort abzuwarten, zog er einen Stuhl heran und setzte sich zu ihnen.

»Ist ja nun keiner von uns, der Tote«, stellte Piet Boonkamp nach längerem Schweigen fest.

»Und damit wollen Sie mir was sagen?«, fragte Büttner.

»Darf's ein Cappuccino sein, Herr Kommissar?«, rief Ilse Akkermann von der Theke herüber.

»Ja, gerne«, rief Büttner zurück. »Und falls Sie ein Stück Kuchen da haben ...«

»Apfel oder Käsesahne?«

»Apfel, bitte. Mit Schlagsahne, wenn's geht.«

»Kommt.«

»Nun ja, dass das dann wohl mit dem Mord an Helga nix zu tun haben kann«, beantwortete Boonkamp seine Frage.

»Interessante Schlussfolgerung«, meinte Büttner. »Nur nicht besonders logisch. Oder kennen Sie einen Mörder, der sich exklusiv auf das Ermorden von Baltrumern spezialisiert hat? Dann wäre jetzt der richtige Zeitpunkt, es mir zu sagen.«

Betretenes Schweigen folgte. Die Männer vermieden es, Büttner anzusehen. Stattdessen widmeten sie sich ihrem Grog.

»Sie haben gestern mit Florian Teichner und seinem Freund Skat gespielt«, wandte sich Büttner an Freddy Wagner. »War es Zufall, dass Sie sich hier getroffen haben, oder waren Sie mit den beiden verabredet?«

»War Zufall.«

Büttner bemerkte aus dem Augenwinkel, dass die Wirtin bei dieser Antwort die Stirn runzelte. Sie stellte Cappuccino und Kuchen vor ihm ab. »Sind Sie anderer Meinung, Frau Akkermann?«

Sie zögerte kurz, dann sagte sie: »Nee. Freddy wird schon wissen, wie es war.« Ehe Büttner weitere Fragen stellen konnte, ging sie zur Theke zurück und verschwand dann in der Küche.

»Was wissen Sie über Florian Teichner?« Büttner schaute in die Runde, bis sein Blick an Wagner hängen blieb, der sich eine Zigarette drehte.

»Guter Skatspieler«, knurrte der.

»Sonst nichts? Sie wissen nicht, was er hier auf Baltrum gemacht hat?«

»Was soll er schon gemacht haben?«, mischte sich Menko Bruhns ein. »Urlaub natürlich.«

»Er und sein Freund waren nicht geschäftlich hier?«

»Um diese Jahreszeit?« Menko Bruhns schüttelte den Kopf. »Ist doch alles zu. Was sollen sie hier dann wohl geschäftlich zu tun haben?«

»Und Sie, Herr Tholen? Geht es Ihnen wieder gut? Können Sie sich nun vielleicht ein wenig besser an den Tathergang erinnern?« Büttner hatte darauf gewartet, dass Harm Tholen von sich aus irgendetwas sagen würde, doch hatte der bislang vermieden, ihn auch nur anzuschauen.

»Ja und nee«, lautete die knappe Antwort, wobei Tholen noch immer nicht den Blick hob, sondern mit seinen Fingernägeln die Maserung des Tisches nachzog.

»Und das soll heißen?«, hakte Büttner nach.

»Na, dass es mir wieder gut geht und dass ich mich noch immer an nix erinnern kann.« Er hob die Hand an seinen Hinterkopf und tippte an das Pflaster. »So ist das nun mal, wenn man einen auf'n Kopp kriegt.«

Alle nickten.

»Was wissen Sie über Florian Teichner?«, startete Büttner einen neuen Versuch bei Freddy Wagner. »Hat er Ihnen etwas über sich erzählt?«

»Nee. Nix. Wir haben nur Skat gespielt.« Wagner steckte sich die Selbstgedrehte in den Mund und zündete sie an. »Keine Ahnung, warum der jetzt tot ist. Vielleicht war er ja auch nur duun[1], als er aus der Kneipe kam, ist gestolpert und dann erfroren. Ein paar Bier zu viel eben. So was passiert doch dauernd.«

»Hier auf Baltrum?«, fragte Büttner, nicht ohne eine gute Portion Sarkasmus in seine Stimme zu legen.

»Nee. Aber sonst doch wohl. Hört man doch immer in den Nachrichten, dass Obdachlose erfrieren.«

»Florian Teichner war aber nicht obdachlos.« Büttner nahm ein Stück von seinem Apfelkuchen und spülte es

---

[1]betrunken

mit einem Schluck Cappuccino runter. »Sie haben Florian Teichner also gestern Abend hier in der Kneipe gesehen?«, fragte er dann.

»Nee. Wieso?«

»Weil Sie gerade noch meinten, er sei duun gewesen, als er aus der Kneipe kam. Und da diese Kneipe meines Wissens die einzige ist, die zurzeit geöffnet hat, kann es sich ja nur um diese gehandelt haben.«

»Vielleicht hat er sich ja auch in seiner Wohnung besoffen und ist dann draußen erfroren«, brach Hannes Ruffelt sein Schweigen.

»Und warum sollte er dann seine Wohnung noch mal verlassen haben?«, fragte Büttner.

»Ich mein ja nur. Irgendwie muss das ja passiert sein.«

Büttner seufzte. »Da haben Sie zweifelsohne recht. Irgendwie muss Teichner ums Leben gekommen sein. Und glauben Sie mir, wir werden herausfinden, woran er gestorben ist. Falls einer von Ihnen also etwas weiß, dann sagt er es besser jetzt. Bei Beihilfe zum Mord, Unterschlagung von Beweisen oder falschen Zeugenaussagen verstehen die Richter nämlich gar keinen Spaß.«

Sein letzter Satz hatte anscheinend Eindruck gemacht, denn die Männer warfen sich nun hastige Blicke zu. Als Menko Bruhns eine beschwichtigende Geste machte, senkten sie jedoch sogleich wieder die Köpfe. »Noch eine Runde Grog, Ilse!«, rief Bruhns der Wirtin zu, die an der Theke damit beschäftigt war, Gläser zu spülen.

»Schon mal darüber nachgedacht, dass der andere Kerl der Mörder ist?«, fragte Piet Boonkamp und schaute Büttner provozierend an.

»Welcher andere Kerl?«, stellte sich Büttner dumm.

»Na, der, der gestern auch mit Freddy Skat gespielt

hat. Der Freund von diesem Teichner. Hab ihn nicht mehr gesehen, seit sein Kumpel tot ist. Wenn das man nicht verdächtig ist.« Boonkamp sah von einem zum anderen, alle nickten bestätigend.

»Und warum sollte er seinen Freund umbringen? Hatten sie Streit?«, wollte Büttner wissen.

»Kann doch gut sein.«

»Sie wissen es aber nicht.«

»Nee. Waren ja eher von der stillen Sorte, die beiden.«

»Und Ihre Schwester? Hat er die auch umgebracht, Herr Boonkamp?«

»Warum denn nicht? Sollt mich nicht wundern. Fragen Sie ihn doch einfach mal.«

»Dann verraten Sie mir doch einfach mal, wo er sich aufhält.«

»Sie wissen nicht, wo der Kerl ist?«, fragte Menko Bruhns erstaunt. »Und das finden Sie nicht komisch, dass der einfach so verschwindet?« Er schnaubte. »Wenn der weg ist, dürfte doch wohl klar sein, dass er der Mörder ist. Weiß gar nicht, warum Sie mit uns hier Ihre Zeit vertrödeln.«

»Das frag ich mich auch«, knurrte Hannes Ruffelt.

»Das lassen Sie mal unsere Sorge sein. Wann haben Sie die beiden denn zum letzten Mal gesehen?«, setzte Büttner unbeeindruckt die Befragung fort und schaute in die Runde.

»Na, gestern. Dort drüben.« Freddy Wagner zeigte auf den Tisch, an dem er tags zuvor mit Florian Teichner und Michael Bellmann Skat gespielt hatte.

»Das war gestern Mittag«, stellte Büttner fest. »Und danach hat die beiden keiner von Ihnen mehr getroffen? Wie das? Baltrum ist ein Dorf, da kann man sich doch gar nicht aus dem Weg gehen.«

Zur Antwort bekam Büttner ein mehrfaches Schulterzucken. Es war zum Verzweifeln. Mit der typisch ostfriesischen Wortkargheit jedenfalls war das Verhalten der Männer nicht zu erklären. Es musste mehr dahinter stecken. Aber was?

»Wem gehört denn die Ferienwohnung, in der die beiden Männer gewohnt haben?«, fragte er.

Der Mann, den Büttner nicht kannte, hob den Finger. »Die wohnen bei mir. Also wohnten. Oder so.«

»Und Sie sind?«

»Enno Tholen.«

»Mein Bruder«, ergänzte Harm Tholen.

»Dann waren Sie es, der den Sarg mit Helga Brandes zum Hafen transportiert hat«, schlussfolgerte Büttner. »Sind Sie sicher, dass Frau Brandes zu diesem Zeitpunkt noch drin lag?«

»Davon geh ich doch mal aus. Jedenfalls haben Franz und ich nicht bemerkt, dass es nicht so ist. Wäre dann ja auch Quatsch gewesen, den Sarg zu verladen.«

»Reingeschaut haben Sie aber nicht.«

»In den Sarg?« Enno Tholen verzog das Gesicht. »Nee, warum denn? Bin wirklich nicht scharf drauf, tote Menschen zu sehen.« Er grinste. »Sonst wäre ich doch auch bei der Mordkommission.«

Während es nun an Büttner war, eine Grimasse zu ziehen, grölten die anderen Männer vor Vergnügen. Der Grog schien seine Wirkung zu tun.

Büttner konnte sich nicht erinnern, bei den Angehörigen und Freunden eines Mordopfers jemals auf ein solches Maß an Gleichgültigkeit und Verschwiegenheit gestoßen zu sein wie hier auf Baltrum. Was Florian Teichner betraf, hätte er eine gewisse Gelassenheit ja noch durchgehen lassen, schließlich war er für die Insulaner ein Fremder – so man ihnen Glauben schenken konnte.

Aber was war mit Helga Brandes? Sie hatte mehrere Jahrzehnte auf dieser Insel gelebt. Normalerweise konnte man in einem solchen Fall zumindest Betroffenheit, eher aber echte Trauer erleben. Doch jetzt schien nicht mal ihr eigener Bruder ein Mindestmaß an Traurigkeit zu empfinden. Büttner hätte zu gerne gewusst, woran das lag. Aber so lange keiner den Mund aufmachte, blieb eine Antwort auf diese Frage wohl ein frommer Wunsch. Wenn er wenigstens einen Anhaltspunkt gehabt hätte, mit dem er auch nur einen dieser Männer hätte unter Druck setzen können. Aber da war nichts. Gar nichts. Sebastian Hasenkrug hatte sie längst alle überprüfen lassen. Lauter weiße Westen, wohin man auch schaute. Keiner dieser Männer war bislang polizeilich aufgefallen. Und hier auf Baltrum fielen selbst die Knöllchen für Falschparken oder zufällig aufgenommene Fotos von Radarfallen weg. Schlimmer konnte es für einen Ermittler kaum kommen.

Die Tür ging auf und Sebastian Hasenkrug trat ein. Nachdem er seine Jacke ausgezogen hatte, rieb er in schnellen Bewegungen seine Hände aneinander. »Erst mal was Warmes zu trinken«, sagte er, als Büttner ihn ansah. Er winkte der Wirtin und bestellte sich einen Becher Kaffee.

Auf die fragenden Blicke einiger Männer hin, stellte Büttner seinen Assistenten vor. »Er ist nicht der Einzige, der hier außer mir noch herumläuft«, betonte er. »Diverse Kollegen sind inzwischen auf der Insel eingetroffen und lassen keinen Stein auf dem anderen. Sollte sich auch nur der kleinste Hinweis ergeben, dass einer von Ihnen«, er zeigte einmal in die Runde, »an dem Mordkomplott beteiligt sein könnte, dann werden wir nicht zögern, ihn aufs Festland zu transferieren.«

»Was denn für ein Mordkomplott?«, fragte Hannes

Ruffelt mit großen Augen, und auch alle anderen schauten empört aus der Wäsche.

»Also«, ging Büttner nicht darauf ein, »wer hat Lust, Zahnbürste und Pyjama einzupacken?«

Hasenkrug blickte seinen Chef verwundert an. »Die Herren hier«, erläuterte Büttner, »sind anscheinend alle der Meinung, dass sie nicht mit der Polizei zusammenarbeiten müssen.«

»Dann werden sie wohl lernen müssen, mit den Konsequenzen zu leben«, erwiderte Hasenkrug nüchtern. Dankbar nahm er den Becher Kaffee entgegen, den Ilse Akkermann ihm reichte. Sogleich umschloss er ihn mit beiden Händen. »Puh, das tut gut«, seufzte er und nahm einen vorsichtigen Schluck.

»Also, legt irgendjemand Wert darauf, im eigenen Bett zu schlafen?«, fragte Büttner nach einem Blick in die Runde. »Dann melden Sie sich bitte im Laufe der nächsten Stunden auf der Polizeistation beim Kollegen Küppers. Sollten wir bis eine Stunde vor Abfahrt der nächsten Fähre nichts Erhellendes von Ihnen gehört haben, werden Sie uns heute Abend alle aufs Festland begleiten und eine Nacht frei Kost und Logis bekommen. Wann wir Sie dann morgen zum Verhör vorladen, kann ich nicht sagen, da wir ja hier auf Baltrum zu tun haben. Aber gegen eine weitere Nacht mit Vollpension auf Staatskosten haben Sie ja sicherlich auch nichts einzuwenden.«

»Sie bluffen doch«, sagte Piet Boonkamp, doch blickte er genauso verunsichert drein wie seine Kumpel.

»Ich würd's nicht drauf ankommen lassen.« Büttner stand auf und winkte einem wenig begeisterten Hasenkrug, ihm zu folgen. Der leerte schnell seine Tasse, und wenig später standen sie auf der Straße. Büttner stellte bedauernd fest, dass es keinen Deut wärmer geworden war. Stattdessen war der Wind aufgefrischt, und die Kälte fraß sich unangenehm in sein Gesicht.

»Wir sollten uns mal mit dem Inselarzt unterhalten«, meinte Hasenkrug. »Es würde mich ja schon interessieren, wie er sich und uns das Verschwinden von Helga Brandes erklärt.«

»Haben Sie sonst etwas herausfinden können?«, fragte Büttner. »Ist zum Beispiel dieser Michael Bellmann wieder aufgetaucht?«

»Nein. Keine Spur von ihm. Ich habe die Fahndung eingeleitet. Aber eigentlich kann er die Insel gar nicht verlassen haben. Zumindest nicht mit der Fähre. Bei den Inselfliegern habe ich nachgefragt, sie haben zum letzten Mal vor vier Tagen jemanden von Baltrum ausgeflogen.«

»Sind die Angehörigen von Florian Teichner informiert?«

»Das haben die Kollegen in Oldenburg übernommen.«

»Teichner kam aus Oldenburg?«

»Ja. Seine Eltern wohnen dort. Er selbst lebte in Hannover. Seine Mutter hat bei der Nachricht wohl einen Zusammenbruch erlitten und musste notärztlich behandelt werden. Teichner war ihr einziges Kind.«

»Scheiße.«

»Ja.«

»Trotzdem brauchen wir mehr Informationen. Am besten wird es sein, wenn wir morgen nach Oldenburg fahren und uns ein Bild von der Familie machen. Und geben Sie bitte den Kollegen in Hannover Bescheid, dass sie sich in Teichners Wohnung umsehen und alles mitbringen sollen, was Auskunft über ihn geben kann. Inklusive technischer Geräte, versteht sich«, meinte Büttner. »Hier in der Kneipe jedenfalls bin ich kein

Stück vorangekommen. Die Baltrumer mauern, wo sie nur können. Wenn wir wenigstens wüssten, ob die beiden Morde in einem Zusammenhang stehen, wären wir schon ein gutes Stück weiter.«

»Noch wissen wir nicht mal, ob Teichner überhaupt ermordet wurde«, schränkte Hasenkrug ein. »Und auch das werden wir frühestens heute Abend erfahren. Wenn Frau Doktor Wilkens Wert auf ihren Feierabend legt, sogar erst morgen.«

»Wie auch immer. Jetzt gehen wir erst mal zum Inselarzt.«

»Die Kollegen von der Spurensicherung durchforsten unterdessen die Ferienwohnung von Teichner und Bellmann«, erklärte Hasenkrug. »Vielleicht finden sie ja irgendwelche Hinweise, warum die beiden tatsächlich auf der Insel waren. An einen schlichten Winterurlaub will ich nicht so ganz glauben.«

»Da sind wir ja schon zwei«, nickte Büttner. »Aber nun auf zum Doc, bevor wir hier festfrieren.«

14

Der Leichnam von Florian Teichner war bereits in der Arztpraxis eingetroffen, als David Büttner und Sebastian Hasenkrug dort ankamen. Über den auf dem Boden stehenden Zinksarg war eine grobkarierte Wolldecke gebreitet.

»Wer hat ihn hergebracht?«, fragte Hasenkrug.

»Enno und Harm Tholen. Mit ihrer Kutsche. Ist schon eine ganze Weile her.« Inselarzt Christoph Krüger saß an seinem Schreibtisch und tippte irgendetwas in die Tastatur. »Entschuldigen Sie bitte«, sagte er, ohne aufzuschauen, »aber den Arztbrief muss ich noch schnell fertigstellen. Er muss dringend raus.«

»Und die beiden bringen ihn auch nachher zum Hafen?«, fragte Hasenkrug dennoch.

»Ja. Eine halbe Stunde bevor die Fähre ablegt, wollen sie wieder hier sein.« Krüger zeigte mit dem Kinn auf den Sarg. »Natürlich hätten wir ihn auch auf der Kutsche stehenlassen können, aber das erschien uns nicht richtig.«

»Und auch nicht ganz ungefährlich«, ergänzte Büttner. »Angesichts der Tatsache, dass hier schon einmal ein Leichnam abhandengekommen ist, ist es besser, man stellt den neuen unter Aufsicht.« Er wartete auf eine Reaktion des Arztes, doch schien ihn diese Aussage nicht weiter berührt zu haben, denn er schrieb ohne zu zögern weiter.

Büttner trat näher an den Zinksarg heran. Er bückte sich und zog die Wolldecke beiseite. Der Deckel des

Sargs ließ sich ohne Umstände vom Unterteil lösen. Erleichtert atmete er aus, als er Florian Teichner entdeckte, der dalag, als würde er schlafen. Seine Hände waren auf dem Bauch gefaltet. Wenigstens bis hierher hatte er es also unbeschadet geschafft. Jetzt galt sicherzustellen, dass er auch auf seinen nächsten Stationen bis zur Gerichtsmedizin nicht verschwand. Aber dafür würde Büttner schon sorgen.

»Haben Sie ihn sich noch einmal angeschaut?«, fragte er.

»Nein.« Krüger hatte seine Schreibarbeit anscheinend beendet, denn er erhob sich von seinem Schreibtischstuhl und trat neben Büttner und Hasenkrug, die nach wie vor auf den Leichnam starrten. »Ich habe lediglich festgestellt, dass er tatsächlich tot ist. Alles andere ist nun Sache der Gerichtsmedizin.« Er räusperte sich, bevor er hinzufügte: »Gut möglich, dass er eines natürlichen Todes gestorben ist. Kommt leider nicht so selten vor, dass junge Menschen plötzlich an Herzversagen sterben.«

»Spekulationen helfen uns nicht weiter«, erwiderte Büttner knapp. Er schaute dem Arzt ins Gesicht. »Hatten Sie in den letzten Tagen Kontakt mit unserem Opfer?«

Für Büttners Geschmack zögerte Christoph Krüger ein wenig zu lange, bevor er den Kopf schüttelte. »Nein. Er und sein Begleiter sind mir gestern Mittag auf der Straße begegnet. Unterhalten haben wir uns aber nicht. Es war das einzige Mal, dass wir uns begegnet sind.«

»Sie wissen also auch nicht, in welcher Beziehung sein Begleiter zu ihm stand?«

»Nein, keine Ahnung.« Er kräuselte die Lippen. »Allerdings wundert es mich schon, dass der hier noch nicht aufgetaucht ist. Sie schienen mir sehr vertraut miteinander. Aber wie Harm und Enno mir sagten, hat ihn heute auch sonst noch niemand gesehen?« Er formulierte es als Frage, vielleicht weil er den beiden Männern nicht so ganz über den Weg traute.

»Warum sollten die beiden Sie anlügen?«, fragte er deshalb.

»Anlügen?« Der Arzt hob die Brauen.

»Sie scheinen sich vergewissern zu wollen, dass es tatsächlich so ist. Also, dass niemand Michael Bellmann gesehen hat.«

»Heißt so der Mann?«

»Also? Glauben Sie den Brüdern Tholen nicht?«

Der Arzt winkte mit einer Handbewegung ab. »Nein, nein, das wollte ich damit nicht sagen. Vielmehr hat mich interessiert, ob er inzwischen wieder aufgetaucht ist.«

»Nein. Aber wir fahnden nach ihm.«

»Sie halten ihn für den Mörder?«, fragte der Arzt interessiert.

»Zunächst einmal halten wir ihn für einen wichtigen Zeugen«, erklärte Büttner. Er wies seinen Assistenten mit einer Geste an, den Sarg wieder zu schließen. »Können wir uns irgendwo setzen?«, fragte er Krüger.

»Ja, natürlich. Gehen wir in den zweiten Behandlungsraum.« Der Arzt ging ihnen voraus durch eine Tür, dann bat er sie, an einem Tisch mit vier Stühlen Platz zu nehmen. Der Raum war, so ließ ein Sammelsurium an Gymnastikbällen, Gummimatten und Schaumstoffwürfeln vermuten, für physiotherapeutische Zwecke eingerichtet. »Darf ich Ihnen einen Kaffee anbieten?«

»Gerne.« Büttner und Hasenkrug nickten.

Es dauerte nicht lange, bis Christoph Krüger drei dampfende Becher auf den Tisch stellte. Sofort umfasste Hasenkrug den seinen mit beiden Händen. Anscheinend waren die in der Gaststätte noch nicht ganz aufgetaut.

»Sie sind sicherlich wegen Helga Brandes hier«, stellte der Arzt nach einem längeren Moment des Schweigens fest, in dem Milch und Zucker hin- und hergeschoben wurden. »Aber ich versichere Ihnen, dass es mir ein absolutes Rätsel ist, wie sie verschwinden konnte. Bei mir jedenfalls lag sie noch im Sarg. Irgendjemand muss sie herausgenommen haben, nachdem sie meine Praxis verlassen hatte. Furchtbar.«

»Und Sie sind sich absolut sicher?«, vergewisserte sich Büttner. »Ich meine, haben Sie kontrolliert, dass sie im Sarg lag?«

»Ja. Das heißt, nein.«

»Was denn jetzt?«, fragte Büttner ungeduldig. Er wurde das Gefühl nicht los, dass auch der Arzt ihnen nicht die ganze Wahrheit sagte.

Der Arzt zögerte lange und schien intensiv nachzudenken, bevor er sagte: »Piet kam hierher, um etwas zu holen. Deshalb haben wir den Sarg geöffnet.«

»Verstehe ich jetzt nicht«, meinte Hasenkrug. »Was gibt es für den Bruder von Frau Brandes denn so dringend zu holen, dass er dafür den Sarg öffnen muss?«

»Schmuck. Piet wollte nicht, dass der verschwindet. Es handelt sich wohl um ein kostbares Familienerbstück.«

Büttner glaubte, nicht richtig gehört zu haben. Er beugte sich vor und sagte mit zusammengekniffenen Augen:

»Sie erzählen mir aber nicht gerade, dass Sie Piet Boonkamp erlaubt haben, ein Schmuckstück an sich zu nehmen, das Helga Brandes am Körper trug, oder?« Ihm fiel ein, dass Anja Wilkens ihn auf die Halskette der Toten aufmerksam gemacht hatte. »Reden Sie von der Halskette, die sie trug? Ihnen ist schon klar, dass ...«

Der Arzt winkte mit einer schnellen Handbewegung ab. »Natürlich habe ich es ihm nicht erlaubt. Schließlich kann es sich ja bei allem, was Helga an sich trägt, um ein Beweisstück handeln. Das habe ich Piet auch gesagt und ihm lediglich erlaubt nachzusehen, ob sie den Schmuck tatsächlich trägt, damit er Gewissheit hat, dass er nicht verloren gegangen ist. Oder geklaut wurde.«

»Er war also auf den Schmuck aus«, sagte Büttner mehr zu sich selbst. Womöglich war genau das auch der Grund gewesen, aus dem Piet Boonkamp die Wohnung seiner Schwester durchwühlt hatte.

»Nun mal konkret«, erwiderte Hasenkrug. »Das heißt also, dass Piet Boonkamp die Kette an sich genommen hat?«

»Ja, das hat er«, antwortete Christoph Krüger. »Ich konnte ihn nicht davon abhalten, sie ihr abzunehmen. Ihren Ehering hat er auch gleich mitgenommen.«

»Das ist doch jetzt hoffentlich nicht Ihr Ernst«, brummte Büttner, obwohl der Arzt keineswegs den Eindruck machte, als würde er scherzen.

»Wie gesagt, ich konnte es nicht verhindern«, versuchte sich der Arzt zu rechtfertigen. »Piet war ziemlich angetrunken, als er hier auftauchte, und auch aggressiv. Ich wollte nun wirklich keine körperliche Auseinandersetzung mit ihm riskieren.«

»Ich fürchte, das wird Konsequenzen für Sie haben«, meinte Büttner. »Anzunehmen ist, dass der Staatsanwalt wenig Verständnis für das Entwenden von potenziellen Beweisstücken aus einem Sarg aufbringt.«

»Ich sagte doch, dass ich keine Chance hatte, es zu

verhindern.« Der Arzt klang entnervt. »Was hätte ich denn tun sollen?«

»Sie hätten die Polizei rufen können«, schlug Büttner vor. »Zumindest aber hätten Sie uns über den Vorfall informieren müssen, und zwar sofort, nachdem der Diebstahl begangen wurde.«

»Aber der Schmuck gehört Piet doch sowieso, nachdem Helga gestorben ist«, wandte Krüger mit schwacher Stimme ein.

»Sie sind aber nicht wirklich so naiv, wie Sie sich gerade geben, oder?«, erwiderte Büttner gallig. »Noch mal: Diese Sache wird Konsequenzen für Sie haben, Doktor Krüger, darauf können Sie sich schon mal einstellen.«

»Aber ich …«

»Ja, ich weiß, Sie hatten keine Chance gegen Piet Boonkamp. Aber das wird den Staatsanwalt wohl kaum interessieren. Und zwar genau deshalb, weil Sie diesen Vorfall vor den Ermittlungsbehörden verschwiegen haben.«

Der Arzt stützte die Ellenbogen auf den Tisch und raufte sich die Haare. »Ich hätte es Ihnen gar nicht erst erzählen sollen«, stöhnte er. »Da will man nur behilflich sein und dann das.«

»Wir hätten auch ohne Ihre Mithilfe herausbekommen, dass der Schmuck fehlt«, klärte Hasenkrug ihn auf. »Für Sie kann es also nur von Vorteil sein, dass Sie es uns gesagt haben, bevor wir selbst drauf kommen. Und natürlich bevor jemand auf die Idee kommt, Sie selbst könnten ihn entwendet haben. Dennoch werden Sie die Konsequenzen tragen müssen.«

»Davon mal abgesehen, ist es eine etwas seltsame Reaktion von Piet Boonkamp, zuallererst an den Schmuck zu denken, wenn man bedenkt, dass seine Schwester einem brutalen Mord zum Opfer fiel«, bemerkte Büttner, als der Arzt schwieg. »Ich hätte in einer solchen Situation sicherlich ganz andere Sorgen. Standen sich Helga Brandes und Piet Boonkamp denn nicht nahe?«

»Doch, doch«, antwortete der Arzt nach einem Schluck Kaffee. »Aber jeder trauert eben auf seine Weise.«

»Eine interessante Art zu trauern«, stellte Büttner fest. Was ihn zudem verwunderte, war die Tatsache, dass eine Frau an einem ganz normalen Wochentag ihren offensichtlich wertvollen Familienschmuck spazieren führte, doch sprach er diesen Gedanken nicht aus.

»Darüber habe ich nicht zu urteilen«, lautete die knappe Antwort des Arztes.

»Gut, wir werden der Sache nachgehen«, schloss Büttner das Thema ab. »Darf ich fragen, wann Sie Harm Tholen entlassen haben?«

»Er hat sich selbst entlassen. Ich hätte ihn gerne noch einen Tag unter Aufsicht hierbehalten, zumal er ja zu Hause niemanden hat, der auf ihn aufpasst. Aber er ließ sich nicht überzeugen. Gestern Mittag ist er gegangen, nachdem er mir die entsprechenden Papiere unterzeichnet hatte.«

»Hat er sich Ihnen gegenüber in irgendeiner Weise zum Tathergang geäußert?«, fragte Hasenkrug.

»Ich unterliege der ärztlichen Schweigepflicht, wie Sie sicherlich wissen. Aber bevor Sie mir nun wieder alles Mögliche androhen: Nein, er hat nichts dazu gesagt. Überhaupt war er recht schweigsam. Aber wenn man unter Kopfschmerzen und Übelkeit leidet, ist solch ein Verhalten wenig verwunderlich.«

»Heute sitzt er schon wieder in der Kneipe, trinkt Grog und raucht Zigaretten«, bemerkte Büttner. »So schlecht kann es ihm also nicht gehen.«

Krüger zuckte die Schultern. »Er ist ein erwachsener Mann. Wir werden ihn kaum daran hindern können, unvernünftig zu sein.«

»Noch mal zurück zu Helga Brandes«, kam Büttner ein Gedanke. »Wann genau hat Enno Tholen den Sarg mit Helga Brandes bei Ihnen abgeholt, um ihn zum Hafen zu bringen?«

»Das wird ungefähr eine halbe, vielleicht eine Dreiviertelstunde vor Abfahrt der Fähre gewesen sein. Ich hab gleich Feierabend gemacht, nachdem er weg war.«

»Haben Sie ihm geholfen, den Sarg auf die Kutsche zu laden?«

»Ja. War ja sonst keiner da.«

»Zum Hafen begleitet haben Sie ihn aber nicht.«

»Nein. Da sind ja genug Leute, die helfen können. Außerdem musste ich zu einem Notfall.«

»Verstehe.« Büttner stand auf. »Gut, Herr Doktor, dann machen wir uns wieder auf den Weg. Falls Ihnen noch etwas einfällt, teilen Sie es uns bitte umgehend mit. Wegen der Sache mit der Kette werden Sie von der Staatsanwaltschaft hören.«

Der Arzt erhob sich ebenfalls und drückte ihm die Hand. »Tut mir leid, dass ich Ihnen nicht mehr sagen konnte. Ich hoffe, dass Sie der Wahrheit trotzdem bald auf die Spur kommen.«

Büttner und Hasenkrug nickten ihm kurz zu, dann verließen sie die Praxis.

»Der verschweigt uns doch was«, sagte Hasenkrug, kaum dass sie die Straße hinunter liefen.

»Wie alle hier«, nickte Büttner. »Ich hätte wirklich nicht wenig Lust, all die Herren für ein paar Tage in die Arrestzelle zu sperren. Aber leider haben wir dafür keine Handhabe.«

»Zumindest bei Piet Boonkamp wäre es einen Versuch wert«, erwiderte Hasenkrug. »Immerhin hat er den Schmuck seiner Schwester entwendet.« Er schüttelte sich, wobei Büttner nicht zu sagen vermochte, ob es an der Empörung oder an der Kälte lag. »Vielleicht käme er ja zu Verstand, wenn er Zeit hätte, über seine Missetat nachzudenken.«

»Ich bin mir ziemlich sicher, dass es ihm nicht aus einer nostalgischen Anwandlung heraus um den Schmuck ging«, sagte Büttner nachdenklich. »Und dass er der Typ ist, der Angst vor Dieben hat, nehme ich ihm auch nicht ab. Nein, irgendetwas muss er sich von der Kette versprochen haben.«

»Womöglich brauchte er kurzfristig Geld und hat sie schon versetzt«, überlegte Hasenkrug. »Immerhin wissen wir, dass er finanzielle Probleme hatte. Denken Sie an das Bargeld, das er in Händen hielt, als wir ihn im Haus seiner Schwester überraschten.«

Büttner warf einen Blick auf die Uhr. »Ich würde vorschlagen, dass wir ihn das alles persönlich fragen. Vielleicht ist er noch in der Gaststätte, ansonsten versuchen wir es bei ihm zu Hause. Mal sehen, ob er noch im Besitz der Kette ist. Ehrlich gesagt wüsste ich auch gar nicht, an wen er sie so schnell verscheuern sollte, schließlich hat er die Insel seit dem Tod seiner Schwester nicht mehr verlassen.«

»Er hätte sie jemandem mitgeben können«, stellte Hasenkrug fest.

»Das hätte er, ja«, musste Büttner zugeben. »Der Sache gehen wir später nach.« Er rieb sich den knurrenden Bauch. »Nun essen wir erst mal im *Smutje* zu Mittag und sehen dann weiter. Vielleicht haben wir ja Glück und er hält sich immer noch dort auf. Bleibt nur zu hoffen, dass er in diesem Fall noch einigermaßen nüchtern ist. Bitte besorgen Sie einen Durchsuchungsbeschluss für sein Haus, Hasenkrug.«

15

Gut gesättigt von Sauerbraten, Salzkartoffeln und Rotkohl, kamen die beiden Kommissare rund eine Stunde später aus der Gaststätte. Sie waren die einzigen Gäste gewesen. Die Männer vom Stammtisch hätten sich, so die Wirtin, bereits kurz nach ihrem zweiten Grog verabschiedet. Auf Büttners Frage, ob sich die Männer noch weiter über den Mordfall unterhalten hätten, hatte Ilse Akkermann recht unwirsch reagiert und ihnen zu verstehen gegeben, dass sie die Gespräche ihrer Gäste grundsätzlich nicht belausche. Auch auf weitere Fragen hatte sie nur einsilbig geantwortet und sich weitgehend darauf beschränkt, ihnen das Mittagessen zu servieren. Fast hätte Büttner ihr das penetrante Schweigen verziehen, denn einen derart schmackhaften Sauerbraten hatte er schon lange nicht mehr gegessen. Ja, wenn es nur nicht so verdammt wichtig wäre, endlich jemanden zu finden, der ihnen den einen oder anderen brauchbaren Hinweis gab, hätte er vielleicht ein Auge zugedrückt.

Um zu Piet Boonkamp zu gelangen, mussten die Kommissare vom Westdorf ins kleinere Ostdorf laufen. Zwar war der Weg nicht besonders weit, doch hatte der Regen wieder eingesetzt und schlug ihnen eiskalt entgegen. Während er seine Mütze tiefer in die Stirn zog, dachte Büttner an den Wunsch seiner Frau, sich für ein paar Tage auf Baltrum einzunisten. Ob sie diesen Wunsch auch noch äußern würde, wenn sie hier und jetzt neben ihnen laufen und den schneidenden Wind im Gesicht spüren würde? Ja, gab er sich sogleich selbst die Antwort. Es war zu befürchten, dass sie genau das toll fand. Derart abstruse Vorlieben würden Büttner für immer fremd sein, aber, so musste er vor sich selbst zugeben, sein Faible für Schokoriegel konnte ja sicherlich auch nicht jeder auf Anhieb nachvollziehen. Leben und leben lassen. Und doch hoffte er inständig, dass es nicht nötig sein würde, Quartier auf der Insel zu beziehen. Von Susanne womöglich bei Sturm und Regen zu ausgiebigen Strandspaziergängen genötigt zu werden, war nicht gerade das, was auf seiner Wunschliste ganz oben stand.

Piet Boonkamp schien zu Hause zu sein, denn in seiner Wohnung im Mehrparteienhaus bewegte sich eine Gardine, als Sebastian Hasenkrug gleich mehrmals auf die Klingel drückte. Dennoch dauerte es eine ganze Weile, bis der Türsummer anzeigte, dass sie eintreten konnten.

»Moin, Herr Boonkamp, wir hätten da noch ein paar Fragen an Sie.« An der Wohnungstür wartete Büttner keine Einladung zum Eintreten ab, sondern marschierte einfach an dem dürren, fast glatzköpfigen Mann in Jeans und Pullover vorbei. Hasenkrug folgte ihm.

»Geht's schon wieder um Helga?«, knurrte Boonkamp in einem Tonfall, als wäre es eine Zumutung, über seine tote Schwester zu reden. Er wies ihnen den Weg in die karg eingerichtete Küche, in der es nach abgestandenem Essen und kaltem Kaffee roch. Achtlos wischte er ein paar Zeitschriften von den Stühlen aufs Linoleum, dann setzten sie sich.

»Ihre Schwester wurde ermordet, schon vergessen?«, erwiderte Büttner provozierend. »Da kann es schon mal passieren, dass die Polizei die eine oder andere Frage hat.«

»Ich weiß nichts, das habe ich Ihnen doch schon gesagt.« Boonkamp räumte ein paar schmutzige Teller und Tassen zusammen, die auf dem Tisch standen.

»Nur leider haben Sie vergessen, uns zu erzählen, dass Sie ein offenbar kostbares Schmuckstück an sich genommen haben, das Ihre Schwester um den Hals trug, als sie starb.«

Boonkamp stockte in der Bewegung. Büttner befürchtete, dass er alles leugnen würde. Doch zu seiner Überraschung kam es anders.

»Sie waren beim Doc?«, fragte Boonkamp lauernd. Als er keine Antwort bekam, bellte er: »Ja, und? Soll die Kette vielleicht mit Helga verbrannt werden?« Er wirkte von einem Moment auf den anderen sehr aufgebracht.

»So weit sind wir ja noch lange nicht«, stellte Büttner fest. »Dafür müssten wir Ihre Schwester erst mal finden.«

»Das konnte ich doch nicht ahnen, dass man ihre Leiche verschwinden lässt. Also bin ich lieber auf Nummer sicher gegangen.«

»Der Bestatter hätte Ihnen den Schmuck ausgehändigt«, sagte Hasenkrug. »Ich denke doch, dass Sie das wissen.«

»Ich trau' denen nicht. Hört man doch immer wieder, dass die sich an den Leichen bereichern.«

Büttner verschärfte den Ton. »Nun erzählen Sie uns mal keine Märchen, Herr Boonkamp! Warum hatten Sie es so eilig, an den Schmuck zu kommen? Warum mussten Sie dafür den Sarg Ihrer Schwester öffnen? Um die Kette zu verscheuern und an Geld zu kommen? Ihnen ist doch wohl klar, dass Sie damit eine Straftat begangen haben. Also? Was war der Grund?«

»Hab ich Ihnen doch gerade gesagt. Ich wollte nicht, dass die Kette wegkommt.«

»So kommen wir nicht weiter«, stellte Büttner fest. »Wenn Sie schon nicht mit uns reden wollen, dann händigen Sie uns jetzt sofort das Schmuckstück aus.«

Boonkamp sprang so unvermittelt hoch, dass sein Stuhl zu Boden krachte. »Das dürfen Sie nicht!«, schrie er mit erhobener Faust. »Verlassen Sie sofort mein Haus, sonst ... sonst ...!«

»Was sonst? Sonst rufen Sie die Polizei?«, fragte Büttner spöttisch. Er bemühte sich, Ruhe zu bewahren, als er hinzufügte: »Das Entwenden der Kette war eine Straftat. Sie können von Glück sagen, wenn wir Sie nicht an Ort und Stelle verhaften und aufs Festland verschiffen lassen.« Er machte eine rhetorische Pause und trommelte mit den Fingern auf dem Tisch herum. »Was natürlich der Fall sein wird, wenn Sie uns die Kette, also das Beweisstück, nicht aushändigen. Sie haben die Wahl.«

»Das dürfen Sie nicht.«

Büttner seufzte gespielt. »Glauben Sie mir, wir machen den Job schon seit ein paar Jahren. Wir wissen genau, was wir dürfen und was nicht.« Er deutete auf das Handy, das neben Boonkamp auf dem Tisch lag. »Weil Sie sowieso gleich damit gedroht hätten: Bitte schön, rufen Sie Ihren Anwalt an. Ich schätze, dass er, wenn Sie Ihre Geschichte zum Besten geben, gar keine so rechte Lust mehr haben wird, Sie zu verteidigen. Ich meine, wer steht schon auf Leichenschändung? Und dann lässt sich natürlich auch nicht mehr verhindern, dass die Öffentlichkeit von der Sache erfährt. Ich sehe die Schlagzeile schon vor mir.« Büttner hob die Hände und deutete mit Daumen und Zeigefinger eine Schriftzeile an. »*Aus Geldgier: Piet B. aus B. – in Klammern vierundsechzig – raubt Sarg der eigenen Schwester aus*. So was schafft keine Freunde, oder was meinen

Sie? Besser wäre es also, mit uns zu kooperieren. Nur so als kleiner Tipp.«

»Das würden Sie nicht tun«, krächzte Boonkamp und starrte Büttner mit offenem Mund an.

»Kooperation oder Knast und Presse«, fasste Büttner zusammen. Er konnte sich zwar kaum vorstellen, dass diese Sache einen solchen Wirbel verursachen würde, aber das war ja auch nicht wichtig. Entscheidend war, ob Piet Boonkamp ihm glaubte. Es sah ganz danach aus, denn der verließ nun die Küche und kam wenig später zurück. Zwischen seinen Fingern baumelte eine Kette, und er legte sie wortlos auf den Tisch.

Büttner zog ein Papiertaschentuch aus der Jacke und nahm die Halskette in die Hand. Sie war unerwartet schwer. Er war kein Experte, doch sah sie tatsächlich kostbar aus. In den Verschluss der Kette war ein Stempel geprägt. Büttner kniff die Augen zusammen und entzifferte die Nummer 999. Es war also tatsächlich hochkarätiges Gold. Kaum vorstellbar, dass es sich dann bei den glitzernden Steinen um Imitate handelte. Er hielt anscheinend einen wahren Schatz in den Händen.

»Können Sie mir sagen, was das für Steine sind?«, fragte er.

»Brillanten«, lautete die knappe Antwort. Der Inselarzt hatte also recht gehabt.

»Es ist ein Familienerbstück?«

»Ja. Sie hat meiner Mutter gehört. Und davor meiner Großmutter. Vielleicht ist sie sogar noch älter.« Boonkamp streckte die Hand aus. »Und nun hätte ich sie gerne wieder.«

»Später«, erwiderte Büttner. Hasenkrug reichte ihm einen kleinen Plastikbeutel, und er ließ die Kette hineingleiten. »Noch ist sie ein Beweisstück. Nach Abschluss des Falls bekommt sie der rechtmäßige Besitzer.«

»Das bin ich.«

Büttner hatte mit einem neuerlichen Tobsuchtsanfall gerechnet, doch blieb Boonkamp überraschend ruhig, als Hasenkrug die Halskette nun in die Innentasche seiner Jacke steckte.

»Das wird sich herausstellen.« Büttner sah Boonkamp aus schmalen Augen an. »Was ich nicht verstehe: Warum trägt Ihre Schwester an einem ganz normalen Wochentag eine solche Kette? Normalerweise bewahrt man so was in einem Tresor oder Bankschließfach auf.«

»Das weiß ich doch nicht.«

»Und woher wussten Sie, dass sie die Halskette trug?«, fragte Hasenkrug. »Es gibt nur eine Handvoll Personen, die Ihre Schwester nach ihrem Tod am Strand gesehen haben. Und angeblich sind Sie doch an diesem Tag gar nicht auf der Insel gewesen.«

»War ich auch nicht.«

»Also?«

Piet Boonkamp zuckte mit den Schultern und schwieg.

»Also doch die Arrestzelle?«, fragte Büttner.

»Christoph«, presste Boonkamp hervor. »Er hat mich angerufen und gesagt, dass Helga die Kette trägt.«

»Sie sprechen von dem Inselarzt?«

»Ja.«

Büttner und Hasenkrug warfen sich einen schnellen Blick zu.

Wenn es so war, warum hatte ihnen der Arzt verschwiegen, dass er es gewesen war, der Boonkamp angerufen hatte? Und vor allem: Warum hatte er diesen Anruf überhaupt getätigt? Auch seine Aussage, Boonkamp sei betrunken und aggressiv gewesen und habe ihn quasi gezwungen, die Halskette herauszugeben, passte nicht zu Boonkamps Darstellung der Ereignisse.

Büttner beugte sich zu seinem Assistenten rüber und raunte: »Wir brauchen die Anrufliste vom Doc. Kümmern Sie sich bitte darum.« Laut sagte er: »Wie spät war es, als Doktor Krüger Sie deswegen anrief?«

»Kurz bevor Helga zum Hafen gebracht werden sollte. Da hatte er wohl noch mal in den Sarg geguckt, und die Kette war ihm aufgefallen.«

»Er hätte sie ihr abnehmen und Ihnen die Kette später geben können. Dafür mussten Sie doch nicht extra zur Praxis kommen.«

»War aber so.«

»Dann zeigen Sie uns doch bitte mal Ihr Handy und Ihr Festnetztelefon. Je nachdem, mit welchem Gerät Sie telefoniert haben.«

»Warum denn das jetzt?«

»Damit wir Ihre Aussage überprüfen können.«

Boonkamp schaute ihn finster an, schob ihm dann aber wortlos sein Handy zu. Büttner gab es an seinen Assistenten weiter.

Wenig später nickte Hasenkrug. »Stimmt. Doktor Krüger hat dieses Handy um besagte Zeit angerufen.«

»Sehen Sie!« Boonkamp grinste triumphierend.

»Das heißt nur, dass es diesen Anruf gegeben hat«, dämpfte Büttner seine Siegesgewissheit. »Über den Inhalt des Gesprächs gibt es naturgemäß keine Auskunft. Also freuen Sie sich nicht zu früh. Außerdem frage ich mich, was Doktor Krüger für einen Grund gehabt haben soll, Sie auf die Kette aufmerksam zu machen.«

»Was weiß denn ich? Er meinte wohl auch, dass sie sonst vielleicht geklaut wird.« Boonkamps Stimme klang nun alles andere als forsch, auch saß er mit gesenktem Kopf da und starrte auf den Boden. Vielleicht dämmerte ihm, dass er sich gerade um Kopf und Kragen redete.

»Gut, das werden wir überprüfen, Herr Boonkamp. Wegen der Kette werden Sie von der Staatsanwaltschaft hören. Schönen Tag noch!«

Büttner und Hasenkrug verließen das Haus und schlugen den Weg zurück zum Westdorf ein.

»Ich fürchte, dass wir hier auf der Insel heute nicht mehr weiterkommen«, meinte Hasenkrug. »Haben Sie etwas dagegen, wenn ich mit der Fähre aufs Festland zurückfahre? Dann könnte ich mich im Kommissariat um die anstehenden Recherchen kümmern.«

»Machen Sie das.« Büttner zog die Stirn in Falten. »Ich überlege, ob ich noch einmal zum Doc gehe und ihn mit Boonkamps Aussage konfrontiere.«

»Was soll das bringen? Hier sagt doch sowieso keiner die Wahrheit. Wir sollten erst mal überprüfen, wer mit wem wann telefoniert hat. Vielleicht finden wir sogar Textnachrichten. Darauf könnten wir sie festnageln. Ich schicke unseren Kollegen Küppers los, um die Smartphones der entsprechenden Personen einzusammeln. Er soll sie zum Hafen bringen.«

»Sie reden von allen Beteiligten?«, vergewisserte sich Büttner.

»Ja. Von den Herren vom Stammtisch, Ilse Akkermann, Doktor Krüger. Alle eben, die uns irgendetwas zu verheimlichen scheinen.« Sein Smartphone piepte. »Na prima, immer noch keine Spur von Michael Bellmann«, seufzte er, als er die Nachricht gelesen hatte. »Auch sein Handy lässt sich nicht orten. Zuletzt war es hier auf Baltrum eingeloggt. Dann verliert sich seine Spur. Zu Hause ist er nicht aufgetaucht, die Nachfragen bei Verwandten und Freunden haben nichts ergeben. Er ist wie vom Erdboden verschluckt.«

»Liegt irgendwas gegen ihn vor?«

»Nein. Polizeilich komplett unauffällig.«

Büttner überlegte einen Moment, dann sagte er: »Sie haben recht, Hasenkrug. Hier auf der Insel kommen wir zurzeit nicht weiter. Auch ich werde die nächste Fähre nehmen, die ja wohl ...«

»In einer knappen Stunde«, ergänzte Hasenkrug auf den fragenden Blick seines Chefs hin.

»Ja. Also, auch ich fahre zurück aufs Festland, um darauf zu achten, dass der Sarg mit Florian Teichner nicht verschwindet. Und dann mache ich mich auf den Weg nach Oldenburg zu Teichners Eltern. Ich will wissen, mit wem wir es zu tun haben und in welcher Beziehung er zu den Insulanern steht. Vielleicht können uns die Eltern in diesem Punkt weiterhelfen. Veranlassen Sie doch bitte, dass mein Wagen in Neßmersiel am Hafen steht, wenn wir dort ankommen.«

»Wird gemacht.« Hasenkrug griff erneut zum Smartphone. »Oh«, stellte er erfreut fest. »Ich habe ausnahmsweise Empfang. Noch ein Grund übrigens, warum ich mich lieber auf dem Festland um die Angelegenheiten kümmere.«

»Sie denken bitte daran, auch die Festnetzanschlüsse der Inselbewohner zu überprüfen«, erinnerte ihn Büttner. »Ich meine, wieso sollten die Insulaner einen besseren Empfang haben als wir? Dann werden wir in den Handys nie fündig.«

Als sie sich dem Hafen näherten, war draußen im Wattenmeer bereits die Fähre zu sehen. Büttner überlegte, ob es sich lohnen würde, am nächsten Tag wieder auf die Insel zu kommen, beschloss dann aber, es spontan zu entscheiden. Schließlich konnte zu diesem Zeitpunkt noch keiner sagen, was als Nächstes passieren würde.

16

Auf dem Festland angekommen, verschob David Büttner seine Pläne, die Eltern des toten Florian Teichner in Oldenburg zu besuchen, auf den nächsten Tag. Auf dem Schiff war ihm aufgegangen, dass es wenig Sinn ergeben würde, sie mit der Befragung in Aufregung zu versetzen, denn schließlich stand noch gar nicht fest, dass ihr Sohn das Opfer eines Gewaltverbrechens geworden war. Also würde er zunächst die Obduktionsergebnisse abwarten. Mit viel Glück mussten sie sich dann nur noch auf die Ermittlungen zum Tode von Helga Brandes konzentrieren.

Am Hafen von Neßmersiel wurde der Sarg in einen Leichenwagen verladen. Vorsorglich überzeugte sich Büttner noch einmal selbst davon, dass der Tote tatsächlich darin lag. Zwar hätte er es bemerken müssen, wenn jemand den Leichnam während der Überfahrt über die Reling katapultiert hätte, doch sicher war sicher. Noch einmal würde er sich nicht nachsagen lassen, dass die Polizei nicht in der Lage sei, auf die ihr Anvertrauten aufzupassen.

»Alles gut«, nickte er den Bestattern zu. »Bitte auf direktem Weg in die Gerichtsmedizin. Ich erwarte Sie dort. Und passen Sie auf, dass Ihnen der Leichnam nicht unterwegs abhandenkommt.«

»Also, bei uns lag der Fehler nicht«, blaffte einer der Männer eingeschnappt. »Wir haben nur das getan, was man uns gesagt hat.«

»Sie haben mit Frau Brandes zwischen hier und der

Gerichtsmedizin keinen Halt eingelegt?«, vergewisserte sich Büttner.

»Ich denke, Frau Brandes war gar nicht im Sarg? Dann können wir wohl kaum einen Halt mit ihr eingelegt haben«, stellte der Bestatter in bestechender Logik fest. Wo er recht hatte, hatte er recht. »Und warum genau hätten wir das tun sollen? Um mit ihr einen Kaffee zu trinken? Nee, die Tote muss schon vor Neßmersiel verschwunden sein. Aber das haben wir Ihren Kollegen ja schon alles erzählt.« Er sagte es ohne jedes Zögern, sodass Büttner gewillt war, ihm zu glauben. Schließlich hatten sie bislang auch nicht feststellen können, dass das Bestattungsinstitut und seine Angestellten in irgendeiner engeren Beziehung zu den Baltrumern standen, außer dass sie sie ab und zu unter die Erde brachten. Wo also sollte das Motiv für eine solche Tat liegen? Zumal das Bestattungsinstitut seinen Betrieb einstellen könnte, sollte solch eine Unregelmäßigkeit bekannt werden. Dennoch war es immer besser, genau hinzuschauen, schließlich gab es in jedem Gewerbe schwarze Schafe.

Nachdem sich Büttner in der Gerichtsmedizin versichert hatte, dass Florian Teichner auf direktem Wege auf dem Tisch von Doktor Anja Wilkens landete, fuhr er zum Kommissariat, um sich von seinem Assistenten über die neuesten Erkenntnisse aufklären zu lassen. So es denn welche gab. Zufriedenstellende Ermittlungen sahen weiß Gott anders aus.

»Sind Sie Hauptkommissar Büttner?«, wurde er auf dem Flur vor seinem Büro von einer Frau empfangen, die er noch nie gesehen hatte. Sie mochte um die sechzig Jahre alt sein, ihr schlohweißes Haar hatte sie am Hinterkopf zu einem lockeren Knoten zusammengesteckt. Ihr blasses, schmales Gesicht wurde dominiert von zwei ängstlich dreinblickenden Augen. Immer wieder warf sie einen Blick über die Schulter, als fürchtete sie, hier gesehen zu werden. Ihre knochigen Hände fingerten nervös an dem Verschluss ihrer Handtasche herum, die sie vor dem Bauch umklammert hielt.

»Und Sie sind?«, fragte Büttner.

»Also sind Sie nun Hauptkommissar Büttner?«, fragte sie erneut. »Wissen Sie, ich möchte nämlich nur mit ihm sprechen.«

»Ja, das bin ich.« Büttner deutete auf die Tür zu seinem Büro. »Waren Sie schon drin?«

»Ja. Ihre Sekretärin meinte, Sie kämen bald und ich solle auf dem Flur auf Sie warten.«

»Dürfte ich denn trotzdem Ihren Namen erfahren?«

»Wagner. Luise Wagner.«

»Und was kann ich für Sie tun, Frau Wagner?« Büttner hatte wenig Lust, vom Mordfall Brandes abgelenkt zu werden.

»Es ... es geht um meinen Mann. Um Freddy. Freddy Wagner.« Wieder schaute sie sich mit gehetztem Blick um. »Und um Helga natürlich. Helga Brandes.«

Büttner horchte auf, und nun wusste er auch wieder, wo er den Namen Wagner einzuordnen hatte. Sollte hier endlich eine Zeugin stehen, die sie im aktuellen Mordfall voranbrachte? Die Chancen standen gut, denn warum hätte die Frau den Weg aufs Festland auf sich nehmen sollen, wenn das, was sie zu sagen hatte, nicht von Bedeutung war?

Er öffnete die Tür zu seinem Vorzimmer und lud sie mit einer Geste ein, einzutreten.

»Haben Sie mich auf Baltrum verpasst?«, fragte er. »Oder warum kommen Sie extra nach Emden?«

»Nein, nein. Ich hatte sowieso hier zu tun.«

Büttner schraubte seine Erwartungen wieder runter.

Freundlich grüßte er Frau Weniger, die ihnen lächelnd entgegenblickte. »Darf ich Ihnen einen Kaffee bringen?«, fragte sie.

»Das wäre ganz wunderbar«, freute sich Büttner. »Gibt es sonst etwas Neues, das ich wissen sollte?«

»Leider nicht.« Die Sekretärin zuckte entschuldigend die Schultern.

»Ist Hasenkrug schon da?«

»Ja. Aber er ist im Haus unterwegs, um mit den Kollegen zu sprechen. Soll ich ihn herbitten?«

Büttner winkte ab. »Nein, nicht nötig.« Er ging in sein Büro, Luise Wagner folgte ihm.

Als sie sich gesetzt hatten, blätterte Büttner rasch in seinen Notizen. Er wollte sichergehen, dass es sich bei Freddy Wagner tatsächlich um den Mann handelte, den er vor Augen hatte. Viel zu oft schon hatte ihn sein Namensgedächtnis im Stich gelassen. Nein, hier war er, stellte er wenig später zufrieden fest. Es war tatsächlich jener Mann, der angeblich eine Affäre mit Helga Brandes gehabt hatte. Umso interessanter also, was seine Frau über die beiden zu berichten wusste.

»Was kann ich für Sie tun?«, eröffnete er das Gespräch, nachdem Frau Weniger den Kaffee gebracht hatte.

Das Fummeln an der Handtasche wurde intensiver. Luise Wagner hatte sie auf dem Schoß stehen und schien sich auch nicht von ihr trennen zu wollen. Fast war es, als würde sich die Frau an ihr festhalten.

»Sie ... Sie dürfen meinem Mann nicht sagen, dass ich hier war.« Die Frau sah ihn flehend an. »Wenn ... wenn er es erfährt, dann sage ich lieber nichts.«

»Ihr Mann muss nicht wissen, dass Sie hier waren«, antwortete Büttner mit ruhiger Stimme. »Allerdings wird das, was Sie zu sagen haben, womöglich Konsequenzen für ihn haben. Aber ich nehme an, das ist Ihnen klar?«

»Ja. Ja, natürlich. Deswegen bin ich ja hier.«

Büttner hob fragend die Brauen.

»Na ja«, sie hob die Hand vor den Mund und kicherte hysterisch. »Also, wenn es so ist, wie ich glaube, dann muss das Konsequenzen haben. Denn ich … ich will nicht weiter in Angst leben. Nicht in meinem eigenen Haus.«

Nun wurde es interessant. »Was heißt das, Sie haben Angst? Vor Ihrem Mann?«

»Ja.«

»Hat er Ihnen was angetan?«

»Nein. Nein, mir nicht. Noch nicht.« Sie zog das *mir* ungewöhnlich in die Länge.

Büttner legte seine verschränkten Hände auf dem Schreibtisch ab und beugte sich vor. »Frau Wagner, dies hier ist kein Ratespiel. Ich wäre Ihnen dankbar, wenn Sie etwas konkreter würden.«

Ihr Brustkorb begann zu zittern, als sie versuchte, tief durchzuatmen. »Also«, kam es krächzend aus ihr heraus, woraufhin sie sich ausgiebig räusperte. »Also, es ist so, dass ich glaube, dass Freddy Helga umgebracht hat.« Sie atmete nach diesem Satz so keuchend, als hätte sie einen Marathon absolviert. »So. Nun ist es raus.«

»Und warum glauben Sie das?«, fragte Büttner, der angesichts ihres Verhaltens mit einer solch weitreichenden Aussage schon gerechnet hatte. Allerdings blieb er skeptisch, denn es wäre nicht das erste Mal, dass eine Frau versuchte, sich auf diese Weise ihres ungeliebten Ehemanns zu entledigen. »Frau Wagner? Können Sie Ihren Verdacht begründen?«, hakte er nach, als die Frau auch nach einer längeren Pause nicht antwortete.

»Sie, also Freddy und Helga, hatten ein Verhältnis.«

»Das haben wir schon herausgefunden, ja.«

»Ja. Jeder auf Baltrum weiß das. Weil ... weil es nämlich schon seit Jahrzehnten so ist. Eigentlich ... eigentlich schon immer.«

»Schon immer?«

»Na ja, zumindest glaube ich das«, schränkte Luise Wagner ein.

»Und wie kommen Sie darauf?«

»Freddy war immer schon verliebt in Helga. Immer schon. Das haben mir alle erzählt. Ich bin ja erst nach unserer Hochzeit auf die Insel gezogen. Aber Helga hat dann ja einen anderen geheiratet.«

»Soviel ich weiß, ist ihr Mann tot«, bemerkte Büttner.

»Ja. Schon seit ein paar Jahren. Er kam eines Tages nicht mehr vom Fischen nach Hause.«

»Und dann hat Ihr Mann mit Helga Brandes ein Verhältnis angefangen?«

Luise Wagner funkelte ihn böse an. »Ich sagte doch gerade, dass die beiden immer ein Verhältnis hatten. Helga hat immer versucht, mir meinen Mann wegzunehmen. Und natürlich hat sie mir immer versichert, dass es nicht so ist. *Du musst mir glauben, Lu!*, hat sie immer geschrien. *Du musst mir glauben, Lu!*« Die Stimme der Frau überschlug sich kieksend, und sie verdrehte theatralisch die Augen. »Immer wieder hat sie das zu mir gesagt, obwohl ich doch wusste, dass es anders ist.«

»Haben Sie Beweise, dass es all die Jahre so war?«, fragte Büttner. Für eine sachliche, geschweige denn objektive Aussage war die Frau viel zu emotional. Gut möglich, dass sie sich mit dem geäußerten Verdacht gegen ihren Mann nur für die angeblich jahrzehntelangen Kränkungen rächen wollte. Schade eigentlich, er hatte sich mehr erhofft.

»Jeder weiß, dass es all die Jahre so war«, erwiderte sie trotzig.

»Und warum sollte er sie dann jetzt plötzlich umbringen? Ist irgendetwas vorgefallen?«

»Sie hat ihn abgewiesen.«

»Nach all den Jahrzehnten?«

»Ja.« Sie zögerte, bevor sie leise hinzufügte: »Zumindest glaube ich das. Freddy war so anders in der letzten Zeit. Immer schlecht gelaunt und aufbrausend. Nichts konnte ich ihm mehr recht machen. So lange das mit Helga lief, kam das nicht vor. Sie muss ihn verlassen haben, anders ist es nicht zu erklären.«

»Haben Sie es deswegen so lange mit ihm ausgehalten, obwohl Sie wussten, dass er Sie betrügt? Also, weil er dann nicht so schlecht gelaunt war?«

Sie biss sich auf die Lippen. »Besser ein bisschen Freddy als gar keinen Freddy, hab ich mir stets gesagt.« Ihre Stimme klang nun weinerlich.

Wenn ihre Gefühle immer derart schwankten, dann hatte der gute Freddy es bestimmt nicht leicht mir ihr gehabt, dachte Büttner. Allerdings war es auch erstaunlich, was manche Menschen sich selbst antaten. Wenn sie wussten, dass ihr Partner einen anderen liebte und sie nur die zweite Wahl waren, warum, um alles in der Welt, blieben sie dann bei ihm? Waren sie sich denn nichts wert?

»Haben Sie konkrete Anhaltspunkte dafür, dass Ihr Mann Helga Brandes umgebracht hat?« Büttner erinnerte sich an Freddys Behauptung, seine Frau könne ihm für die Tatzeit ein Alibi geben.

»Er hat das Haus an diesem Abend nach dem Essen, also so gegen halb acht, verlassen und kam erst spät in der Nacht wieder zurück.«

»Er war nicht bei Ihnen zu Hause?«

»Das sagte ich doch gerade.« Ihre Stimmung wechselte wieder ins Trotzige. »Sie glauben mir nicht, oder?«

»Es kommt nicht darauf an, ob ich Ihnen glaube. Wichtig ist, dass der Richter es tut. Und dafür brauchen wir Beweise. Also: Haben Sie Beweise?«

»Ich war doch nicht dabei, als er sie umgebracht hat.«

»Kann außer Ihnen noch jemand bezeugen, dass Ihr Mann an diesem Abend nicht zu Hause war?«

»Das weiß ich nicht. Fragen Sie doch mal seine Kumpel vom Stammtisch. Mit denen hängt er doch immer rum.«

So schwer es Büttner auch fiel, so musste er sich doch eingestehen, dass dies alles nach dem Racheakt einer verbitterten Ehefrau aussah. »Sonst noch was, Frau Wagner?«

Sie kaute nervös auf ihrer Unterlippe herum, dann sagte sie: »Ich hätte gerne meine Kette zurück.«

»Welche Kette?«

»Meine Halskette. Sie ist weg. Und ich glaube, dass Freddy sie Helga geschenkt hat. Vielleicht, um sie zu überreden, ihn nicht zu verlassen.«

Büttner wurde hellhörig und musterte sie aus schmalen Augen. »Was genau ist das für eine Halskette?«

»Eine goldene. Mit Brillanten. Sie hat schon meiner Großmutter gehört, dann meiner Mutter. Seit ein paar Tagen ist sie aus meinem Schmuckkasten verschwunden. Ich bin sicher, dass Freddy sie genommen hat.«

»Sie wissen es aber nicht«, stellte Büttner fest.

»Nein. Aber ich bin mir sicher.«

»Falls wir sie finden, können Sie dann beweisen, dass es Ihre ist?«

Luise Wagner nickte. »Ja. Ich habe Fotos von meiner Mutter, auf denen sie die Kette trägt. Zum Beispiel bei ihrer Hochzeit. Ich kann sie Ihnen gerne zeigen. Außerdem ist die Kette versichert. Die Versicherung hat auch ein Foto.«

Büttner verstand nun gar nichts mehr. Welches krumme Spiel spielten die Baltrumer?

17

Nur allzu gerne hätte sich David Büttner den Bruder der Toten noch einmal vorgeknöpft, um ihn wegen der Halskette zur Rede zu stellen, doch saß Piet Boonkamp leider auf Baltrum und er selbst auf dem Festland. Vor dem nächsten Tag würde es keine Möglichkeit mehr geben, ihn vorzuladen, denn heute würde keine Fähre mehr fahren. Also griff Büttner zum Telefon und wählte die Nummer des Inselpolizisten. Er teilte ihm mit, dass er dafür Sorge zu tragen habe, dass Boonkamp die Insel nicht verließ.

»Wie auch immer Sie das anstellen, Küppers, ich verlasse mich auf Sie«, sagte er. »Bestellen Sie Boonkamp für morgen Vormittag um zehn Uhr ein. Und bereiten Sie ihn darauf vor, dass wir ihn mit aufs Festland nehmen, wenn er wieder versucht, uns etwas vorzumachen. Ein Aufenthalt in der Arrestzelle wäre genau das Richtige für ihn. Meine Geduld mit ihm ist am Ende. Genauso wie mit allen anderen Insulanern. Ich bin es leid, mir von ihnen auf der Nase herumtanzen zu lassen. Das können Sie ihnen gerne ausrichten, Küppers. Schönen Abend noch!«

Büttner knallte den Hörer auf die Basisstation zurück, bevor er sich noch weiter in Rage reden oder sein Kollege etwas erwidern konnte. Rasch griff er nach einem Schokoriegel und biss herzhaft hinein. Ein Blick aus dem Fenster sagte ihm, dass es bereits dunkel war. Am liebsten würde er jetzt Feierabend machen und mit seiner Frau ein gutes Glas Rotwein trinken. Doch wartete er noch auf die Ergebnisse der Obduktion. Er hoffte inzwischen inständig, dass Florian Teichner eines natürlichen Todes gestorben war, denn mit dem Mord an Helga Brandes hatten sie wahrlich schon genug Ärger am Hals. Gefühlt lagen hunderte von Puzzleteilen wild durcheinandergewirbelt vor ihnen. Sobald er meinte, einen wichtigen Anhaltspunkt zur Lösung des Falls bekommen zu haben, trug genau dieser auch schon zu noch größerer Verwirrung bei. Wie diese vermaledeite Halskette. Gut möglich, dass sie für den Mordfall keinerlei Bedeutung hatte, doch schien ihm das spätestens seit dem Auftritt von Luise Wagner unwahrscheinlich. Also mussten sie herausfinden, was es mit ihr auf sich hatte. Nur wie sollte das gehen, wenn jeder Baltrumer seine eigene Geschichte parat hatte oder sich lieber gleich ganz aufs Schweigen verlegte?

Wie zum Beispiel diese Wirtin. Ilse Akkermann. Büttner war sich sicher, dass sie genau wusste, wie alles mit allem und jeder mit jedem zusammenhing. Warum sagte sie es dann nicht? Hatte sie Angst? Hing sie womöglich selbst mit drin? Oder tat sie es nur, um ihre Stammgäste nicht zu vergraulen?

Sebastian Hasenkrug kam mit einem Zettel in der Hand zur Tür herein und unterbrach ihn in seinem Gedankenchaos. »Das Obduktionsergebnis ist da«, verkündete er.

»Und die Leiche hoffentlich auch noch«, knurrte Büttner schlecht gelaunt.

»Bitte?«

»Nichts.« Büttner winkte seinem Assistenten, näher zu treten. »Zeigen Sie mal her!«

»Da steht ...«

»Ich kann lesen, Hasenkrug.« Nach einem Blick auf den Zettel verzog Büttner das Gesicht und sagte: »Na, prima. Kaliumchlorid. Und das in hoher Dosis. Man hat ihn eingeschläfert. Das hat uns gerade noch gefehlt.« Er schob den Zettel so heftig von sich, dass er auf dem Boden landete. »Also doch Mord.«

»Was hat Ihnen denn den Tag verhagelt?« Hasenkrug bückte sich und hob das Stück Papier auf. »Irgendwas, was ich noch nicht weiß?«

»Wie wurde es ihm verabreicht?«, wich Büttner einer Antwort aus.

»In den Oberarm injiziert.« Hasenkrug deutete eine Spritze an. »Doktor Wilkens geht davon aus, dass Teichner seinen Mörder nicht oder erst sehr spät hat kommen sehen. Der Stich ist am hinteren Oberarm. Nichts deutet darauf hin, dass Teichner sich gewehrt hat.«

»Möglich wäre auch, dass er arglos neben seinem Mörder hergelaufen ist. Vielleicht war es sein Kumpel, dieser ...« Büttner schnippte mit den Fingern.

»Michael Bellmann.«

»Ja.«

»Und der trug zufällig eine Spritze Kaliumchlorid mit sich herum?«

»Nicht zufällig. Es wäre doch möglich, dass er sie für den Fall der Fälle dabei hatte«, sinnierte Büttner.

»Sie meinen, falls das Gespräch nicht so läuft wie gewünscht? Zum Beispiel, weil Teichner nicht das tat, was sein späterer Mörder wollte?«

»Ja. Vielleicht eine Erpressung.«

»Womit sollte man Teichner erpressen?«

Büttner zog eine Grimasse. »Nun hören Sie doch mal auf, immer Fragen zu stellen, ohne darauf eine Antwort zu haben, Hasenkrug! Stattdessen könnten Sie mir doch einfach mal diesen Bellmann herbeischaffen, dann würden Sie endlich mal was richtig machen.«

»Sie glauben, dass Bellmann dahintersteckt?«, blieb Hasenkrug unbeeindruckt.

»Oder die ganze andere Baltrumer Bagage, was weiß denn ich?« Büttner schlug mit der flachen Hand auf den Tisch. »So. Und weil es jetzt sowieso zu spät ist, um die Eltern unseres Opfers heimzusuchen und ihnen die Hiobsbotschaft zu überbringen, verschieben wir alles auf morgen, und ich mache jetzt Feierabend. Oder haben Sie noch was Erfreuliches für mich, Hasenkrug? Den Mörder vielleicht?«

»Oh, den muss ich verlegt haben«, konterte Hasenkrug, nachdem er die Taschen seiner Jeans abgeklopft hatte. »Tut mir leid, Sie enttäuschen zu müssen, Chef, aber ...«

Hasenkrug brachte den Satz nicht zu Ende, weil jetzt sein Handy klingelte. Er ging ran. »Oh. Ja ... ist okay. Ich reiche Sie mal weiter.« Er stellte sein Smartphone auf laut und streckte es Büttner entgegen. Der nahm es widerwillig in die Hand.

»Moin. Büttner hier.«

»Moin. Küppers hier. Helga ist wieder da.«

»Aha. Und wer ist ...« Büttner stockte, als es ihm jetzt dämmerte. »Unsere Leiche?«

»Jo.«

»Aber ich nehme an, dass sie nicht bei Ihnen geklingelt hat?«

»Nee.«

Büttner schnaubte. »Herrgott, Küppers, nun lassen Sie sich doch nicht alles aus der Nase ziehen. Was genau ist passiert?«

»Also, es war so, dass mein Nachbar mit seinem Boot rausfahren wollte ...«

»Nicht bei der Schöpfungsgeschichte anfangen, bitte. Wo hat man die Leiche gefunden?«

»Sie wurde angespült. Am Strand. Sieht nicht so gut aus. Muss wohl schon länger da draußen rumgeschwommen sein.«

»Na sehen Sie, Herr Kollege, das ist doch mal eine Aussage. Haben Sie Fotos gemacht?« Büttner trommelte nervös mit den Fingern auf seinem Schreibtisch herum.

»Nee.«

»Dann holen Sie das jetzt nach. Aber gründlich, von allen Seiten. Und dann sehen Sie zu, dass Helga Brandes aufs Festland in die Gerichtsmedizin kommt.«

»Heute fährt kein Schiff mehr.«

»Danke, das weiß ich. Wir werden von hier aus eine andere Möglichkeit organisieren. Also bleiben Sie so lange bei der Leiche, bis jemand kommt, um sie abzuholen. Also jemand, der befugt ist, sie abzuholen. Nicht jemand, der sie wieder verschusselt.« Büttner fragte sich, warum der Inselpolizist nun so stoisch schwieg. Ihm schwante Böses. »Sie sind doch noch bei der Leiche, Küppers?«

»Nee. Ähm … nicht so direkt.« Büttner konnte sich bildlich vorstellen, wie sein Kollege bei diesen Worten den Kopf zwischen die Schultern zog.

»Und indirekt?« Büttner musste sich zwingen, ihn nicht anzuschreien.

»Na ja, ich hatte da ja keinen Handyempfang, und da bin ich schnell mal …«

»Ganz egal, wo Sie jetzt sind!«, blaffte Büttner. »Sie gehen jetzt sofort zurück! Und sollte die Leiche nicht mehr dort sein, wo sie gerade noch lag, dann gehen Sie sie auf der Stelle suchen. Sollten Sie sie nicht finden, dann rate ich Ihnen, ans andere Ende der Welt auszuwandern, bevor ich Sie zu fassen kriege. Haben wir uns verstanden?«

»Äh …«

»Wer außer Ihnen weiß, dass Frau Brandes wieder da ist?«

»Nie-niemand. Also, außer dem, der ihn gefunden hat, natürlich. Also mein Nachbar, der mit seinem Boot …«

»Verschonen Sie mich.« Büttner stieß einen Fluch aus. Wenn es einer von den Baltrumern wusste, dann wussten es auch alle anderen. Womöglich waren sie gerade dabei, Helga Brandes zurück ins Meer zu schaffen. Alleine der Gedanke daran bereitete ihm Übelkeit. »Ich nehme an, Sie sind gleich beim Fundort?«, plärrte er in den Hörer.

»Ja, ähm, ich geh dann jetzt mal gucken. Ich melde mich wieder.« Die Verbindung wurde unterbrochen.

Büttner ließ sich in seinen Stuhl zurücksinken und raufte sich das lichte Haar. »Ich fasse es nicht! Ich fasse es einfach nicht! Wie können einem so wenige Menschen auf einem so winzigen Sandhaufen so dermaßen das Leben versauern?«

»Mieses Karma, würde ich mal sagen«, erwiderte Hasenkrug trocken. »Nun hoffen wir einfach mal das Beste. Ich kann mir wirklich nicht vorstellen, dass irgendwer die Dreistigkeit besitzt, einen Leichnam gleich zweimal verschwinden zu lassen.«

»Wo steht das, Hasenkrug? Den Insulanern traue ich alles zu. Alles! Wenn nicht die, wer dann?«

»Stimmt«, musste Hasenkrug kleinlaut zugeben. »Ich glaube nicht, dass man die mit normalen Maßstäben messen kann.«

Büttner starrte minutenlang Hasenkrugs Smartphone an, als wollte er es hypnotisieren. Nach wie vor lag es vor ihm auf dem Schreibtisch, aber es tat keinen Mucks. Musste dieser verdammte Küppers nicht längst am

Fundort der Leiche angekommen sein? So groß war diese Insel doch nun weiß Gott nicht! Oder hatte er schon wieder keinen Handyempfang?

Es vergingen noch etliche weitere zähe Minuten, bis sich der Inselpolizist endlich wieder zu Wort meldete.

»Ja?«, brüllte Büttner in den Hörer. »Wo waren Sie denn so lange, Küppers? Haben Sie es sich am Ende der Welt schon mal hübsch eingerichtet?«

»Musste erst noch meine Kamera suchen. Und der Empfang ist ja auch nicht so gut hier. Aber ist alles gut«, keuchte Küppers. »Helga hat sich nicht wegbewegt.«

»Hätte mich auch gewundert, wenn sie dazu den Antrieb gefunden hätte.«

»Ja, ähm, also ... also, sie ist noch hier. Und ich mach dann einfach mal die Fotos.«

»Gut. Es wird eine Weile dauern, bis jemand kommt. Aber was auch immer passiert, Sie rühren sich nicht vom Fleck, hören Sie! Ich hoffe also, Sie haben Ihre Wurststulle dabei.«

»Nee. Aber ich könnte zu Hause ...«

»Wagen Sie es ja nicht!« Büttner legte auf.

»Ich organisiere dann mal den Transport des Leichnams«, sagte Hasenkrug, nachdem er sein Handy wieder an sich genommen hatte.

Büttner nickte und nahm den Hörer seines Festnetztelefons in die Hand. Es dauerte nicht lange, bis sich am anderen Ende die Gerichtsmedizinerin meldete.

»Moin, David. Hast du noch Fragen zu eurem Opfer? Es steht eigentlich alles in meinem Bericht. Ziemlich klare Sache.«

Büttner fuhr sich müde übers Gesicht, bevor er antwortete. »Nein, alles gut soweit. Nur schade, dass du keinen natürlichen Tod draus gemacht hast. Wie dem auch sei, ich wollte dir nur weitere Kundschaft ankündigen.«

»Oh je. Hat es ein weiteres Opfer gegeben?« Anja Wilkens klang ehrlich betroffen.

»Nein. Unser erstes hat sich zurückgemeldet. Das Meer hat die Dame wieder ausgespuckt.«

»Oh, das ist gut. Dann passt mal schön auf sie auf! Sandsäcke zu obduzieren, bringt nicht so richtig Spaß.«

Büttner verkniff sich eine spitze Bemerkung, schließlich konnte die Ärztin nichts für seine schlechte Laune. »Hasenkrug organisiert gerade ihren Rücktransport. Ich gehe davon aus, dass sie noch heute auf deinem Tisch landet.«

»Und nun wolltest du mich bitten, eine Sonderschicht einzulegen.« Sie formulierte es als Feststellung, nicht als Frage.

»Das wäre ganz reizend.«

»Geht klar. Aber unter einer Bedingung.«

Büttner stöhnte innerlich auf. Konnte nicht irgendetwas mal ganz einfach sein? »Und die wäre?«, presste er gequält hervor.

»Dass Susanne und du nach Abschluss der Ermittlungen auf ein Glas Wein zu uns kommt. Wir haben uns ewig nicht mehr privat getroffen. Rolf fragte schon, ob ihr böse mit uns seid. Außerdem habe ich den Eindruck, du könntest ein wenig Abwechslung gebrauchen. Und Susanne muss doch auch die Decke auf den Kopf fallen, so lange, wie sie schon zu Hause hockt.«

Büttners Laune besserte sich schlagartig. »Aber sehr gerne doch«, sagte er mit einem Lächeln. »Ich werde es Susanne gleich erzählen, wenn ich nach Hause komme, ganz sicher freut sie sich. Vielen Dank für die Einladung! Und für deinen prompten Einsatz, natürlich.«

»Da nicht für. Ich melde mich.«

Als Hasenkrug wenig später verkündete, dass der Transport des Leichnams organisiert sei, griff Büttner umgehend nach seiner Jacke und machte sich auf den Weg nach Hause. Susanne hatte ihm am Morgen versprochen, Speckpfannkuchen zu machen, sollte er einigermaßen früh zurück sein. Grund genug also, den Feierabend einzuläuten.

18

Florian Teichner schien aus wohlhabendem Elternhaus zu stammen, denn das Gebäude, vor dem David Büttner und Sebastian Hasenkrug am nächsten Morgen in Oldenburg standen, war schwerlich noch als Einfamilienhaus zu bezeichnen. Vielmehr handelte es sich um eine stattliche Villa, vermutlich aus der Gründerzeit.

Nachdem sie am schmiedeeisernen Tor geläutet und ihr Anliegen vorgetragen hatten, erklang ein Summen, und das Tor öffnete sich. Auf einer Länge von etwa hundert Metern durchschritten sie einen gepflegten Park mit hohem Baumbestand, bis sie schließlich vor einem nicht weniger als drei Meter hohen Portal standen. Begrüßt wurden sie von einem uralten Hausangestellten. Er trug eine Livree und weiße Handschuhe. »Ich werde Sie in den Salon begleiten, wo die Herrschaften bereits darauf warten, Sie zu empfangen«, sagte er gestelzt.

Büttner fühlte sich in alte Zeiten zurückversetzt, in denen es in der besseren Gesellschaft noch üblich gewesen war, sich solch guterzogenes Personal zu leisten. Dass es so etwas aber auch in der heutigen Zeit noch gab, fand er bemerkenswert. Eigentlich hatte er angenommen, dass Butler wie dieser längst eine ausgestorbene Spezies waren. Umso gespannter war er, was die Teichners wohl für Leute waren. Hoffentlich nicht allzu versnobt, denn das konnte er so gar nicht leiden. Das Auftreten ihres Butlers aber ließ das Schlimmste befürchten.

Zu seiner Verwunderung sahen die beiden Personen,

die ihnen im weitläufigen, mit edlen Antikmöbeln und schweren Teppichen eingerichteten Salon entgegenkamen, ganz normal aus. Normale Statur, moderner Haarschnitt, gängige, wenn auch ausgewählte Freizeitkleidung. Kurz überlegte er, dass es sich womöglich gar nicht um die Eigentümer dieses Anwesens handelte, als der Mann sagte: »Treten Sie bitte ein.« Er schüttelte zuerst Büttner, dann Hasenkrug die Hand. »Klaus Teichner«, stellte er sich vor und deutete dann auf zwei Sessel im Louis-XIV-Stil. »Bitte, nehmen Sie Platz. Karl sagte, Sie sind von der Polizei. Was können wir für Sie tun?«

»Mein Name ist Büttner, dies ist mein Kollege Hasenkrug. Wir sind von der Kriminalpolizei. Sie sind die Eltern von Florian Teichner?«

Als der Name des Toten fiel, schlug die Frau die Hände vors Gesicht und begann bitterlich zu weinen. »Bitte entschuldigen Sie«, schniefte sie. »Aber ich kann es immer noch nicht glauben, dass unser Junge nie wieder nach Hause kommt. Jeden Moment rechne ich damit, dass die Tür auffliegt und Florian in seiner ungestümen und stets gut gelaunten Art hier hereinkommt. Er ist ...« Sie schluchzte auf, »er war ein wahrer Sonnenschein, wissen Sie?«

Nein, das wusste Büttner nicht. Er selbst hatte von dem Mann einen gänzlich anderen Eindruck gewonnen, als er ihm in der Gaststätte von Ilse Akkermann begegnet war. Verunsichert, bleich und zurückhaltend waren die Attribute, mit denen er ihn am ehesten beschrieben hätte.

Für einen Moment befürchtete er, dass es sich um eine unangenehme Verwechslung handeln könnte. Dann jedoch fiel sein Blick auf ein Foto, das eingerahmt auf einem Konzertflügel stand. Dieses Bild zeigte eindeutig den Florian Teichner, der in der Gerichtsmedizin auf seine Abholung wartete. Nur dass er tatsächlich nicht bleich und schüchtern in die Kamera schaute, sondern braun gebrannt und mit einem lebensfrohen Lachen. Da stellte sich natürlich die Frage, wieso er auf Baltrum nur noch ein Schatten seiner selbst gewesen war.

»Darf es Tee oder Kaffee für die Herrschaften sein?«, fragte der Butler von der Tür her. Als sich jetzt alle Blicke auf ihn richteten, deutete er eine formvollendete Verbeugung an.

Der Herr des Hauses musste Büttners irritierten Blick wahrgenommen haben, denn, nachdem der Butler mit dem Auftrag, Tee zuzubereiten, verschwunden war, sagte er: »Karl ist ein Überbleibsel meines Vaters, der es nach langen Jahren in England schick fand, sich auch in Deutschland ein solches Unikat zu halten. Als mein Vater starb und wir diese Villa bezogen, bat Karl uns darum, bleiben zu dürfen, da er fürchtete, nirgendwo sonst eine so auf seine Wünsche und Kenntnisse zugeschnittene Stellung zu bekommen. Womit er vermutlich recht haben dürfte. Denn wer beschäftigt in unserem Land noch solch ein lebendes Fossil?«

»Ich nehme an, er hat seine Ausbildung auch in England genossen?«, erkundigte sich Hasenkrug.

»Ja. Vater hat ihn von dort importiert.«

»Sie sagten, Sie sind von der Kriminalpolizei?«, wimmerte die Frau, von der Büttner wusste, dass sie Christine Teichner hieß. »Ist das denn üblich, dass Sie kommen, wenn ein Mensch gestorben ist?«

Büttner räusperte sich. »Leider hat sich bei der Obduktion ergeben, dass Ihr Sohn keines natürlichen Todes gestorben ist. Vielmehr deutet alles darauf hin, dass er das Opfer eines Gewaltverbrechens wurde.«

Klaus und Christine Teichner starrten ihn an, als hätte er ihnen die Apokalypse frei Haus geliefert. Und vermutlich fühlten sie sich auch so.

»Sie … Sie meinen, dass Florian er-ermordet wurde?«, presste Christine Teichner schließlich mit bebender Stimme hervor. »Aber wer sollte denn so was tun? Ich meine, Florian war doch bei allen beliebt. Er hatte keine Feinde. Das muss ein Versehen sein.« Als hätte sie sich mit dem letzten Satz selbst Mut zugesprochen, streckte sie nun ihren gebeugten Rücken und sagte bestimmt: »Entschuldigen Sie, aber es kann nur ein Versehen sein.«

»Tut mir leid, Frau Teichner«, erwiderte Büttner, »aber in der Gerichtsmedizin ist man sich absolut sicher. Ihr Sohn starb durch eine hohe Dosis Kaliumchlorid. Sie wurde ihm mit einer Spritze in den Oberarm verabreicht.«

»Aber wer tut denn nur so was?« Klaus Teichner hob die Hände und ließ sie dann kraftlos wieder fallen.

Die Frage blieb unbeantwortet, da nun der Butler mit einem silbernen Tablett hereinkam und in aller Ruhe nach althergebrachter britischer Zeremonie Tee und Gebäck servierte.

»Was hatte Ihr Sohn denn auf Baltrum zu tun?«, fragte Hasenkrug, als Karl schließlich wieder gegangen war.

»Florian wollte ein paar Tage ausspannen. Er ist sehr eingebunden in seinen Job. Er meinte, eine Auszeit würde ihm guttun.«

»Ihr Sohn war Architekt. Ein sehr erfolgreicher noch dazu«, bemerkte Hasenkrug. »Ich habe im Internet nachgeforscht, die Liste seiner Auszeichnungen ist beachtlich.«

»Ja. Sein Job war seine große Leidenschaft«, sagte Christine Teichner tonlos.

»Wir haben keinen Hinweis auf eine Beziehung gefunden. War Ihr Sohn liiert?«

»Nein. Also, nicht mehr. Seine langjährige Freundin hat sich vor rund einem halben Jahr von ihm getrennt. Das hat Florian sehr mitgenommen. Auch wir waren überrascht. Sie waren ein Traumpaar.«

»Hat es Ärger gegeben? Ich meine, hatte seine ehemalige Freundin einen Grund, sauer auf ihn zu sein?«

»Sie meinen, ob sie für seinen Tod verantwortlich sein kann?« Klaus Teichner lachte rau auf. »Nein, Herr Hasenpflug, ganz sicher nicht.«

»Krug. Mein Name ist Hasenkrug.«

Teichner ignorierte diesen Einwand. »Sie hatte keinen Grund, sauer auf ihn zu sein. Die Trennung ging recht friedlich vonstatten, auch wenn es Florian nicht gut dabei ging. Aber er war keiner, der Stress machte. Und seine Freundin auch nicht. Soviel ich weiß, wollten sie Freunde bleiben.«

»Vielleicht ist etwas zwischen den beiden vorgefallen, von dem Sie nichts wissen?«, mutmaßte Hasenkrug.

»Nein«, kam es wie aus der Pistole geschossen. »Da war nichts. Florian hätte es uns gesagt. Wir hatten ein sehr vertrauensvolles Verhältnis.«

Büttner beschloss, das einfach mal so hinzunehmen, auch wenn es ihm eine Portion zu viel Harmonie war. »Was ist mit Michael Bellmann?«, wechselte er das Thema, nachdem er Tee und Gebäck probiert hatte. Beides schmeckte köstlich. »Kennen Sie ihn?«

»Natürlich. Florian und Micha waren seit Kindertagen befreundet.«

»Sie wissen, dass er mit Ihrem Sohn auf Baltrum war?«

»Ja.« Teichner zog die Stirn in Falten und schaute seine Frau an, die mit stumpfem Blick vor sich hinbrütete.

Immer noch liefen stille Tränen ihre Wangen hinab. »Seltsam, dass er sich noch nicht bei uns gemeldet hat, findest du nicht, Tine?« Er wandte sich Büttner zu. »Was sagt Micha denn zu all dem? Er muss doch völlig außer sich sein.«

»Das wissen wir nicht«, antwortete Büttner. »Wir konnten leider noch nicht mit ihm sprechen. Michael Bellmann ist verschollen.«

Nun war auch Christine Teichner wieder bei der Sache. Sie blickte Büttner verstört an. »Aber das kann doch nicht sein«, hauchte sie. »Micha würde Florian niemals im Stich lassen. Niemals! Es ... es muss ihm etwas zugestoßen sein. Ich ... ich war mir sicher, dass er ... dass er ...« Der Rest des Satzes ging in einem Aufschluchzen unter.

»Dass er ...?«, hakte Büttner nach, aber die Frau schüttelte nur den Kopf.

»Lassen Sie sie«, sagte Klaus Teichner, als Büttner zu einer erneuten Frage ansetzte. »Es ist alles zu viel für sie.«

»Haben Sie vielleicht eine Vorstellung, wo wir Michael Bellmann finden könnten?«, fragte Hasenkrug. »Weder seine Familie noch seine Freunde wissen, wo er ist. Das behaupten sie zumindest. Es läuft eine Fahndung nach ihm, bislang allerdings ohne Erfolg.«

»Nein. Nein, wirklich nicht. Es passt nicht zu Micha, dass er einfach so verschwindet.« Klaus Teichner fuhr sich mit den Händen übers Gesicht und ließ sie auf den Wangen liegen. »Ihm ist doch hoffentlich nichts passiert! Das wäre ja nicht auszudenken!« Er stöhnte auf. »Oh, mein Gott, was für ein Albtraum! Ich ... ich kann das alles gar nicht glauben. Es ... es ist die Hölle.«

Ja, das fand Büttner auch. Wenigstens einen winzigen Anhaltspunkt hatte er sich von diesem Besuch versprochen, doch schien auch der ins Leere zu laufen. »Gibt es irgendetwas Besonderes, was wir über Ihren Sohn noch wissen sollten?«, fragte er. »Irgendwelche besonderen Hobbys, denen er nachging, irgendwelche Marotten, irgendwelche Personen, die erst kürzlich seinen Weg kreuzten …?«

»Nein«, kam prompt die Antwort. »Da ist nichts. Florian war ein ganz normaler Mann. Er lebte für seinen Beruf, oft kam er erst gegen Mitternacht aus dem Büro. Selbst am Wochenende kannte er kaum etwas anderes als seinen Job.«

Was der Grund für die Trennung seiner Freundin gewesen sein mochte, spekulierte Büttner. Aber deswegen würde sie ihn vermutlich nicht gleich umbringen. »Können Sie mir den Namen seiner Ex-Freundin nennen?«, fragte er dennoch.

»Stefanie. Stefanie Bruckner. Sie ist Tierärztin in Hannover. Sie finden Sie im Telefonbuch, falls Sie mit ihr sprechen wollen.«

Bei dem Wort *Tierärztin* warfen sich Büttner und Hasenkrug einen bedeutungsvollen Blick zu. Für die Frau dürfte es ein Leichtes gewesen sein, an Kaliumchlorid heranzukommen. Wenn sie es war, die ihren Freund getötet hatte, würde dies auch erklären, warum er sich nicht zur Wehr gesetzt hatte. Zumindest wenn ihr Verhältnis auch nach der Trennung so gut war, wie es die Eltern behaupteten, würde Florian Teichner ihr vertraut haben.

Um ihren Freund umbringen zu können, musste Stefanie Bruckner allerdings nach Baltrum gereist sein, und das vermutlich mit der Fähre. Sie würden sich also umhören müssen, ob sie jemand gesehen hatte. Oder ob sie mit einem Flugzeug gekommen war.

»Und Ihnen fällt wirklich niemand ein, der sauer auf

Ihren Sohn gewesen ist?«, hakte Büttner noch einmal nach. »Ein Konkurrent vielleicht? Ist ja ein heiß umkämpfter Markt, das Baugewerbe. Könnte es da nicht sein, dass ...?«

Teichner unterbrach ihn mit einer Geste. »Natürlich kann ich es nicht abschließend beurteilen, denn schließlich war ich nicht dabei, wenn er seinen Job machte. Aber, wie gesagt, Florian hätte es uns erzählt, wenn er Stress mit einem Kollegen gehabt hätte. Da war aber nichts.«

»Nein, gar nichts«, bestätigte seine Frau leise, als Büttner nun sie ansah.

»Wie ist Ihr Sohn denn nach Neßmersiel gekommen?«, wollte Hasenkrug wissen. »Wir haben kein Auto gefunden. Vor seinem Haus in Hannover steht es aber auch nicht.«

»Es steht bei uns in der Garage«, erwiderte Teichner. »Er hat es hier stehengelassen und sich ein Taxi nach Neßmersiel genommen.«

»Das ist eine ziemliche Strecke«, stellte Büttner fest. »Ich würde schätzen, so um die einhundert Kilometer.«

Teichner sah ihn an, als würde er das Problem nicht sehen.

»Es ist teuer«, ergänzte Büttner.

Teichner machte eine wegwerfende Handbewegung. »Geld war nun wirklich nicht Florians Problem. Das Taxi konnte er sich leisten.«

»Und Bellmann? Wissen Sie, wie der nach Neßmersiel kam? Wohl auch nicht mit dem eigenen PKW.«

»Keine Ahnung. Ich weiß nur, dass sich die beiden am Fährhafen treffen wollten.«

»Gut.« Büttner erhob sich von seinem Platz. »Das war's dann fürs Erste. Vielen Dank, dass Sie sich die Zeit genommen haben. Wir melden uns wieder, falls wir noch Fragen haben.« Er nahm sich ein letztes Plätzchen.

Wie auf ein geheimes Zeichen hin, öffnete sich jetzt die Tür und Butler Karl trat ein. »Wenn ich die Herren an die Tür begleiten dürfte«, sagte er mit einer neuerlichen Verbeugung.

Büttner hatte Mühe, sich ein Grinsen zu verkneifen. An der Haustür, die Karl ihnen aufhielt, drehte er sich noch einmal um und sagte: »Vielen Dank für Tee und Gebäck. Es hat vorzüglich gemundet.«

»Immer zu Ihren Diensten, mein Herr.«

»Meinen Sie, das ist Show, oder fährt Karl wirklich auf diese Butler-Nummer ab?« Hasenkrug sah der sich schließenden Haustür reichlich irritiert hinterher.

»Keine Ahnung. Aber ich fürchte fast, der meint es ernst.«

»Ich glaube, ich könnte mit so jemandem nicht umgehen, wenn ich ihn zu Hause hätte.«

»Ich glaube, dass die Gefahr, es jemals zu müssen, bei unserem kargen Beamtengehalt nicht allzu groß ist«, stellte Büttner fest. »So. Und nun sehen Sie bitte zu, dass Sie diese Stefanie ... ähm ...« Er kratzte sich die Stirn.

»Stefanie Bruckner.«

»Ja. Machen Sie sie bitte ausfindig. Ich halte es für dringend notwendig, sie nach ihrem Alibi zu befragen.«

»Wird gemacht«, nickte Hasenkrug. »Und Sie? Bleiben Sie heute auf dem Festland?«

»Schön wär's. Aber ich will mich um Piet Boonkamp kümmern. Der soll endlich seinen Mund aufmachen.«

»Dann lassen Sie ihn ins Kommissariat kommen«, schlug Hasenkrug vor. »Die anheimelnde Atmosphäre unseres in fröhlichen Grautönen gestrichenen Vernehmungsraums macht ihn vielleicht gesprächiger. Zu

Hause auf der Insel fühlt er sich viel zu sicher, wenn Sie mich fragen.«

Büttner überlegte kurz, dann nickte er. »Wo Sie recht haben, haben Sie recht, Hasenkrug. So viel kreatives Denken hätte ich Ihnen gar nicht zugetraut!«

»Tja, man hat es, oder man hat es nicht«, grinste Hasenkrug, bevor er und Büttner ins Auto stiegen.

19

»Immer noch keine Spur von Michael Bellmann?«, fragte Büttner, als Hasenkrug später am Vormittag das Büro betrat und ihm ein Schriftstück auf den Schreibtisch legte.

»Nein. Nichts. Ein Kollege telefoniert gerade die Flughäfen ab, um zu erfahren, ob er womöglich außer Landes gereist ist. Noch wissen wir aber nicht einmal, auf welchem Wege er die Insel verlassen haben könnte. Vielleicht schon gestern mit der Fähre, denn auf Baltrum scheint keiner die beiden seit vorgestern Mittag gesehen zu haben.«

»Wenn es so wäre, dann könnte Bellmann nicht der Mörder von Teichner sein«, konstatierte Büttner.

»Richtig. Das Personal der Fähre kann sich aber nicht an Bellmann erinnern. Allerdings sagen auch alle Angestellten unisono, dass das nichts zu bedeuten habe, da man sich ja schließlich nicht jeden Gast genauer ansehe. Nur die Auffälligen.«

»Dennoch sind zu dieser Jahreszeit nicht gerade viele Gäste auf der Fähre unterwegs«, gab Büttner zu bedenken. »Kaum vorstellbar, dass man sich nicht an ihn erinnern würde, wenn er dort gewesen ist. Ich denke, wir können davon ausgehen, dass er nicht an Bord war.«

»Also müsste er noch auf der Insel sein«, schlussfolgerte Hasenkrug. »Wir könnten noch mal eine Hundestaffel rüberschicken.«

Büttner winkte ab. »Die ganze Insel wurde gestern bereits nach ihm abgesucht.« Er sah auf die Uhr. »Wir warten noch bis heute Abend ab, ob der Fahndungsaufruf irgendetwas bringt. Morgen können wir dann neu überlegen, falls sich nichts tut. Was ist mit Boonkamp?«

»Den habe ich einbestellt. Und Freddy Wagner gleich mit. Sie kommen mit der Mittagsfähre.«

»Sie werden sich absprechen«, befürchtete Büttner.

»Das werden sie sowieso schon getan haben, wenn Bedarf ist«, erwiderte Hasenkrug. »Es gibt keine Möglichkeit, das zu verhindern – ob sie nun gemeinsam mit der Fähre fahren oder nicht. Ich bin gespannt, welche Story sie sich zu der Halskette haben einfallen lassen.«

»Wenn sie denn überhaupt noch miteinander reden«, bemerkte Büttner. »Vielleicht haben sie sich wegen der Kette in die Haare bekommen. Na ja, wir werden sehen.« Er nahm den Zettel in die Hand, den sein Assistent ihm auf den Schreibtisch gelegt hatte. »Der Obduktionsbericht von Helga Brandes«, stellte er fest. »Irgendwas Interessantes?«

»Nein. Sie starb durch den Stich in die Lunge. Tatwaffe war vermutlich ein Fleischermesser. Vorher wurde sie mit demselben Mittel betäubt wie Harm Tholen.«

»Also genau das, was wir schon vermutet haben. Aber warum lässt man dann ihre Leiche verschwinden?«

Noch ehe sich Büttner näher mit dem Bericht auseinandersetzen konnte, öffnete sich die Tür, und Frau Weniger kam herein. »Bei mir steht eine gewisse Stefanie Bruckner. Sie würde Sie gerne im Fall Florian Teichner sprechen.«

»Ach?« Büttner und Hasenkrug sahen sich überrascht an.

»Das trifft sich gut«, meinte Büttner. »Dann schicken Sie sie herein. Und geben Sie bitte den Kollegen in Hannover Bescheid, dass sie sich vorerst nicht mehr darum kümmern müssen, die Dame ausfindig zu machen.«

Er stand auf und gab Stefanie Bruckner die Hand, als sie gleich darauf ins Büro kam. Er schätzte die schlanke Frau auf Mitte dreißig. Ihre blonden Haare trug sie zu einem Pferdeschwanz gebunden.

Büttner bat sie mit einer Geste, vor seinem Schreibtisch Platz zu nehmen, während Frau Weniger ihnen Kaffee brachte. »Schön, dass Sie da sind«, sagte er, sobald seine Sekretärin den Raum wieder verlassen hatte. »Wir wollten uns schon auf die Suche nach Ihnen machen.«

»Ja, das sagten mir Florians Eltern. Deshalb bin ich hier«, erwiderte sie.

»Sie waren bei den Teichners?«

»Ja. Ich komme gerade von ihnen.« Sie presste die Lippen zusammen und schaute für einen längeren Moment an die Decke. Als sie den Blick wieder senkte, standen Tränen in ihren Augen und ihr Kinn zitterte. »Ich kann es noch gar nicht glauben«, sagte sie mit bebender Stimme. »Als ich gestern erfahren habe, dass Florian tot ist, habe ich mir für heute freigenommen und mich gleich nach dem Aufstehen auf den Weg zu seinen Eltern gemacht. Es ist ... es ist einfach unfassbar.«

»Wie haben Sie von Teichners Tod erfahren?«

»Von Micha.«

»Micha?« Büttner wurde hellhörig, und auch Hasenkrug hob erstaunt die Brauen. »Sie reden nicht zufällig von Michael Bellmann?«

Stefanie Bruckner nickte. »Doch. Ja. Sie ... Sie suchen nach ihm, oder?« Sie sah fragend von einem zum anderen.

»So ist es. Wenn Sie also wissen, wo er ist ...«

»Nein.« Sie schüttelte den Kopf. »Nein. Ich weiß es

nicht. Ich habe ihn danach gefragt, aber er sagte, es sei besser, wenn ich es nicht weiß.«

»Was meinte er damit?«

»Keine Ahnung. Er wollte mir nur sagen, dass Florian ...« Sie brachte den Satz nicht zu Ende und schluckte schwer. Eine Träne löste sich aus ihrem Augenwinkel und lief die Wange hinab. Sie tupfte sie mit einem Papiertaschentuch weg, das sie zerknüllt in der Hand hielt.

»Sie sind anscheinend die Einzige, zu der Bellmann Kontakt aufgenommen hat«, stellte Hasenkrug fest. »Zumindest die Einzige, von der wir es wissen. Können Sie sich vorstellen, warum?«

Stefanie Bruckner zögerte, bevor sie leise sagte: »Micha und ich ... Wir sind zusammen.«

»Heißt das, Sie sind ein Paar?« Büttner konnte das Erstaunen in seiner Stimme nicht verbergen.

»Ja.«

»Seit wann?«

»Wegen Micha habe ich mich von Florian getrennt. Wir, also Micha und ich, haben lange versucht, uns gegen unsere Gefühle zu wehren. Aber irgendwann ...« Sie seufzte laut auf und zuckte die Achseln. »Es ging nicht. Wir wollten zusammen sein. Die Monate zuvor waren eine einzige Quälerei.«

»Wie hat Florian Teichner darauf reagiert?«, fragte Büttner. Er wunderte sich, dass Teichners Eltern diesen nicht ganz unwichtigen Umstand nicht erwähnt hatten.

Stefanie Bruckner senkte den Kopf und starrte auf ihre Hände, in denen sie abwechselnd das Taschentuch walkte. »Er wusste es nicht. Wir waren zu feige. Micha wollte es ihm auf Baltrum sagen.«

»Und? Hat er?«, hakte Hasenkrug nach, als sie jetzt schwieg.

Sie schüttelte stumm den Kopf.

»Teichner wusste also bis zu seinem Tod nicht, dass Sie nun mit seinem besten Freund liiert sind?«, wunderte sich Büttner.

Statt einer Antwort brach Stefanie Bruckner in Tränen aus, ihr Körper wurde von heftigen Schluchzern geschüttelt. Sie presste sich ein Taschentuch aufs Gesicht.

»War das der Grund, warum die beiden auf Baltrum waren?«, ließ Hasenkrug nicht locker. »Um Teichner Ihre Beziehung zu beichten?«

»Nein, eigentlich nicht«, schniefte die Frau.

»Und uneigentlich?«

»Es war Florians Idee, für ein paar Tage nach Baltrum zu fahren. Er stand beruflich ziemlich unter Strom, wollte mal ausspannen. Und dann war da natürlich unsere Trennung.« Sie zog die Stirn in Falten. »Allerdings hatte ich den Eindruck, dass es ihm noch um etwas anderes ging. Dass er irgendetwas auf der Insel zu erledigen hatte. Aber als ich ihn bei unserem letzten Telefonat danach fragte, hat er es verneint. Micha jedenfalls wollte die Gelegenheit ergreifen und ihm das von uns erzählen.«

»Aber dazu kam es laut Aussage von Bellmann nicht mehr.«

Stefanie Bruckner nickte.

Büttner räusperte sich, bevor er fragte: »Hatte Bellmann irgendeinen Grund, Florian Teichner zu töten?«

Die Frau riss die tränennassen Augen auf und starrte ihn entsetzt an. Ihr Atem ging stoßweise. »Sie glauben … Sie unterstellen Micha, dass er Florian getötet hat? Das ist … das ist absurd!«

»Wir unterstellen gar nichts«, bemerkte Büttner mit ruhiger Stimme. »Wir versuchen nur, den Mord an Ihrem Ex-Freund aufzuklären. Ich nehme doch an, dass das auch in Ihrem Interesse ist.«

»Natürlich«, hauchte die Frau. »Bitte entschuldigen Sie. Aber Micha hat ganz sicher nichts mit Florians Tod zu tun.«

»Warum hat er sich dann aus dem Staub gemacht?«

»Ich weiß es nicht. Das habe ich ihn natürlich auch gefragt, aber er sagte nur, dass auf Baltrum etwas vorgefallen ist, er aber nicht darüber reden kann. Er klang ganz aufgeregt. Ich glaube sogar, er hatte Angst.«

»Aber er hat Ihnen nicht gesagt, wovor?«

»Nein. Er meinte wieder, es sei besser, wenn ich nichts davon weiß. Er hat dann einfach aufgelegt, als ich ihn angefleht habe, es mir zu sagen. Er wolle mich nicht in Gefahr bringen, sagte er.« Ihre Stimme bebte erneut, als sie flehend hinzufügte: »Bitte, Sie müssen ihn finden. Er scheint sich vor irgendwem zu verstecken, aber ich habe keine Ahnung, wer das sein könnte oder was das zu bedeuten hat.«

Büttner nickte Hasenkrug zu, der daraufhin mit fragendem Blick auf sein Smartphone tippte. Büttner nickte erneut, und Hasenkrug verließ den Raum. Anscheinend hatte er verstanden, dass die Kollegen noch einmal versuchen sollten, Bellmanns Handy zu orten.

»Wie oft hatten Sie Kontakt zu Bellmann, während er und Teichner auf Baltrum waren?«, fragte Büttner, nachdem die Tür hinter Hasenkrug ins Schloss gefallen war.

Stefanie Bruckner nahm erstmals ihren Becher in die Hand und nippte am Kaffee. Sie hielt den Becher mit beiden Händen umklammert, als sie sagte: »Micha hat vorgestern Abend versucht, mit mir zu telefonieren. Aber der Empfang war sehr schlecht, sodass es nicht wirklich gut geklappt hat.«

Büttner nickte wissend. Diese Aussage klang absolut

plausibel. »Hat er Ihnen mitteilen können, wann genau er vorhatte, Teichner über Ihre Beziehung ins Bild zu setzen?«

»Nein.« Stefanie Bruckner putzte sich die Nase. »Wir haben sogar gestritten deswegen, weil ich den Eindruck hatte, dass Micha kneifen würde. Er hat so rumgedruckst, wenn die Sprache darauf kam.«

»Warum haben Sie selbst es Teichner nicht erzählt?«

»Weil Micha immer meinte, es sei seine Aufgabe.«

»Verstehe. Wissen Sie denn, wann die beiden auf Baltrum angereist sind?«, fragte Büttner, obwohl seine Kollegen es längst herausgefunden hatten.

»Ja. Zwei Tage, bevor Florian ... bevor er starb.«

Das deckte sich mit der Aussage des Vermieters, der die beiden Männer zu Gast gehabt hatte. Sie mussten also davon ausgehen, dass Teichner und Bellmann noch nicht auf der Insel gewesen waren, als Helga Brandes umgebracht wurde. Damit schieden sie als Mörder aus. Unklar war nach wie vor, ob die beiden Morde überhaupt in einem Zusammenhang zueinander standen.

»Sagt Ihnen der Name Helga Brandes etwas?«, fragte Büttner.

Stefanie Bruckner überlegte kurz, dann schüttelte sie den Kopf. »Nein. Nie gehört. Wer soll das sein?«

»Eine ältere Dame, die zwei Tage vor Ihrem Ex-Freund auf Baltrum ermordet wurde.«

Stefanie Bruckner schnappte nach Luft. Dabei machte sie eine so ruckartige Bewegung, dass der Kaffee über den Rand ihres Bechers schwappte. Sie murmelte eine Entschuldigung, stellte ihn auf dem Schreibtisch ab und zog ein sauberes Taschentuch hervor. Aus ihrem Gesicht war sämtliche Farbe gewichen. »Was ... was hat Florian mit dieser toten Frau zu tun?«, krächzte sie, während sie mit hektischen Bewegungen versuchte, die

Kaffeeflecken von Hose und Jacke zu wischen.

»Das versuchen wir herauszufinden. Und Sie sind sich ganz sicher, dass Sie den Namen Helga Brandes noch nie gehört haben? Auch nicht von Michael Bellmann?«

»Ja. Er sagt mir absolut nichts. Tut mir leid.«

Büttner musterte die junge Frau eingehend, doch deutete nichts in ihrer Mimik oder Gestik darauf hin, dass sie log. Vielmehr schien sie intensiv darüber nachzugrübeln, ob ihr nicht vielleicht doch noch etwas zu diesem Namen einfiel. Eine weitere Sackgasse also. »Wissen Sie, ob Florian Teichner schon früher mal auf Baltrum war?«, versuchte er es mit einem neuen Ansatz.

»Nein. Zumindest nicht, solange ich ihn kenne.«

»Und das ist wie lange?«

»Elf Jahre.«

»Und genauso lange kennen Sie Michael Bellmann?«

»Ja.«

»Dann hat es aber spät gefunkt zwischen Ihnen.«

Stefanie Bruckner lächelte schwach. »Das kann man wohl sagen. Es hat sich ganz langsam entwickelt. Micha und ich haben häufig überlegt, wie und warum es dazu gekommen ist. Eine Antwort darauf haben wir nie gefunden.«

»Wie hat Florian auf Ihre Trennung reagiert?«

»Er war unendlich traurig. Er hat es nicht verstanden. Alles war immer so perfekt zwischen uns gewesen, meinte er. Und das war es ja auch. Ich verstehe das alles doch selber nicht.«

»Hat die Trennung zum Streit zwischen Ihnen geführt?«

»Nein. So war Florian nicht. Er hat sich in seine Arbeit gestürzt und mich gebeten, dass ich mich in den nächsten Wochen möglichst nicht mit ihm in Verbindung setze.«

»Und daran haben Sie sich gehalten?«

»Ja. Ich habe nur meine Sachen aus unserer gemeinsamen Wohnung geholt und dann jeden Kontakt abgebrochen. Bis zwei Tage vor seinem und Michas Trip nach Baltrum. Da rief Florian mich völlig unerwartet an, um mir von der geplanten Reise zu erzählen.« Sie sprach nun so leise, dass Büttner Mühe hatte, sie zu verstehen. Er beugte sich nach vorne, als sie fortfuhr: »Mir kam seine Bitte, mich nicht zu melden, nicht ungelegen, denn so lief ich wenigstens nicht Gefahr, mich in Sachen Micha zu verplappern. Ich weiß nicht, wie Florian reagiert hätte, wenn er es zu diesem Zeitpunkt erfahren hätte. Es war besser so. Für uns alle.« Nach einem tiefen Seufzer schob sie hinterher: »Ich habe ja nicht ahnen können, dass ich ihn nie wiedersehe.« Sie hob den tränenverschleierten Blick. »Glauben Sie mir, ich bin nicht stolz auf das alles. Aber gegen seine Gefühle kann man nun mal nichts machen, oder?« Ohne eine Antwort abzuwarten, stand sie auf. »Ich würde jetzt gerne gehen. Es ... es ist wirklich alles ein bisschen viel. Vor allem, weil ich nun nicht mal weiß, was mit Micha ist. Keine Ahnung, was ich noch tun soll, ich stehe völlig neben mir.«

»Das verstehe ich.« Auch Büttner erhob sich nun. »Vielen Dank, dass Sie gekommen sind, Frau Bruckner, das weiß ich wirklich zu schätzen. Eine Frage hätte ich noch: Wo waren denn Sie an dem Abend, als Florian ermordet wurde?«

»In Hannover. Ich hatte Nachtschicht in der Tierklinik.«

»Ich nehme an, dafür gibt es Zeugen?«

»Natürlich. Jede Menge. Sie können das gerne überprüfen.«

»Okay, vielen Dank Frau Bruckner. Falls wir noch

Fragen haben, kommen wir wieder auf Sie zu.«

»Was?«, fragte sie zerstreut. Anscheinend war sie mit ihren Gedanken für einen kurzen Moment abgedriftet.

»Wir melden uns, falls wir noch Fragen haben.«

»Ach so, ja. Natürlich. Auf Wiedersehen, Herr ... ähm ...«

»Büttner.«

»Ja.« Sie verschwand mit schleppenden Schritten zur Tür hinaus, an der Sebastian Hasenkrug ihr entgegenkam.

»Haben Sie Bellmanns Handy orten können?«, fragte Büttner, sobald die Tür zufiel.

»Nein. Wenn die Aussage von Stefanie Bruckner stimmt, muss er beim Telefonat mit ihr ein anderes Telefon verwendet haben, denn sein registriertes Handy hat sich seit seinem Verschwinden an keinem Funkmast mehr eingeloggt.« Er schaute seinen Chef prüfend an. »Halten Sie die Frau für glaubwürdig?«

»Ja«, antwortete Büttner ohne zu zögern. »Sie müsste schon eine verdammt gute Schauspielerin sein, um hier solch einen Auftritt hinzulegen. Für sie scheint das alles die Hölle zu sein.« Büttner zog einen Schokoriegel aus der Schublade, bevor er fragte: »Gibt es schon Meldung aus Hannover? Hat das Sichten von Teichners Unterlagen und Dateien irgendetwas ergeben?«

»Bisher nicht. Die Kollegen arbeiten dran. Genauso wie an denen von Helga Brandes.«

»Gut, dann hoffen wir mal, dass wir bis heute Abend mehr wissen. Wann können wir mit Boonkamp und Wagner rechnen?«

»In circa drei Stunden, würde ich sagen.«

Büttners Blick fiel auf den Obduktionsbericht von Helga Brandes. Er nahm ihn in die Hand und überflog ihn rasch. Als er ihn zurück auf den Schreibtisch legte, hatte er das Gefühl, dass ihn irgendetwas an den Ausführungen der Gerichtsmedizinerin störte. Doch kam er auch nach nochmaligem Durchlesen nicht drauf, was es sein könnte.

»Wir müssen unbedingt herausfinden, was unser Opfer auf Baltrum zu suchen hatte«, kam er nach einem weiteren Biss in seinen Schokoriegel noch einmal auf Teichner zu sprechen. »Ich werde das Gefühl nicht los, dass der Grund seines Ausflugs gleichzeitig der Schlüssel zur Lösung unseres Falles ist.«

20

Sebastian Hasenkrug behielt recht mit seiner Annahme. Piet Boonkamp wirkte im fensterlosen, nur mit einem Tisch und vier Stühlen eingerichteten Vernehmungsraum des Kommissariats tatsächlich reichlich verloren. Seine ganze Körperhaltung drückte Unbehagen aus. Zusammengekauert saß er auf seinem Stuhl, seine Unterarme hatte er zwischen die Oberschenkel geklemmt. Verunsichert wanderte sein Blick immer wieder durch den Raum, in dem es nichts zu entdecken gab. Manchmal jedoch blieb er auch auf das einseitig verspiegelte Glas geheftet, durch das er zwar nichts sehen, die Kommissare ihn jedoch ganz genau beobachten konnten.

David Büttner hatte ihn nach seiner Ankunft absichtlich noch eine Stunde schmoren lassen. Ebenso erging es Freddy Wagner, der im Vernehmungsraum nebenan saß. Auch ihn hatten die Kommissare soeben für mehrere Minuten beobachtet. Zwar machte Wagner einen nicht ganz so verunsicherten Eindruck wie sein Freund Piet, doch schien auch er sich alles andere als wohl in seiner Haut zu fühlen.

Das war genau das, was Büttner hatte erreichen wollen.

»Mit wem fangen wir an?«, fragte Hasenkrug.

»Mit Boonkamp.« Büttner hob den Asservatenbeutel in die Höhe, in dem die mit Brillanten bestückte Halskette steckte. »Ich will wissen, ob er bei seiner Aussage bleibt, dass die Halskette ihm gehört, bevor wir ihn mit der Aussage von Luise Wagner konfrontieren.«

»Vielleicht weiß er ja längst, dass seine Lüge aufgeflogen ist«, befürchtete Hasenkrug.

»Ich glaube kaum, dass Luise Wagner ihm oder Piet Boonkamp auf die Nase gebunden hat, dass sie bei uns war«, erwiderte Büttner. »Gut möglich also, dass Boonkamp sich nach wie vor in Sicherheit wiegt und davon ausgeht, dass er die Halskette zurückbekommt.«

»Es sei denn, er hat sie tatsächlich von Freddy Wagner bekommen«, schränkte Hasenkrug ein.

»Warum sollte Wagner ihm ein so kostbares Schmuckstück überlassen?«

»Eben das müssten wir herauszufinden. Also fangen wir am besten damit an.« Nach einem letzten Blick durch die verspiegelte Scheibe, steuerte Hasenkrug auf die Tür des Vernehmungsraums zu. Büttner folgte ihm.

»Moin, Herr Boonkamp«, schmetterte Hasenkrug in den Raum, kaum dass er die Tür mit Schwung aufgerissen hatte. Und Büttner fügte hinzu: »Ich hoffe, dass Sie sich bei uns wohlfühlen.«

Piet Boonkamp verzog das Gesicht, als hätte er in eine Zitrone gebissen. »Weiß gar nicht, was das hier soll«, brummte er. »Ist doch alles Schikane, was ihr hier macht.« Mit seiner Verunsicherung schien es nicht so weit her zu sein, als dass er nicht noch zum Motzen aufgelegt wäre.

Büttner legte den Plastikbeutel mit der Halskette auf den Tisch, bevor er und sein Assistent sich setzten. Sofort griff Boonkamp nach dem Schmuckstück. Anscheinend ging er davon aus, dass er es nun zurückbekommen würde.

»Halt!«, rief Hasenkrug so laut aus, dass Boonkamp erschrocken zusammenzuckte und seine Hand reflexartig zurückzog.

»Nicht so schnell«, sagte Büttner mit ruhiger Stimme.

»Aber sie gehört mir«, knurrte Boonkamp ungehalten.

»Darüber denken Sie am besten noch mal nach.« Büttner und Hasenkrug lehnten sich wie auf Kommando in ihren Stühlen zurück, verschränkten die Arme und blickten ihr Gegenüber auffordernd an.

»Was wird das hier?«, wetterte Boonkamp. »Wenn Sie mir blöd kommen, will ich sofort meinen Anwalt sprechen!«

»Vielleicht überlegen Sie einfach mal, wem diese Halskette außer Ihnen noch gehören könnte«, erwiderte Büttner. »Bei solch wertvollen Sachen lässt einen ja schon mal das Erinnerungsvermögen im Stich.«

Boonkamp zog die Augenbrauen zusammen. »Ich weiß wirklich nicht, was das hier soll. Ich hab doch gesagt, dass das die Kette von meiner Schwester war.«

Büttner und Hasenkrug saßen, die Arme nach wie vor verschränkt, schweigend da und hielten den Mann mit ihrem Blick gefangen. Dem wurde es schließlich zu viel, denn er schlug plötzlich mit der flachen Hand auf den Tisch und rief: »Ja, okay, ich hab Ihnen vielleicht nicht ganz die Wahrheit gesagt. Die Kette ist kein Familienerbstück. Aber sie hat trotzdem Helga gehört. Und darum gehört sie jetzt mir. Basta!« In seine Augen trat ein gieriges Funkeln, als er nun abermals die Hand nach der Kette ausstreckte.

Hasenkrug war schneller. Mit einem raschen Griff nahm er die Kette an sich und ließ sie in der Brusttasche seines Oberhemds verschwinden.

»Von wem hat Ihre Schwester die Kette denn bekommen?«, fragte Büttner.

»Das weiß ich doch nicht. Sie hatte sie eben.« Boonkamps Oberkörper schoss nach vorne, als wollte er die beiden Beamten anspringen. »Oder glauben Sie vielleicht, dass Helga sie gestohlen hat?« Er warf seinen Kopf in den Nacken und lachte gallig auf. »Hey, Mann, das hatte sie doch gar nicht nötig. Warum sollte sie so einen Scheiß machen? Sie hatte doch Schotter genug.«

»Im Gegensatz zu Ihnen«, stellte Büttner fest, worauf ihm Boonkamp einen vernichtenden Blick zuwarf und mit düsterer Stimme sagte: »Es ist kein Verbrechen, arm zu sein. Aber das will in eure Beamtenhirne wohl nicht rein.«

»Was sagt denn eigentlich Ihr Freund Freddy Wagner zu alledem?«, setzte Büttner auf die Überrumpelungstaktik. Es wirkte. Wie angestochen schaute Boonkamp über die Schulter zurück, als erwartete er, seinen Kumpel hinter sich stehen zu sehen.

»Was soll das?«, fragte er, konnte jedoch nicht verhindern, dass seine Stimme nun heiser klang. »Was hat Freddy damit zu tun? Was auch immer er Ihnen gesagt hat, es ist gelogen. Die Kette gehört mir. Ganz allein mir.«

»Wie kommen Sie denn darauf, dass Herr Wagner Anspruch auf die Kette erhebt?«, tat Hasenkrug verwundert. »Hätte er einen Grund dazu?«

»Aber das haben Sie doch gerade gesagt!« Boonkamps schmales Gesicht zeigte sich in einem ungesunden Rotton, seine Augen wanderten gehetzt durch den Raum. Offensichtlich fühlte er sich in die Enge getrieben. »Was wollt ihr eigentlich von mir?«

»Komisch, mir war so, als hätte ich draußen was gehört.« Büttner stand auf und winkte seinem Assistenten, ihm zu folgen.

»Hey, Ihr könnt mich doch hier nicht einfach so sitzen lassen!«, brüllte Boonkamp durch die geschlossene Tür hinter ihnen her, doch achteten die beiden Kommissare nicht auf ihn, sondern betraten im nächsten

Moment den Vernehmungsraum, in dem ein sichtlich nervöser Freddy Wagner auf und ab lief und in unregelmäßigen Abständen seine rechte Faust in die linke Handfläche schlug. Er hielt abrupt in der Bewegung inne, als sich Büttner und Hasenkrug grußlos an den Tisch setzten. Büttner wies ihn mit einer Geste an, ebenfalls Platz zu nehmen.

Ohne ein Wort zu sagen, legte Hasenkrug den Beutel mit der Halskette auf den Tisch. Büttner beobachtete gespannt, wie Wagner auf das Schmuckstück reagieren würde. Und tatsächlich schien er nicht damit gerechnet zu haben, es hier zu sehen, denn seine Augen wurden groß wie Untertassen und er schluckte schwer. Was den Schluss zuließ, dass sich Boonkamp und Wagner nicht über die Kette unterhalten hatten, seit Boonkamp sie in seinen Besitz gebracht hatte.

»Wie mir scheint, kommt Ihnen diese Kette bekannt vor«, sagte Büttner.

Wagner berappelte sich und bemühte sich um einen neutralen Gesichtsausdruck. »Keine Ahnung, was Sie meinen. Hab das Teil nie gesehen.«

»Warum haben Sie sie Ihrer Frau entwendet und sie Helga Brandes geschenkt?«, entschied sich Büttner für den direkten Weg, denn er hatte keine Lust mehr auf Spielchen.

»A-aber ich …« Wagner holte tief Luft und reckte das Kinn nach vorn. »Ich weiß wirklich nicht, wovon Sie reden.«

Büttner seufzte gespielt. »Sie können sich die Show sparen, Herr Wagner. Wir wissen, dass die Kette ein Familienerbstück Ihrer Frau ist. Und nun würde uns ganz einfach interessieren, wie sie zunächst in den Besitz von Helga Brandes kam und dann in den Besitz von Piet Boonkamp.«

Wagner runzelte die Stirn und legte den Kopf schief. »Warum Piet? Wieso hatte er die Kette?«

»Sie scheinen überrascht zu sein«, stellte Hasenkrug fest. »Waren denn nicht Sie es, der Boonkamp die Kette überlassen hat?«

»Natürlich nicht!«, rief Freddy Wagner empört aus. »Warum sollte ich diesem Schmarotzer denn wohl so eine teure Kette ...«

»Sie erinnern sich also, dass die Kette Ihrer Frau gehört?«, unterbrach Büttner ihn.

Wagner senkte ertappt den Kopf. »Ja, verdammt!«, presste er nach einem längeren Augenblick hervor. »Sie gehört Luise. Sie hat sie von ihrer Mutter bekommen.« Er hob den Blick. »Hat sie mich etwa verpetzt, oder was?«

»Warum trug dann Helga Brandes die Kette an dem Abend, als sie verstarb?«, fragte Büttner. »Es erscheint mir angesichts der Umstände eher unwahrscheinlich, dass die beiden Frauen so eng befreundet waren, um sich mit derartigen Kostbarkeiten auszuhelfen.«

»Ich hab Helga die Kette geschenkt.«

»Geschenkt?« Hasenkrug sah ihn überrascht an. »Wusste Ihre Frau davon?«

»Natürlich nicht.«

»Sie haben sie also gestohlen«, konstatierte Büttner ungekünstelt.

»So kann man es ja nun auch nicht ...«

»Wie denn sonst, Herr Wagner? Lassen Sie uns an Ihrer Variante der Geschehnisse teilhaben, wir sind sehr gespannt.«

»Ich hätte sie Luise schon zurückgegeben«, erwiderte Wagner kleinlaut.

»Und Sie glauben, dass Frau Brandes ein so kostbares Geschenk einfach wieder herausgerückt hätte?«

»Nein, aber ...«

»Musste sie deswegen sterben?«, fragte Büttner provokativ.

Wagners Oberkörper schoss in die Höhe. In seinen Augen stand Panik. »Aber wegen so einer Kette ... Ich meine ... Wegen so was bring ich doch niemanden um! Schon gar nicht Helga! Ich hab ...« Er ließ sich kraftlos auf den Stuhl zurücksinken und brach in Tränen aus. »Ich hab sie doch geliebt«, wimmerte er unter Schluchzern. »Ich hab sie immer geliebt.«

»Warum haben Sie ihr die Kette geschenkt?«, fuhr Büttner mitleidlos fort. Es gab sicherlich keinen besseren Augenblick, die Wahrheit zu erfahren, jetzt, da sie den Mann endlich weichgekocht hatten.

»Sie ... sie wollte mich verlassen.« Er schaute auf, seine Augen schwammen in Tränen. »Nach so vielen Jahren wollte sie mich einfach verlassen. Das ... das konnte sie doch nicht tun!«

»Musste sie deswegen sterben?«, wiederholte Büttner.

»Ich hab sie nicht umgebracht! Wie oft denn noch? Ich war es nicht! Ich hab sie doch geliebt!« Wagner war nun ein einziges Jammern.

»Wer war es dann?«

»Woher soll ich das denn wissen?«

»Haben Sie wirklich geglaubt, sich die Liebe von Frau Brandes mit der Halskette Ihrer Frau erkaufen zu können?«, fragte Hasenkrug. Offensichtlich hatte auch er nicht vor, den Mann zu schonen.

Als Wagner schwieg, fügte Büttner hinzu: »Haben Sie sich gar nicht überlegt, was es für Konsequenzen haben kann, wenn Sie Ihrer Frau mal eben so den kostbaren Familienschmuck klauen? War Ihnen nicht bewusst, dass es sich dabei um Diebstahl handelt?«

»Hat Luise es Ihnen gesagt?«, ließ Wagner nicht locker.

Büttner ließ die Frage auch diesmal unbeantwortet. Er hatte zunächst genug gehört. Immerhin hatten sie nun ein wenig Licht in die Sache bringen können, auch wenn immer noch nicht klar war, in welchem Zusammenhang das Schmuckstück mit dem Mord stand. Und ob es überhaupt einen Zusammenhang gab. Aber das würden sie schon noch herausfinden, wenn sie bei Wagner und Boonkamp die richtige Zermürbungstaktik anwendeten. Er erhob sich von seinem Stuhl und verließ, gefolgt von Hasenkrug, den Vernehmungsraum. Zurück blieb ein herzzerreißend schluchzender Freddy Wagner.

»Zurück zu Boonkamp?«, fragte Hasenkrug.

»Erst mal einen Kaffee.« Büttner steuerte sein Büro an. »Dieser Boonkamp geht mir auf den Keks. Es kann nicht schaden, ihn ein bisschen hinzuhalten.« Er blieb stehen und kratzte sich nachdenklich an der Schläfe. »Fast glaube ich, dass es die beste Strategie wäre, die beiden jetzt laufen zu lassen. Ich denke, dass sie sich eine Menge zu sagen haben.«

»Leider werden wir nicht wissen, was, denn wir sind ja nicht dabei«, merkte Hasenkrug an.

»Es wäre aber schon ein Erfolg, einen Keil zwischen die beiden zu treiben. Womöglich bröckelt dann die gesamte Baltrumer Mauer. Einen Versuch ist es wert.«

Zufrieden mit diesem Gedanken, betrat Büttner sein Büro. Er würde die Idee bei Kaffee und Schokoriegel noch ein wenig sacken lassen und dann eine Entscheidung treffen.

21

Auch nach dem Genuss seines Schokoriegels war David Büttner noch der Ansicht, sie sollten Piet Boonkamp und Freddy Wagner nach Hause schicken. Allerdings war ihm die Idee gekommen, einen Kollegen in Zivil auf die beiden anzusetzen, und zwar mit der Aufgabe zu beobachten, wie sie sich verhielten. Nach Möglichkeit sollte er so dicht an sie herankommen, dass er ihre Gespräche belauschen konnte. Büttner konnte sich vorstellen, dass die beiden nach den Vernehmungen so manches miteinander zu besprechen hatten. Vor allem aber hätte er gerne die Frage geklärt, ob Wagner tatsächlich nicht gewusst hatte, dass Boonkamp im Besitz der Halskette war. Zwar hatte er seine Ahnungslosigkeit glaubwürdig vermittelt, doch hieß das ja noch lange nicht, dass es sich so verhielt. Bislang hatte Büttner eher den Eindruck gehabt, dass die beiden gemeinsame Sache machten. Warum also sollte einer dem anderen die Halskette klauen?

Nun, sie würden sehen, was bei der Aktion herauskam. Bevor Boonkamp und Wagner aber das Kommissariat verließen, wollte Büttner die Analyse ihrer Telefondaten abwarten. Bis diese bei ihm auf dem Schreibtisch lagen, mussten die beiden sich eben gedulden.

»Eine Fähre nach Baltrum gibt es heute nicht mehr«, erklärte Hasenkrug, als er mit einem Aktenordner unter dem Arm ins Büro kam. »Boonkamp und Wagner werden also auf dem Festland übernachten müssen. Die nächste Fähre fährt erst morgen früh um sechs.«

»Umso besser«, erwiderte Büttner. »Dann kann sich der Kollege, der ihnen auf den Fersen bleibt, bei Bedarf mit einem anderen abwechseln. Außerdem wäre die Gefahr, dass man ihn auf Baltrum als Fremdkörper wahrnehmen würde, deutlich größer als hier auf dem Festland.« Er rieb sich die Hände. »Sehr schön. So fügt sich doch alles ganz wunderbar.«

»Ihre Euphorie in Ehren, Chef«, brachte Hasenkrug ihn auf den Boden der Tatsachen zurück. »Aber was ist denn, wenn die beiden gar nicht miteinander reden und jeder seiner Wege geht? Und das vielleicht sogar, weil sie unseren Plan durchschaut haben.«

»So schlau sind die nicht«, behauptete Büttner. »Ich würde jede Wette eingehen, dass sie sich an die Kehle gehen, sobald sie sich gegenüberstehen. Zumindest Freddy Wagner wird wenig erfreut über Boonkamps kriminelle Energien sein. Nee, nee«, winkte er ab, »das klappt schon. Sie werden sehen.«

»Fragt sich nur, wo die beiden übernachten werden.«

»Piet Boonkamp arbeitet in Aurich. Also wird er irgendwo dort auch eine Wohnung haben.«

»Nur wird er Wagner vermutlich nicht dazu einladen, ihm Gesellschaft zu leisten.«

»Auch Wagner wird Leute auf dem Festland kennen.«

»Ja, das hieße aber …«

Büttner schlug mit der flachen Hand auf den Tisch. »Nun ist aber mal gut mit den Spekulationen, Hasenkrug! Lassen wir die beiden laufen, und dann gucken wir mal, was passiert. Mehr können wir sowieso nicht tun. Nun reden Sie doch nicht alles immer schon im Voraus mies. Das verdirbt einem echt die Laune.« Er deutete mit dem Kinn auf den Ordner. »Was tragen Sie denn da eigentlich mit sich herum?«

»Die Telefonkontakte.« Hasenkrug legte den Ordner

auf Büttners Schreibtisch. Büttner schlug ihn auf. »Das sind aber eine Menge Zettel«, stellte er gequält fest. Der Stapel an Ausdrucken maß etliche Zentimeter. »Irgendwas Auffälliges?«

»Das Auffälligste dürfte wohl die Häufigkeit der Telefonate zweier Personen sein.«

Als sein Assistent ihn nun auffordernd ansah, brummte Büttner: »Was wird das hier, Hasenkrug? Ich sehe was, was du nicht siehst?«

Hasenkrug blätterte in dem Zettelstapel herum, bis er gefunden hatte, was er suchte. Er tippte auf mehrere gelb markierte Zahlenreihen. »Nun schauen Sie sich das mal an.«

»Oh, spannend, Telefonnummern.« Büttners Stimme troff vor Sarkasmus.

»Es sind die Telefonkontakte von Florian Teichners Festnetzanschluss.«

»Nun sagen Sie bloß.«

»Sie sind gar nicht so uninteressant.«

Büttner schaute seinen Assistenten finster an. »Machen Sie das eigentlich absichtlich, Hasenkrug?«

Hasenkrugs Mund verzog sich zu einem Grinsen. »Was denn, Chef?«

Büttner stöhnte auf.

»Natürlich ziehen Sie es absichtlich in die Länge. Billige Retourkutsche, Hasenkrug. Ganz billige Retourkutsche. Okay, ich hätte Sie nicht anschnauzen dürfen.« Er deutete eine Verbeugung an. »Bitte entschuldigen Sie vielmals, Euer Verletzlichkeit, es soll nicht wieder vorkommen. Genügt das?«

»Fürs Erste.« Hasenkrugs Grinsen war noch breiter geworden. Erneut tippte er auf die gelb markierten Stellen. »In den letzten Wochen hat Teichner auffallend oft mit Helga Brandes telefoniert.«

Büttner war mit einem Schlag hellwach, sein Oberkörper straffte sich. »Unsere beiden Opfer kannten sich?«

»Das weiß ich nicht. Ich sagte nur, dass sie auffallend oft miteinander telefoniert haben.«

»Und wie drückt sich *auffallend oft* in konkreten Zahlen aus?«

»Innerhalb der letzten zwei Wochen zwölfmal.«

Büttner pfiff durch die Zähne. »Das ist fast einmal täglich. Und wann hatten sie letztmals telefonischen Kontakt?«

»Am Tag, als Helga Brandes starb. Genauer gesagt, vier Stunden vor ihrem Tod.«

»Das ist interessant. Aber wir wissen nicht, worüber sie gesprochen haben«, stellte Büttner mit Bedauern in der Stimme fest.

»Wir sind nicht die NSA.«

»Schade eigentlich. Das hätte vieles einfacher gemacht.«

»Immerhin wissen wir jetzt, dass es einen Kontakt zwischen den beiden gab. Erstmals vermutlich vor rund vier Wochen.« Hasenkrug blätterte ein paar Seiten weiter und zeigte auf eine weitere Markierung. »Davor war monatelang nichts.«

»Was nicht heißt, dass sie sich nicht schon länger kannten«, stellte Büttner fest.

»Um das auszuschließen, müssten wir jemanden finden, der es wissen könnte. Stefanie Bruckner zum Beispiel.«

Büttner winkte ab. »Ich habe sie nach Helga Brandes gefragt. Sie konnte glaubhaft versichern, mit dem Namen nichts anfangen zu können. Einen intensiven Kontakt kann es zwischen Brandes und Teichner also auf keinen Fall gegeben haben. Sie hätte etwas davon mitbekommen müssen.«

»Vielleicht wissen seine Eltern was«, spekulierte Hasenkrug.

»Ja, die könnten wir fragen. Auch wenn ich davon ausgehe, dass sie nicht über sämtliche Bekanntschaften ihres Sohnes informiert sind. Von meiner Tochter zum Beispiel kenne ich nicht einmal ein Drittel der Namen, mit denen sie Kontakt hat, schätze ich. Aber Sie können Teichners Eltern ja mal kontaktieren.« Er überlegte kurz, dann fragte er: »Was ist mit den Flughäfen? Ist Michael Bellmann dort aufgetaucht? Der könnte was wissen.«

»Sieht nicht so aus. Die Kollegen sind noch nicht ganz durch. Aber keiner der Flughäfen, die von hier aus einigermaßen schnell erreichbar sind, hat ihn als Passagier registriert.«

»Was ja nicht heißt, dass er nicht trotzdem längst im Ausland ist.« Büttner strich sich müde übers Gesicht und stand auf. »Dann schauen wir doch mal, was Helga Brandes' Bruder uns zu den beiden zu sagen hat.« Er drehte sich zu seinem Assistenten um. »Und Sie klopfen bitte Freddy Wagner noch einmal auf den Zahn. Immerhin hat er mit Teichner und Bellmann Skat gespielt. Vielleicht haben sie dabei ja über Helga Brandes gesprochen.«

Die Laune Piet Boonkamps hatte sich offensichtlich nicht verbessert, nachdem Büttner ihn zwei weitere einsame Stunden im Vernehmungsraum hatte schmoren lassen. Aber nichts anderes war zu erwarten gewesen.

»Ich will sofort mit meinem Anwalt sprechen!«, schrie er Büttner wutentbrannt entgegen, als der den Raum betrat und sich an den Tisch setzte. Der an der Tür stehende uniformierte Polizist blieb in Habachtstellung und bedeutete Boonkamp, der von einer Wand zur anderen auf und ab lief, sich zu setzen.

»Ich setze mich erst, wenn ich meinen Anwalt sprechen kann«, ließ sich Boonkamp nicht beirren. Was dazu führte, dass der Polizist auf ihn zutrat, ihm den Arm auf den Rücken drehte und ihn auf seinen Stuhl drückte. »Das lasse ich mir nicht gefallen! Nun werde ich auch noch misshandelt! Wo leben wir denn, dass hier jeder dahergelaufene Bulle so einfach ...!«

»Nun halten Sie doch einfach mal den Rand«, unterbrach Büttner ihn mit betont ruhiger Stimme. »Sie können so lange mit Ihrem Anwalt sprechen, wie Sie wollen, sobald Sie mir noch ein paar Fragen beantwortet haben. Ich würde Ihnen sogar raten, einen zu konsultieren, denn schließlich steht ja noch der Diebstahl der Halskette im Raum. Eine Straftat also, noch dazu begangen an einer wehrlosen Toten. Also noch mal ein wohlgemeinter Rat, Herr Boonkamp: Halten Sie sich zurück und verderben Sie es sich nicht mit meinen Kollegen. Sie werden deren Unterstützung womöglich noch bitter nötig haben.«

Dieser kurze Vortrag zeigte offenbar Wirkung, denn Piet Boonkamp sackte nun in sich zusammen und schüttelte den Kopf. »Was wollen Sie denn noch von mir?«, presste er hervor. Es war ihm anzumerken, wie schwer es ihm fiel, Ruhe zu bewahren.

»Was wissen Sie über die Bekanntschaft zwischen Ihrer Schwester und Florian Teichner?«, stieg Büttner ohne Umschweife in die Befragung ein.

Boonkamps Reaktion war verblüffend, denn er lief nun knallrot an und schnappte nach Luft. Ganz offensichtlich hatte ihn diese Frage kalt erwischt. »Was sollen die beiden denn wohl miteinander zu tun haben?«, krächzte er, als Büttner ihn kritisch musterte. »Denken

Sie vielleicht, wir Baltrumer kennen jeden Urlauber persönlich?«

»Ihre Schwester und Teichner haben in den letzten Wochen häufig miteinander telefoniert. Da war es bestimmt kein Zufall, dass Teichner wenig später auf Baltrum auftauchte. Leider fand er Frau Brandes nur noch tot vor. Und wenig später wurde auch er selbst ermordet. Wie erklären Sie sich das? Ich nehme doch mal an, dass solche Vorfälle auch auf Baltrum nicht zum Alltag gehören.«

Boonkamps Körper versteifte sich. »Woher soll denn ich wissen, was Helga mit diesem jungen Kerl zu tun hatte? Sie hat mich nicht gefragt, mit wem sie Kontakt haben darf und mit wem nicht.«

»Sie hat Ihnen nicht erzählt, dass sie Besuch erwartet? Oder dass sie mit Teichner telefoniert hat?«

»Nee. Warum auch. Hab ich doch nix mit zu tun, mit wem Helga telefoniert oder wen sie zu sich einlädt.« Boonkamps Antwort kam ein bisschen zu schnell für Büttners Geschmack. Auch hatten sich auf seiner Stirn Schweißperlen gebildet, und seine im Schoß verschränkten Hände zitterten. So verhielt sich ganz sicher keiner, der ein reines Gewissen hatte.

»Vielleicht wollte dieser Teichner ja auch nur Helgas Ferienwohnung mieten«, startete Boonkamp einen weiteren Erklärungsversuch. »Da rufen die Leute schon mal öfter an, sie wollen ja immer allerhand wissen zu der Ausstattung und so. Hat sich dann aber wohl doch lieber für eine andere Wohnung entschieden.«

»Und wer war darüber so frustriert, dass er beide umgebracht hat?«

»Was?«

»Ich sehe das Mordmotiv noch nicht, Herr Boonkamp.«

»Ist doch nicht mein Problem, das zu finden.«

Büttner beugte sich über den Tisch und raunte: »Es könnte aber Ihr Problem werden. Nämlich genau dann, wenn ich beschließe, Ihnen nicht zu glauben.« Er lehnte sich zurück und klopfte mit den Fingerknöcheln auf den Tisch. »Und – stellen Sie sich das mal vor – genau das ist gerade geschehen.«

»Sie können mir gar nichts«, knurrte Boonkamp, doch klang er nun schon nicht mehr ganz so forsch.

»Herr Wagner ist übrigens ziemlich sauer auf Sie.«

»Ja, und? Der kann mich mal, mit seiner blöden Kette.«

»Mein Kollege spricht gerade mit ihm. Könnte mir vorstellen, dass er alles sagt, was er über Ihre Schwester und Teichner weiß. Und wenn er es nur tut, um Ihnen eins auszuwischen. Kann ja gut sein, dass Teichner und sein Freund ihm einiges erzählt haben, als sie miteinander Skat spielten.«

Boonkamps Atem ging schneller, seine Augenlider zuckten. »Quatsch. Der weiß auch nix.« Es klang, als müsse er sich selbst von diesen Worten überzeugen.

Büttner stand auf. »Da heute ja sowieso keine Fähre mehr fährt, haben Sie sicherlich nichts dagegen, noch ein wenig unser Gast zu sein. Ich melde mich beizeiten wieder. Vielleicht fällt Ihnen ja in der Zwischenzeit ein, was Sie vergessen haben, mir zu erzählen. Ich bin schon ganz gespannt, was Ihr Freund Freddy zu sagen hatte. Sie nicht auch?« Mit dieser rhetorischen Frage verließ Büttner den Vernehmungsraum.

Sebastian Hasenkrug saß bereits wieder im Büro. »Und?«, fragte Büttner.

»Nichts. Wagner mauert. Obwohl er eigentlich Grund genug hätte, Boonkamp ans Messer zu liefern.«

»Hatten Sie denn den Eindruck, dass er etwas über

Helga Brandes und Florian Teichner weiß?«

»Wagner wurde ganz blass, als ich ihn danach fragte«, antwortete Hasenkrug. »Anscheinend hatte er nicht bedacht, dass wir die Telefondaten einsehen können. Ja, ich bin davon überzeugt, dass er was weiß. Aber das müssen wir ihm erst mal beweisen. Und Boonkamp?«

»Das Gleiche.« Büttner schnaubte ungehalten. Er hatte auf ein befriedigenderes Ergebnis gehofft. »Gut möglich also, dass sie beide in der Sache drin hängen. Denn sonst hätte Wagner ja keinen Grund, Boonkamp zu schonen. Es muss etwas zu bedeuten haben, dass nicht einer den anderen ans Messer liefert.«

»Und nun?«

»Nun gehen wir vor wie geplant. Wir setzen die beiden auf freien Fuß. Das wird sie ein Stück weit in Sicherheit wiegen. Unsere Männer werden sie im Auge behalten. Dann sehen wir weiter.«

»Und wenn sie ganz untertauchen?«

»So wie Bellmann?« Büttner schüttelte den Kopf. »Das glaube ich kaum. Schließlich wollen sie sich nicht mehr als nötig verdächtig machen. Sie wissen, dass ihnen nichts passieren kann, solange wir keine Beweise haben. Also werden sie alles dafür tun, dass es so bleibt, und sich so normal wie möglich verhalten.«

»Und was machen wir in der Zwischenzeit?«

»Wir nehmen uns noch einmal alle Akten vor. Ich bin überzeugt, dass es, außer in den Telefonkontakten, irgendwo einen Hinweis auf die Verbindung von Helga Brandes und Florian Teichner gibt. Wir müssen ihn nur finden. Sagen Sie den Kollegen, dass sie sämtliche Unterlagen und Dateien noch einmal daraufhin überprüfen sollen.« Büttner fuhr sich über den knurrenden Magen. »Ich für meinen Teil werde mich jetzt um etwas zu essen kümmern.«

22

Sie hatten Pech, denn Büttners Strategie ging nicht auf. Nur wenige Minuten nachdem Piet Boonkamp und Freddy Wagner das Kommissariat verlassen hatten, trennten sich auch schon ihre Wege. Die beiden waren wohl doch cleverer als gedacht. Zwar schnauzten sie sich laut Aussage des sie beobachtenden Polizisten in einem kurzen Wortgefecht gegenseitig an, doch ging aus ihren Worten nichts hervor, was den Ermittlern nicht sowieso schon bekannt war. Danach setzte sich Piet Boonkamp direkt vor dem Polizeirevier in einen Bus nach Aurich, während Wagner sich in die Emder Fußgängerzone verdrückte und seinen Frust über Stunden in Bier und Korn ersäufte.

Büttner schlussfolgerte aus diesem Verhalten einmal mehr, dass Boonkamp und Wagner wussten, dass sie aufeinander angewiesen waren. Was auch immer die beiden verbargen, es war anscheinend so brisant, dass sie es unbedingt geheim halten wollten. Büttner konnte also nur hoffen, dass einer von beiden irgendwann einen weiteren Fehler machen würde. Dass das Entwenden der Halskette einer gewesen war, stand außer Frage, denn ohne diese Aktion würden die Ermittler wohl noch mehr im Dunkeln stochern, als sie es ohnehin schon taten.

Also beschloss Büttner, zunächst dieser Spur weiter nachzugehen. Schließlich hatten sie noch nicht klären können, warum Christoph Krüger sie bezüglich der Halskette angelogen hatte. Ein weiterer Besuch beim

Inselarzt war also unausweichlich, denn mit derartigen Widersprüchen, wie Krüger und Boonkamp sie geliefert hatten, konfrontierte Büttner seine Kundschaft lieber von Angesicht zu Angesicht.

Nun standen David Büttner und Sebastian Hasenkrug am Fähranleger von Neßmersiel. Es war kurz vor sechs Uhr am Morgen und es war bitterkalt, denn in der Nacht hatte es erneut Frost gegeben. Nicht weit von ihnen trat Piet Boonkamp, die Hände in den Taschen seiner gefütterten Wolljacke vergraben, von einem Bein auf das andere. Seit er die Beamten vor wenigen Minuten erblickt hatte, wich er beharrlich ihrem Blick aus. In seinem Mundwinkel steckte eine qualmende Zigarette, die er nur ab und zu mal zwischen die Finger nahm, um die Asche auf den Boden zu schnipsen. Von Freddy Wagner war weit und breit nichts zu sehen. Der Polizist, der ihn beobachtet hatte, war ihm gegen neun Uhr am Abend bis zu einem billigen Hotel gefolgt und hatte die Observation dann auf Anweisung von Büttner abgebrochen. Da sich der Mordverdacht gegen Wagner in erster Linie auf Büttners Bauchgefühl begründete, wäre dessen Vorgesetzten eine nächtliche Observation schwerlich zu vermitteln gewesen.

Nachdem Büttner und Hasenkrug im Gastraum der Fähre Platz genommen hatten, verdrückte sich Piet Boonkamp ans andere Ende und suchte Sichtschutz hinter einem Pfeiler. Kurz überlegte Büttner, zu ihm zu gehen und ihm noch einmal auf den Zahn zu klopfen, entschied sich dann jedoch dagegen.

Zu Büttners Überraschung erblickte er nun auch Freddy Wagner unter den Fahrgästen. Der musste die Fähre auf den letzten Drücker betreten haben. Auch er verschwand aus der Sicht der Polizisten, sobald er diese wahrgenommen hatte. Seinen Kumpel Piet Boonkamp ignorierte er komplett, nachdem er ihn hinter dem Pfeiler hatte sitzen sehen. Außer den beiden waren noch sechs weitere Passagiere an Bord.

»Das war's dann wohl mit der Männerfreundschaft«, stellte Hasenkrug fest, nachdem er für sich und seinen Chef Kaffee besorgt hatte.

»So schnell kann's gehen«, erwiderte Büttner. »Nun stellen Sie sich mal vor, die beiden sind tatsächlich für die Morde an Helga Brandes und Florian Teichner verantwortlich. Jeder von ihnen weiß, dass er genauso in den Knast einfahren wird wie der andere, wenn einer von ihnen quatscht. Aus dem Ding kommen sie für den Rest ihres Lebens nicht mehr raus.«

»Es sei denn, einer bringt den anderen um und lässt sich dabei nicht erwischen«, schränkte Hasenkrug ein. »Sollten wir uns also in der nächsten Zeit mit der Leiche von einem der beiden konfrontiert sehen, wissen wir schon mal, wer unser erster Ansprechpartner ist.«

»Ich schätze nur, dass auch das den beiden bewusst ist. Solange wir in diesem Fall herumschnüffeln, können sie nichts anderes tun, als sich möglichst unauffällig zu verhalten. Und sollten wir irgendwann nicht mehr herumschnüffeln, dann heißt das für die beiden vermutlich, dass wir sie geschnappt haben. Wie Sie es auch drehen und wenden, Hasenkrug, die beiden haben sich mit dem gemeinschaftlichen Morden keinen Gefallen getan.«

»Sie sind sich ziemlich sicher, dass die zwei es waren, oder?«, stellte Hasenkrug fest.

»Zumindest bin ich mir sicher, dass sie wissen, was mit Helga Brandes und Florian Teichner passiert ist. Ob sie selbst Hand angelegt haben, kann ich nicht sagen. Aber ich halte es nach allem, was wir bislang wissen, für nicht unwahrscheinlich.«

»Was wir bislang wissen, ist allerdings nicht allzu viel«, bemerkte Hasenkrug.

Büttner schnaubte. »Nun seien Sie doch nicht schon wieder so destruktiv, Hasenkrug!«

»Einer muss ja in der Realität verankert bleiben«, konterte der.

Nach einer guten halben Stunde legte die Fähre auf Baltrum an. Die ersten, die von Bord sprangen, waren Wagner und Boonkamp, doch wechselten sie kein Wort miteinander und liefen in unterschiedlichen Richtungen davon. Und das jeweils in einem Tempo, dem Büttner sich nur ungern hätte anschließen mögen. Gott sei Dank aber bestand dafür derzeit auch kein Grund, und er machte sich mit seinem Assistenten auf den Weg zum Inselarzt.

Noch immer war es weit vor Sonnenaufgang, wodurch die Insel eine fast unheimliche Ruhe ausstrahlte. Nachdem die wenigen Passagiere der Fähre im Dunkeln verschwunden waren, fühlte sich Büttner plötzlich wie ein einsamer Wanderer zwischen den Welten. An diesem Gefühl konnte selbst der neben ihm herlaufende Hasenkrug nichts ändern.

Wieder wurde Büttner bewusst, wie ungern er auf einer der ostfriesischen Inseln leben würde. Bei so viel Ruhe, wie sie einem zu dieser Jahreszeit mit aller Macht entgegenschlug, konnte man doch nur depressiv werden.

»Wie angenehm still es hier ist. Und diese frische Luft! Ein einziger Traum«, sagte Hasenkrug in die Stille hinein und atmete ein paarmal tief durch. »Ich glaube, ich werde mit Tonja und Mara mal für ein paar Tage herkommen, wenn der Fall abgeschlossen ist. So völlig unbehelligt von Leichen, Mördern und Touristen muss es hier das reinste Paradies sein.«

»Wusste gar nicht, dass Sie eine solch masochistische Veranlagung haben«, knurrte Büttner. »Genauso wie meine Frau übrigens, die mir heute Morgen verschlafen ins Ohr säuselte, was ich doch für ein Glückspilz sei, schon wieder nach Baltrum fahren zu dürfen. Ich hab ihr natürlich angeboten, mit ihr zu tauschen, denn irgendwie schien es mir erstrebenswerter, unter meiner angewärmten Daunendecke liegen zu bleiben und noch für ein paar Stunden zu schlafen, als in dunkler Nacht durch die Kälte zu stapfen. Und wissen Sie, was Susanne mir antwortete?«

»Dass Sie sich nächstes Mal einen Insulaner zum Ehemann nimmt?«

»Sehr witzig, Hasenkrug. Nein, sie meinte, ich sei ein undankbarer Mensch, der seine Privilegien nicht zu schätzen wisse. Ich frage mich ja immer noch, wie man das, was wir hier durchmachen, auch nur in die Nähe des Wortes *Privilegien* rücken kann.«

»Nun übertreiben Sie aber«, meinte Hasenkrug. »Es gibt wirklich Schlimmeres, als sich auf einer unserer schönen Inseln aufhalten zu müssen. Selbst um sechs Uhr morgens.«

»Und das wäre?«

»Sich mit *Ihnen* auf einer unserer schönen Inseln aufhalten zu müssen.«

Wider Willen musste Büttner grinsen. Er war sich sicher, dass Susanne auf diese Frage ganz ähnlich geantwortet hätte. Er mochte schlagfertige Menschen, auch wenn er es vor seinem Assistenten nie zugegeben hätte. »Doktor Krüger scheint schon aufgestanden zu sein«, stellte er statt einer Erwiderung fest und deutete auf die Inselpraxis, die nur noch wenige Meter von ihnen entfernt war. Mehrere Fenster waren beleuchtet. Kaum dass er es gesagt hatte, flog plötzlich die Tür zur Praxis auf und Piet Boonkamp stürzte aus dem Haus.

»Wie kommt denn der da so schnell rein und raus?«, wunderte sich Büttner, während Hasenkrug Boonkamp mit lautem Rufen aufforderte, stehen zu bleiben. Der aber hörte nicht auf ihn, sondern verschwand um die nächste Ecke. Hasenkrug machte Anstalten, ihm hinterherzurennen, doch Büttner hielt ihn zurück. »Lassen Sie ihn«, sagte er. »Er kommt nicht weit. Nun schauen wir erst mal nach Krüger und hoffen, dass Boonkamp ihm nicht auf die Schnelle den Schädel eingeschlagen hat.«

»Hallo? Doktor Krüger?« Büttner stieß die Haustür, die Boonkamp offen stehen lassen hatte, ganz auf. »Doktor Krüger? Sind Sie da?«

»Wer, verdammt, will denn jetzt schon wieder ...?« Ein völlig verschlafen und verstrubbelt aussehender Inselarzt kam ihnen aus der Tür zum Behandlungsraum entgegengestolpert, doch unterbrach er sich sofort im Fluchen, als er sich nun den Polizisten gegenüber sah. Perplex schaute er sie an. »Was machen denn Sie um diese Zeit hier?«

»Gegenfrage«, erwiderte Büttner. »Was wollte denn Piet Boonkamp um diese Zeit hier? Er schien ziemlich sauer zu sein. Ich nehme an, es ging um die Halskette?«

Krüger trat zur noch immer offenstehenden Haustür hinaus und sah sich nach allen Seiten um, als müsse er sich vergewissern, dass außer ihnen keiner hier war. »Kommen Sie rein!«, brummte er dann und zeigte auf die Tür zum Behandlungsraum.

»Was wollen Sie denn noch von mir?«, fragte er, als sich alle gesetzt hatten, und rieb sich müde die Augen. »Und warum vor sieben Uhr am Morgen?«

»Die Fähre fuhr so früh«, klärte Hasenkrug ihn auf. »Boonkamp war auch an Bord. Ich nehme an, er hat Sie geweckt?«

»Das hat er allerdings.«

»Muss ja ziemlich dringend gewesen sein, dass er dafür im Laufschritt von der Fähre hierher gehechtet ist«, bemerkte Büttner. »Und das, obwohl er ganz genau wusste, dass wir ihm auf den Fersen sind. Oder vielleicht auch, *weil* er ganz genau wusste, dass wir ihm auf den Fersen sind? Was hatte er Ihnen denn so Dringendes mitzuteilen?«

»Er fühlt sich nicht gut. Er brauchte ein Rezept.«

Büttner sah ihn von unten herauf mit hochgezogenen Brauen an. »Klingt nett. Aber hat er Sie nicht viel eher beschimpft? Zum Beispiel, weil Sie uns in Sachen Halskette nicht die Wahrheit gesagt haben?«

»Wer behauptet denn so was?«, fragte der Arzt mit finsterem Blick. »Selbstverständlich habe ich Ihnen die Wahrheit gesagt. Schließlich will ich in diese leidige Sache nicht mit hineingezogen werden. Ich habe als Arzt einen Ruf zu verlieren.«

»Sie behaupten also nach wie vor, dass Boonkamp Sie gezwungen hat, den Sarg zu öffnen und ihm die Halskette seiner Schwester auszuhändigen?«, fragte Hasenkrug.

»Ja, natürlich. Weil es genauso war.«

»Piet Boonkamp scheint da anderer Ansicht zu sein«, erklärte Büttner. »Demnach haben Sie ihn angerufen, um ihm mitzuteilen, dass seine Schwester die Kette trägt und er sie bitte abholen möge, damit sie nicht gestohlen wird.«

»Wie bitte?« Der Arzt runzelte die Stirn. »Das ist doch kompletter Blödsinn! Noch mal: Es war genauso, wie ich es Ihnen erzählt habe.«

»Und wie kommt es dann, dass Sie mit Boonkamp telefoniert haben, kurz bevor er die Halskette hier abholte?«, wollte Hasenkrug wissen.

»Woher kommt denn diese Behauptung nun schon wieder?«

Büttner beobachtete den Arzt genau. Außer, dass er offensichtlich schlecht gelaunt war, war ihm keine Gefühlsregung anzumerken. Seine Hände lagen ruhig auf den Oberschenkeln, und auch seine Mimik verriet keinerlei Nervosität. Dennoch konnte sich Büttner nicht vorstellen, dass er von dem Anruf, den er an besagtem Tag mit Boonkamp geführt hatte, nichts mehr wusste. Schließlich hatte er den Ablauf des Treffens mit Boonkamp ansonsten bis ins Detail geschildert. »Die Überprüfung Ihrer Telefonkontakte hat das ergeben«, antwortete er auf die Frage des Arztes. »Und ich kann mir kaum vorstellen, dass der Fehler in diesem Fall bei Ihrem Telefonanbieter liegt.«

Krüger schüttelte ungehalten den Kopf. »Ich weiß nicht, wer an diesem Tag mit Piet telefoniert hat, ich war es jedenfalls nicht.«

»Und darüber müssen Sie keine Sekunde nachdenken?«, fragte Hasenkrug. »Also ich wüsste nach so langer Zeit nicht mehr, wann ich mit wem telefoniert habe.«

Erstmals schlich sich so etwas wie Unsicherheit in Krügers Mimik, doch fing er sich sogleich wieder und sagte: »Ich bleib dabei. Ich habe an diesem Tag nicht mit Piet telefoniert. Noch was?«

»War außer Ihnen noch jemand in der Praxis, als Boonkamp die Kette holte? Irgendwer muss ja das Telefonat geführt haben.«

»Nein. Wir waren alleine. Noch was?«

»Sie haben uns die Frage noch nicht beantwortet, was

Boonkamp vorhin von Ihnen wollte«, erinnerte ihn Büttner.

»Doch, das hab ich. Er wollte ein Rezept.«

»Und darum weckt er Sie um diese Zeit?«

Der Arzt zeigte ein nachsichtiges Lächeln. »Glauben Sie mir, hier auf der Insel kommen die Leute zu ganz anderen Zeiten zu mir. Daran muss man sich wohl oder übel gewöhnen, wenn man diesen Job macht.«

»Und warum war er dann so sauer, als er Ihre Praxis wieder verließ?«

»Er wollte, dass ich ihm ein Rezept für Beruhigungspillen ausstelle, die es echt in sich haben. Aber ich hab sie ihm nicht verschrieben, denn das darf nur ein Facharzt. Piet frisst die Dinger wie Bonbons. Dafür will und kann ich nicht die Verantwortung übernehmen. Deswegen war er so sauer. Das typische Verhalten eines Suchtkranken.« Der Arzt stand auf und machte sich an der Kaffeemaschine zu schaffen. »Wenn Sie erlauben, würde ich jetzt gerne einen Kaffee trinken und mich ein wenig frisch machen. In einer halben Stunde stehen die ersten Patienten vor der Tür, und ich will wenigstens die Berichte der Kollegen gesichtet haben, die gestern hier angekommen sind.«

Das war dann ja wohl ein glatter Rausschmiss. Büttner seufzte innerlich. Von diesem Besuch hatte er sich mehr versprochen, aber der Arzt war so kalt wie eine Hundeschnauze. Er bot ihnen ja noch nicht einmal einen Kaffee an. Sie würden sich eine andere Strategie überlegen müssen, um ihn zur Wahrheit zu bewegen. Denn dass er ihnen etwas verheimlichte, das stand für Büttner fest. Wie sonst war dieses verdammte Telefonat zu erklären, das von hier aus geführt worden war?

Noch bevor sein Assistent nach dem Verlassen der Arztpraxis etwas sagen konnte, machte sich Büttner schnurstracks auf den Weg zum *Smutje*, das hoffentlich schon geöffnet hatte. Er brauchte nun erst mal ein deftiges Frühstück. Noch mehr dieser Insulaner würden nicht auf leeren Magen zu ertragen sein.

23

Ilse Akkermann schloss gerade die Tür auf, als Büttner und Hasenkrug auf ihre Gaststätte zusteuerten. Das Lächeln, mit dem sie sie bedachte, hätte strahlender sein können, aber immerhin war so etwas wie Freundlichkeit in ihrem Blick auszumachen. Man wird ja bescheiden, dachte Büttner und lächelte ihr dankbar zu, als sie ihnen die Tür aufhielt. »Hab schon gehört, dass Sie wieder hier sind«, sagte sie. Alles andere hätte Büttner auch gewundert.

»Da sind wir aber froh, dass Sie schon auf haben«, erwiderte er. »Sich bei dieser Eiseskälte draußen aufzuhalten, ist ja wirklich kein Vergnügen.« Er zog seine Jacke aus und rieb sich die kalten Hände.

»Normalerweise öffne ich frühestens um acht«, klärte die Wirtin sie auf. »Aber als ich hörte, dass Sie auf der Insel sind, dachte ich, ich will mal nicht so sein.«

»Das ist wirklich nett, danke schön.« Büttner und Hasenkrug sahen sich verwundert an. Wie kam es denn nun plötzlich zu diesem Sinneswandel? Noch vorgestern hatte die Wirtin doch vermittelt, sie am liebsten aus der Kneipe schmeißen zu wollen.

»Wie ich hörte, waren Sie beim Doc«, plauderte Ilse Akkermann munter weiter, während sie zwei Tassen aus dem Regal angelte und sie eine nach der anderen unter den Kaffeeautomaten stellte. »Geht es immer noch um Helgas verschwundenen Leichnam?«, schrie sie gegen den Lärm der Maschine an.

Büttner stutzte, und auch Hasenkrug hob verwundert

die Brauen. Büttner bedeutete seinem Assistenten mit einem Zeichen, nicht auf diese Frage zu antworten. Hatte es sich auf der Insel noch gar nicht herumgesprochen, dass Helga Brandes wieder angespült worden war? Das war doch kaum vorstellbar, nachdem sowohl der Inselpolizist als auch ein weiterer Mann den Leichnam gesehen hatten. Und dann hatte man sie ja auch noch mit dem Hubschrauber aufs Festland geschafft. All das konnte unmöglich unbemerkt geblieben sein! Nach kurzem Überlegen fiel ihm auf, dass selbst Piet Boonkamp als Bruder der Toten ihr Auffinden mit keiner Silbe erwähnt hatte, ebenso wie Freddy Wagner.

Büttner rief zur Wirtin rüber: »Uns geht es natürlich um beide Toten.«

»Aber der junge Mann ist Ihnen nicht abhandengekommen?«, grinste Ilse Akkermann mit einem Augenzwinkern. Sie schien an diesem Morgen tatsächlich bester Laune zu sein. »Na ja, es reicht ja auch, wenn man *einen* Mord ohne Leiche aufklären muss, oder?«

Hasenkrug beugte sich über den Tisch und flüsterte: »Soll ich mal bei Küppers anrufen und ihn fragen, inwieweit der Fund des Leichnams auf der Insel bekannt ist?«

Büttner nickte, woraufhin Hasenkrug nach draußen verschwand.

»Oh, geht er schon wieder?«, wunderte sich die Wirtin, die nun mit zwei dampfenden Tassen neben dem Tisch stand und sie auf ihm abstellte.

»Er kommt sofort wieder«, erklärte Büttner. »Danke für den Kaffee.«

»Da nicht für. Haben Sie Helgas Leiche eigentlich mit einem Helikopter suchen lassen?«

»Sie meinen den Einsatz von vorgestern?«, hakte Büttner vorsichtig nach.

»Ja. Ich hab ihn allerdings nur gehört. War ja schon dunkel. Wir haben uns ein wenig gewundert, dass man sie im Dunkeln sucht.« Sie blickte ihn fragend an. War sie deswegen so freundlich, weil sie sich von ihm Details erhoffte?

»Ja, dieser Einsatz geschah im Rahmen unserer Ermittlungen«, blieb Büttner vage. »Könnten wir auch ein Rührei mit Speck bekommen? Auf Bauernbrot vielleicht?«

Ilse Akkermann stemmte die Hände in die Hüften und zwinkerte ihm erneut zu. »Ich verstehe schon, dass Sie über Details nicht reden wollen. Ist ja auch verständlich. Ja, natürlich mache ich Ihnen ein Rührei. Kommt sofort.«

Büttner verstand die Welt nicht mehr. Was hatte die denn genommen, dass sie auf einmal so leutselig war? Und wieso wusste sie nichts vom Auffinden der Leiche? Da ging doch was nicht mit rechten Dingen zu! Vorsichtig nippte er an seinem heißen Kaffee und überlegte, wie ihnen die Unwissenheit der Baltrumer zum Vorteil gereichen konnte, wenn sie sich als Fakt herausstellte.

Hasenkrug kam wieder zurück. Er roch nach Kälte und frischer Luft. »Boah, ist das kalt«, stellte er fest und schlug die Arme einmal paarmal gekreuzt vor dem Körper zusammen. »Ich dachte ja, für ein paar Minuten geht es draußen ohne Jacke, aber ... brrrrr.«

»Nun spannen Sie mich nicht auf die Folter«, knurrte Büttner.

»Es scheint tatsächlich so zu sein«, erklärte Hasenkrug mit gesenkter Stimme, nachdem er sich auf seinen Stuhl hatte sinken lassen und seine Tasse fest umklammert hielt. »Küppers sagt, er habe mit dem Zeugen vereinbart, nichts zum Fund der Leiche auf der Insel zu verbreiten. Anscheinend hat es geklappt. Er habe auch noch niemanden über den Fund sprechen hören«, sagte er.

»Seltsam.« Büttner war baff. »Hat ihn auch keiner auf den Hubschraubereinsatz angesprochen?«

»Doch. Mehrere. Aber er hat wohl nicht verraten, worum es dabei ging.«

Büttner schob die Unterlippe vor und nickte anerkennend. »Ich glaube, ich habe diesen Mann unterschätzt.« Er nahm einen Schluck Kaffee, der nun angenehm temperiert war. »Dann schien aber auch der Zeuge kein vitales Interesse daran zu haben, sein Wissen herauszuposaunen. Haben wir seinen Namen?«

»Ich könnte im Protokoll nachsehen.« Hasenkrug zog sein Smartphone hervor. »Dieter Bunjes«, sagte er, nachdem er ein paarmal getippt und gescrollt hatte.

»Wissen wir auch, wo er wohnt?«

»Ja. Die Hausnummer steht hier. Wir könnten die Wirtin ...«

Büttner hob die Hand. »Nein. Das finden wir schon alleine heraus. Es wäre nicht gut, wenn sich herumspräche, dass wir mit ihm reden wollen.«

Ilse Akkermann brachte zwei große Portionen Rührei auf Bauernbrot. »Oh, das ist ja prima«, freute sich Hasenkrug. »Ein deftiges Frühstück ist genau das, was ich jetzt brauche. Vielen Dank!« Er strahlte die Wirtin an, als hätte sie ihm gerade seinen größten Kindheitstraum erfüllt.

Dieter Bunjes wohnte in einem Haus, das etwas abgelegen von allen anderen des Ostdorfes lag. Im Protokoll stand lediglich, dass er an dem Abend, als er über den Leichnam stolperte, gerade vom Fischen gekommen war. Angeblich fuhr er regelmäßig mit seinem Boot raus, allerdings nur zum Privatvergnügen. Ansonsten führe er ein eher zurückgezogenes Leben, hatte er zu Protokoll gegeben. Von den Morden habe er zwar gehört, sich aber nicht weiter darum gekümmert, denn schließlich sei es nicht seine Aufgabe, sich in anderer Leute Sachen einzumischen. Im Übrigen würde der Rest der Baltrumer schon dafür sorgen, dass man die Sache von allen nur erdenklichen Seiten beleuchtete und auseinandernehme. So seien sie nämlich, die Baltrumer. Er selbst aber habe an derlei Geschwätz schon lange kein Interesse mehr. Warum es so war, hatte er nicht gesagt.

Büttner hoffte, dass Bunjes sich ihnen gegenüber dennoch ein wenig auskunftsfreudiger zeigen würde als seine Nachbarn. Er klingelte an der Haustür der kleinen reetgedeckten Kate, die windgeschützt in den Dünen lag. Im Haus erklang ein dreifacher dunkler Ton.

»Moin. Dieter Bunjes?«, grüßte Büttner. Vor ihm stand ein stämmig gebauter Mann um die siebzig, dessen wettergegerbtem Gesicht anzusehen war, dass er sich viel an der frischen Luft aufhielt. Die grauen Haare standen wirr um seinen rundlichen Kopf herum. Er trug Jeans, Wollpullover und Pantoffeln. In seinem Mundwinkel steckte eine gestopfte Pfeife, die jedoch nicht qualmte.

»Wer will das wissen?«

Büttner zog seinen Dienstausweis aus der Tasche und stellte sich und seinen Assistenten vor. »Sie haben vorgestern den Leichnam von Helga Brandes am Strand gefunden.«

Der Mann hielt ihnen wortlos die Tür auf und bat sie mit einer Geste, einzutreten. »Hab nicht mit Besuch gerechnet, aber einen Tee könnte ich anbieten.« Er führte sie in die seemännisch-rustikal eingerichtete Küche, in der ein offenes Kaminfeuer vor sich hin flackerte. Das Knacken der Holzscheite verlieh dem Raum etwas Behagliches.

»Danke, wir haben gerade Kaffee gehabt.« Die Ermittler setzten sich auf die ihnen zugewiesenen Plätze auf einer Eckbank. »Eben mussten wir feststellen, dass die Baltrumer offenbar nichts von dem Wiederauffinden des Leichnams wissen«, sagte Büttner, während sich Dieter Bunjes mit einem Feuerzeug die Pfeife ansteckte. »Warum haben Sie ihnen nichts davon erzählt?«

»Dachte, die müssen nicht alles wissen.« Auf Büttners fragenden Blick hin fügte er paffend hinzu: »Die quasseln sowieso schon viel zu viel.«

Nun, den Eindruck hatte Büttner nicht gerade, aber vermutlich verhielt es sich anders, wenn die Insulaner unter sich waren. »Und unser Kollege Küppers war auch Ihrer Meinung?«

»Thilo ist in Ordnung«, lautete die knappe Antwort.

»Haben Sie Helga Brandes gekannt?«, fragte Hasenkrug.

Dieter Bunjes kniff die Augen zusammen. »Jo. Helga war auch in Ordnung. Aber das musste ja irgendwann soweit kommen.«

Büttner horchte auf. »Es musste soweit kommen? Was meinen Sie damit?«

»Sie sind wohl noch nicht so weit mit Ihren Ermittlungen.«

»Sorgen Sie dafür, dass es anders wird. Ihre Nachbarn sind nicht besonders auskunftsfreudig.«

»Das wundert mich nun überhaupt nicht«, brummte Bunjes. »Stecken ja alle mit drin, könnt' ich mir vorstellen.«

»Wo drin?« Büttner spürte eine gewisse Aggression in

sich aufsteigen. Konnte dieser Mann nicht einfach sagen, was er wusste? »Wenn Sie wissen, wo das Mordmotiv liegen könnte, oder wenn Sie eine Ahnung haben, wer der Täter ist, dann sagen Sie es uns, bitte. Das Gleiche gilt natürlich für den Mord an Florian Teichner.« Büttner überlegte kurz, ob er dem Mann für den Fall, dass er sein Wissen nicht preisgab, Konsequenzen androhen sollte, entschied dann aber, dass es dafür noch zu früh sei. Gut möglich, dass Bunjes dann sofort dichtmachte. Außerdem hatte es nicht den Anschein, als würde er sich dadurch beeindrucken lassen.

»Das hängt doch alles miteinander zusammen«, sagte Bunjes.

»Ach so? Wir haben bisher lediglich angenommen, dass es ...«

»Glauben Sie mir, das hängt zusammen. Wie sollte es wohl anders sein. Irgendwann kommt alles zu dir zurück, sag ich immer, ganz egal, was du machst. Muss man nur Geduld haben.«

»Okay. Wenn Sie es so genau wissen, dann können Sie uns vielleicht auch sagen, wer der Täter ist?«, redete Büttner nicht lange um den heißen Brei herum.

»Nee, genau weiß ich das nicht. Ich war ja nicht dabei.« Der Mann klopfte seine Pfeife auf einem tönernen Aschenbecher aus. »Das müssen Sie schon selbst rausfinden.«

»Und wieso wissen Sie dann, dass die beiden Fälle zusammenhängen?«, fragte Hasenkrug.

»Weil ich eins und eins zusammenzählen kann, wenn hier plötzlich so 'n junger Mann auftaucht, Helga plötzlich tot ist und er dann auch.«

»Wie meinen Sie das?«

»Hat bestimmt was mit Helgas Vergangenheit zu tun.« Der Mann bekam einen Hustenanfall, und Büttner und Hasenkrug blieb nichts anderes übrig, als diesen abzuwarten. »Ist nicht immer alles so, wie es scheint«, krächzte Bunjes dann. »Genaues weiß ich nicht, war auch damals ja, wie gesagt, nicht dabei. Will auch keinen beschuldigen, der womöglich doch nix damit zu tun hatte. Aber gucken Sie mal in Helgas Vergangenheit. Sollt mich nicht wundern, wenn das von heute mit damals nix zu tun hat.«

»Hätten Sie was dagegen, ein wenig konkreter zu werden?« Büttner wurde ganz nervös. Sie schienen so nahe dran zu sein, endlich mal etwas Brauchbares zu erfahren; und nun ließ der Kerl sie an der langen Leine zappeln, wie die Fische, die er aus der Nordsee zog.

»Ich kann nicht konkreter werden, ich war ja nicht dabei«, wiederholte Bunjes, ohne seinen gelassenen Tonfall auch nur in Nuancen zu verändern. »Weder damals noch jetzt. Will ja niemandem was anhängen, was er nicht getan hat.«

»Haben Sie denn eine Vorstellung, warum man den Leichnam von Helga Brandes verschwinden lassen wollte?«, fragte Hasenkrug.

»Nee. Aber vielleicht hat das auch was mit dem Kind zu tun, könnt ich mir vorstellen.«

»Mit welchem Kind?«

»Mit dem Kind von Helga.«

Büttner sah den Mann prüfend an. Wovon sprach der Kerl? »Helga Brandes hatte keine Kinder.«

Dieter Bunjes nickte. »So sagt man, ja.« Er machte eine Pause, in der er sich erneut eine Pfeife stopfte und anzündete. »Aber ich bin ja auch nicht ganz blöd. Ich seh doch, wenn 'ne Frau schwanger ist.«

»Helga Brandes war ...?« Büttner schlug sich mit der flachen Hand an die Stirn. »Natürlich!«, rief er dann aus. »Was bin ich doch für ein Hornochse!«

»Lassen Sie mich an Ihrer Erleuchtung teilhaben?«, fragte Hasenkrug.

»Jetzt weiß ich, was mir an dem Obduktionsbericht komisch vorkam, Hasenkrug!«

»Sie haben nie gesagt, dass Ihnen etwas komisch vorkam«, stellte der fest.

»Doch! Klar! Die Narbe!«

»Welche Narbe?«

»Doktor Wilkens erwähnte in ihrem Obduktionsbericht eine Narbe, die von einem Kaiserschnitt herrührt.« Büttner stöhnte auf. »Mann, Mann, Mann, dass ich da nicht gleich drauf gekommen bin!« Er schaute Dieter Bunjes, der keine Miene verzog, aus schmalen Augen an. »Was ist mit dem Kind passiert?«, fragte er.

»Es gab nie ein Kind.«

»Was?«

»Das, was ich sage. Es gab nie ein Kind.«

24

Ihr nächster Weg führte David Büttner und Sebastian Hasenkrug in die Gemeindeverwaltung von Baltrum. Dieter Bunjes hatte ihnen nicht sagen können oder nicht sagen wollen, was mit dem Kind passiert war, das Helga Brandes zur Welt gebracht hatte. Er konnte lediglich berichten, dass ihre Schwangerschaft mehr als vierzig Jahre her sein musste. Wenn es sich so verhielt, dann musste in der Verwaltung irgendetwas über die Geburt des Kindes registriert sein. Und genau das wollten sie herausfinden.

»Moin.« Büttner und Hasenkrug betraten das schmucklose Gemeindebüro nach einem kurzen Klopfen. »So schnell sieht man sich wieder«, begrüßte er Freddy Wagner, der, wie Bunjes ihnen mitgeteilt hatte, der einzige Mitarbeiter hier war.

»Moin. Was gibt's denn nun schon wieder?«

»Es geht um das Kind von Helga Brandes.« Büttner beobachtete mit Interesse, wie Wagner nach diesem Satz alle Farbe aus dem Gesicht wich und er ihn voller Entsetzen anstarrte.

»We-welches Kind?«, stotterte er mit belegter Stimme. »Helga ha-hatte kein Kind.«

»Doch, hatte sie.« Büttner hatte nicht vor, große Erklärungen abzugeben. Ihm reichte Wagners Reaktion, um an dieser Stelle nachzuhaken. »Und jetzt würden wir gerne die Geburtsurkunde sehen. Wie Sie sicherlich wissen, muss die Entbindung vor gut vierzig Jahren gewesen sein.«

Wagners Finger zitterten, als er nun etwas in den Computer eingab. »Kein Kind«, vermeldete er wenig später. »Sag ich doch.« Er hob entschuldigend die Hände und versuchte ein Grinsen, das jedoch gründlich misslang.

»Waren Sie der Vater?«, fragte Hasenkrug.

Hatte Büttner angenommen, dass Wagners Gesicht nicht bleicher werden konnte, so sah er sich getäuscht. Tatsächlich wechselte dessen Gesichtsfarbe nun ins Gräuliche.

»Helga hatte kein Kind«, insistierte Wagner. Er atmete schwer und deutete mit dem Kopf auf den Computer, als wollte er sagen, dass sich dieses Gerät nie irrte. »Also kann ich ja wohl kaum der Vater sein.«

»Das Kind wurde mit einem Kaiserschnitt entbunden«, sagte Büttner. »Kaum vorstellbar, dass sich die Gerichtsmedizin dahingehend geirrt hat.«

»Es ... es gibt kein Kind.« Wagners Stimme war nur noch ein Hauchen. Er presste sich die Hand auf den Bauch, als wäre ihm übel.

»Haben Sie den Leichnam von Frau Brandes deshalb in der Nordsee entsorgt, damit keiner auf diese Narbe aufmerksam wird?«, fragte Büttner, einer plötzlichen Eingebung folgend. Als Wagner nun den Kopf zwischen die Schultern zog und tief schluckte, fügte er hinzu: »Der Leichnam von Helga Brandes wurde gefunden, wie Sie meinen Worten vermutlich schon entnehmen konnten. Es ist jetzt nur noch eine Frage der Zeit, bis wir herausfinden, was mit ihrem Kind passiert ist. Ich kann Ihnen nur ans Herz legen, uns auf der Stelle zu sagen, was damals geschah. Sie würden uns viel Arbeit ersparen und sich selbst viel Ärger. Also noch mal: Wo ist das Kind geblieben?«

»Es ... es ist gestorben«, presste Wagner hervor. »Es

war tot, als es auf die Welt kam. Der Kaiserschnitt ... er kam zu spät.« Er rieb sich mit der Hand den Schweiß weg, der sich um Mund und Nase gebildet hatte.

»Auch wenn das Kind gestorben ist, müsste es hier registriert sein«, gab Büttner nicht auf.

»Es ... es wurde nicht hier geboren. Das war in Aurich. Im Krankenhaus. Sie haben Helga ins Krankenhaus gebracht. Mit dem Hubschrauber. War ziemlich dringend, damals.«

»Und wieso behaupten Sie dann, es habe nie ein Kind gegeben?«, hakte Hasenkrug nach.

»Aber ... aber es war doch tot.«

»Und wie war es wirklich?« Büttner glaubte dem Mann kein Wort. Wenn das Kind tatsächlich bei der Geburt gestorben war, gab es keinen Grund für Wagner, derart seltsam zu reagieren.

»Aber ... aber ich sag doch, dass das Kind gestorben ist.« Wagner klang nun fast verzweifelt.

»Waren Sie der Vater des Kindes?«, fragte Hasenkrug erneut.

»Ich ... ich weiß es nicht. Vielleicht. Aber es ist ja auch nicht wichtig. Das Kind ist tot.« Der letzte Satz kam flüsternd.

»Wieso glaube ich Ihnen das nicht?« Büttner schnaubte. »Na gut, Herr Wagner, Sie hatten Ihre Chance. Wir machen uns dann mal an die Recherche. Glauben Sie mir, wir werden herausfinden, was damals passiert ist. Schönen Tag noch!«

Büttner und Hasenkrug verließen das Büro.

»Wir nehmen die Mittagsfähre«, verkündete Büttner. »Von Neßmersiel aus fahren wir direkt nach Aurich. Wenn das Kind tatsächlich dort geboren wurde, dann ist es dort auch registriert.«

»Glauben Sie auch, dass Florian Teichner dieses angeblich tote Kind sein könnte?« Hasenkrug formulierte diese Frage so vorsichtig, als könnte er sich mit ihr blamieren.

»Jetzt ist er nicht mehr nur angeblich tot«, erwiderte Büttner trocken. »Ja, Hasenkrug, dieser Gedanke kam mir auch schon. Die Frage ist nur, warum Mutter und Kind dann nach so vielen Jahren haben sterben müssen. Irgendwas muss damals vorgefallen sein, was ihren Tod in den Augen ihres Mörders noch heute rechtfertigt.« Er dachte kurz nach, dann sagte er: »Wenn Florian Teichner das Kind von Helga Brandes ist, muss er irgendwie zu den Teichners gekommen sein.«

»Dann haben sie ihn vermutlich adoptiert«, schlussfolgerte Hasenkrug.

»Das müsste irgendwo registriert sein.«

»Der einfachste Weg wäre, die Teichners danach zu fragen.«

Büttner überlegte. »Gut. Dann bitten Sie die Kollegen, bei der Stadt Aurich und im Krankenhaus Aurich nach dem Kind zu recherchieren, das Geburtsdatum von Florian Teichner liegt ja vor. Wir fahren derweil nach Oldenburg, um noch einmal mit den Teichners zu sprechen.« Er atmete tief durch. »Sieht so aus, als hätten wir endlich mal einen konkreten Anhaltspunkt, wenn mir auch noch nicht ganz einleuchten will, warum man mit allen Mitteln versucht, die Existenz des Kindes zu vertuschen.«

»Die Fähre kommt in einer halben Stunde«, sagte Hasenkrug. »Ich werde die verbleibende Zeit nutzen, um zu telefonieren.«

Büttner nickte. »Sehr gut. Vielleicht sind wir ja schon ein wenig schlauer, wenn wir auf dem Festland ankommen.«

»Haben Sie den Mörder unseres Jungen gefunden? Ist er endlich verhaftet?« Christine Teichner verzichtete diesmal sogar darauf, ihren Butler Karl vorzuschicken, sondern öffnete selber die Haustür, nachdem sich die beiden Kommissare am Tor angemeldet hatten.

»Moin, Frau Teichner«, grüßte Büttner. »Nein, leider nicht.«

Die Frau konnte ihre Enttäuschung nicht verbergen. Ihr Blick verfinsterte sich. »Was wollen Sie dann noch von mir?«, fragte sie abweisend.

»Es sind neue Fragen aufgetaucht«, antwortete Büttner und folgte ihr ins sonnendurchflutete Wohnzimmer. »Wir würden nicht den weiten Weg nach Oldenburg auf uns nehmen, wenn es nicht wichtig wäre.« Er und Hasenkrug setzten sich, nachdem die Frau ihnen einen Platz angeboten hatte.

Karl erschien in der Tür. »Wünschen die Herrschaften ...?«

»Jetzt nicht, Karl.« Christine Teichner scheuchte ihn mit einer Handbewegung wie ein lästiges Insekt fort. Der Butler zog mit pikiertem Gesichtsausdruck von dannen.

Büttner hatte Schwierigkeiten, diese ungeduldige, nachlässig gekleidete und unfrisierte Frau mit der höflichen Person in Einklang zu bringen, die er bei seinem letzten Besuch kennen gelernt hatte. Wahrscheinlich war sie seit der Todesnachricht nicht zur Ruhe gekommen, überlegte er. Für diese These sprach auch, dass sie erbärmlich blass aussah. Ihre Augen lagen tief in den Höhlen, um ihren Mund hatten sich tiefe Falten eingegraben. Sie schien um Jahre gealtert. Es war nicht zu übersehen, dass die Trauer um ihren Sohn an ihr nagte.

»Es gibt einen Hinweis darauf, dass Ihr Sohn von Ihnen adoptiert wurde«, sagte Büttner, als Christine

Teichner ihn schweigend ansah. Er verschwieg ihr, dass die Adoptionsstelle in Aurich den Kollegen mitgeteilt hatte, dass ihnen kein Fall Florian Teichner bekannt sei. Was jedoch nicht zwangsläufig hieß, dass das Kind nicht irgendwann von einer anderen Stelle vermittelt worden war.

»Wie bitte?« Christine Teichner sah ihn empört an. »Wer behauptet denn so was? Florian ist unser leiblicher Sohn. Ich muss es ja wohl wissen, ich war bei seiner Geburt dabei.«

»Entschuldigen Sie, Frau Teichner, aber können Sie das beweisen?«

»Es wird ja immer besser. Unglaublich, was einem alles zugemutet wird«, murmelte die Frau vor sich hin, während sie im Nebenzimmer verschwand und gleich darauf mit einem Aktenordner zurückkam. Sie blätterte kurz darin herum, dann reichte sie Büttner ein Papier. »Bitte schön, Florians Geburtsurkunde. Sind Sie jetzt zufrieden?«

»Vielen Dank.« Büttner sah sich das amtliche Schriftstück an. Es wies Klaus und Christine Teichner eindeutig als die leiblichen Eltern von Florian aus. Womit alles wieder auf Anfang stand, bemerkte Büttner zähneknirschend. Er war sich so sicher gewesen, dass sie endlich den Schlüssel zu den Morden gefunden hatten.

»Dürfte ich mal Ihre Toilette besuchen?« Hasenkrug nickte seinem Chef beinahe unmerklich zu. Was hatte er vor?

»Ja, ja, natürlich.« Christine Teichner deutete auf die Tür. »Nach rechts und dann die zweite Tür links.« Als Büttner ihr nun die Urkunde zurückgab, sagte sie: »Ich wüsste gerne, woher Sie dieses unsägliche Gerücht haben.«

»Tut mir leid, aber darüber können wir Ihnen keine

Auskunft geben«, erwiderte Büttner. »Noch eine Frage, Frau Teichner: Sagt Ihnen der Name Helga Brandes etwas?«

»Nein, nie gehört. Was ist mit ihr?«

»Auch sie wurde auf Baltrum ermordet aufgefunden.«

»Ach so, ja, die. Stefanie hat von ihr gesprochen, als sie hier war. Aber was hat diese Frau mit Florian zu tun?«

»Das wissen wir noch nicht. Wir können aber nicht ausschließen, dass die beiden Morde in einem Zusammenhang zueinander stehen. Falls Ihnen also doch noch etwas zu Helga Brandes ...«

»Ich sagte doch gerade, dass mir der Name nichts sagt«, unterbrach die Frau ihn schroff.

»Ja, das sagten Sie. Aber manchmal fällt einem ja auch erst später etwas zu einem Namen ein. Vielleicht hat Ihr Sohn diesen Namen mal erwähnt.«

»Ganz sicher nicht. Das hätte ich mir gemerkt.«

»Stefanie Bruckner sagte uns, dass Ihr Sohn Florian nicht nur zum Ausspannen nach Baltrum gefahren sei, sondern auch, weil er irgendwas zu erledigen hatte. Hat er Ihnen gegenüber auch so was erwähnt, Frau Teichner?«

»Nein. Ganz sicher nicht.« Sie strich sich mit einer fahrigen Bewegung eine Haarsträhne hinter die Ohren. »Seit man mir gesagt hat, dass ... dass Florian tot ist, versuche ich, jeden einzelnen Satz, den er im Vorfeld dieser Reise zu mir gesagt hat, zu rekonstruieren. Ich bin mir sicher, dass dabei immer nur von Urlaub und Ausspannen die Rede war. Nichts davon, dass er etwas zu erledigen hatte.«

»Hat Michael Bellmann zwischenzeitlich mit Ihnen Kontakt aufgenommen?«

Über Christine Teichners Gesicht legte sich ein Schatten. »Nein. Aber Stefanie hat mir gesagt, dass Micha sich bei ihr gemeldet hat. Und dass er vor irgendetwas Angst hat. Aber das ist ja auch kein Wunder, nach allem, was Florian zugestoßen ist. Wenigstens lebt er, das erleichtert mich sehr.«

Hasenkrug kam mit einem zufriedenen Gesichtsausdruck zurück, woraufhin sich Büttner von seinem Platz erhob. »Vielen Dank, Frau Teichner. Falls Ihnen noch etwas einfällt, dann sagen Sie uns bitte Bescheid.« Als sie sich ebenfalls erheben wollte, winkte er ab. »Bitte bleiben Sie sitzen, wir finden alleine ... oh!« Er hatte den Satz noch nicht beendet, als die Tür aufschwang und Butler Karl eine einladende Geste machte. »Wenn ich die Herrschaften hinausbegleiten dürfte.«

Büttner fragte sich, ob Karl die ganze Zeit mit dem Ohr an die Tür gepresst dagestanden hatte. Oder konnte er hellsehen?

»Das war wohl nichts«, stellte Hasenkrug fest, als sie wieder im Auto saßen und sich auf den Weg nach Emden machten.

»Ja, schon wieder eine Fehlzündung«, nickte Büttner. »Aber vielleicht kümmern wir uns gerade um den falschen Mann.«

»Wie meinen Sie denn das jetzt? Das Opfer wurde eindeutig als Florian Teichner identifiziert.«

»Ja. Aber könnte es sich bei dem Kind von Helga Brandes nicht auch um Michael Bellmann handeln? Schließlich war auch er auf der Insel und ist seither abgetaucht.«

»Sie vermuten eine Verwechslung?«

»Wir sollten diese Möglichkeit zumindest nicht ausschließen.« Büttner kratzte sich am Kopf. »Wenn ich auch zugeben muss, dass ich nicht so recht daran glaube. Schließlich war es Florian Teichner, der in der Kneipe mit Übelkeit reagiert hat, als er vom Verschwinden des Leichnams erfuhr. Bellmann hingegen blickte nur betreten aus der Wäsche. Man könnte also annehmen, dass Teichner unserem ersten Opfer näher gestanden hat als sein Freund.«

»Trotzdem kann ich ja auch Bellmanns Namen von der Adoptionsstelle überprüfen lassen.« Hasenkrug griff zum Telefon und bat seinen Kollegen, dies zu veranlassen.

Für eine Weile saßen die beiden Kommissare schweigend nebeneinander und hingen ihren Gedanken nach. Schließlich aber sagte Hasenkrug: »Und was ist, wenn Frau Teichner gelogen hat?«

Büttner sah ihn erstaunt an. »Aber die Geburtsurkunde war echt. Daran gibt es keinen Zweifel. Ich hab sie mir genau angesehen, sie wurde ... hm!« Er runzelte die Stirn.

»Doch nicht so echt?«, hakte Hasenkrug nach.

»Sie wurde in Aurich ausgestellt«, bemerkte Büttner. »Wissen wir, ob die Teichners damals in Aurich gelebt haben?«

Hasenkrug tippte bereits die nächste Nummer in sein Telefon und gab neue Anweisungen durch. Es dauerte nicht lange, bis die Antwort eines Kollegen kam. »Die Teichners haben zu der Zeit, als das Kind geboren wurde, in Berlin gelebt«, berichtete er, nachdem er die Nachricht gelesen hatte. »Sie sind bald nach Florians Geburt nach Oldenburg gezogen. In Aurich oder auch in Ostfriesland waren sie nie mit amtlichem Wohnsitz gemeldet.«

»Und warum entbindet die Frau dann in Aurich?« Büttner schüttelte den Kopf. »Da stimmt doch was nicht, Hasenkrug. An der Stelle sollten wir noch mal genauer hinsehen. Bitte sorgen Sie dafür, dass Frau Teichner uns die Geburtsurkunde faxt oder mailt. Wird Zeit, dass wir sie uns noch einmal genauer ansehen.«

Hasenkrug grinste und hielt einen kleinen Plastikbeutel in die Höhe.

»Was ist das?« Büttner musterte den Beutel skeptisch.

»DNA«, antwortete Hasenkrug. »Bin bei meinem Toilettengang zufällig durch das Bad und über die Haarbürsten der Teichners gestolpert. Und die DNA von Florian Teichner liegt ja noch bei Frau Doktor Wilkens auf dem Tisch. Und natürlich auch die von Helga Brandes.«

Jetzt grinste auch Büttner. »Erstaunlich, wie geistesgegenwärtig Sie manchmal sein können, Hasenkrug.«

25

Nachdem sie für den Rest des Tages mit dem Beschaffen von Unterlagen und Informationen sowie dem Führen von Telefongesprächen beschäftigt gewesen waren, setzten sich David Büttner und Sebastian Hasenkrug am Abend im Büro zusammen. Sie wollten in den Wust an unsortiertem und teilweise noch nicht gesichtetem Material Ordnung bringen. Auf den DNA-Bericht warteten sie noch, doch würde wohl an diesem Abend zumindest feststehen, ob Helga Brandes und Florian Teichner tatsächlich Mutter und Sohn waren – womit dann automatisch die Teichners als legitime Eltern von Florian ausgeschlossen wären. Büttner hoffte inständig, dass es so sein würde, denn auf dieser Information könnten sie einen konkreten Ermittlungsansatz aufbauen.

»Was hat die Recherche im Auricher Krankenhaus ergeben?«, fragte Büttner, der angesichts der zahlreichen Unterlagen, die vor ihm auf dem Schreibtisch lagen, eine Reihenfolge der Abarbeitung festlegen musste. Nach und nach würden sich die Puzzleteile dann hoffentlich zu einem einigermaßen klaren Bild zusammensetzen lassen.

»Ich habe rund um das Geburtsdatum von Florian Teichner einen Zeitraum von einem Monat abklären lassen«, erwiderte Hasenkrug.

»Wobei das in seinem Ausweis eingetragene Geburtsdatum natürlich nicht das richtige sein muss, sollten wir es tatsächlich mit einem Verbrechen zu tun haben«, gab Büttner zu bedenken.

»Möglich ist alles. Aber einen anderen Ansatz haben wir nun mal nicht.«

»Zu welchem Ergebnis sind Sie gekommen?«

»Zu keinem. Weder Florian Teichner noch Michael Bellmann haben in diesem Zeitraum im Auricher Krankenhaus das Licht der Welt erblickt. An dem Tag, an dem Teichner angeblich geboren wurde, gab es keine einzige Entbindung in dieser Klinik. Auch wurde keiner von beiden im Auricher Standesamt registriert. Nach einem Telefonat mit Stefanie Bruckner weiß ich, dass Bellmann aus München stammt. Sie hat mir auch sein Geburtsdatum verraten. Ein Anruf im dortigen Standesamt hat genügt, um ihre Angaben zu bestätigen. Bellmann ist also raus.«

»Er scheidet deswegen allerdings noch nicht als Teichners Mörder aus«, warf Büttner ein. »Auch wenn ich es unter den gegebenen Umständen für eher unwahrscheinlich halte. Hat Frau Teichner die Geburtsurkunde ihres Sohnes gefaxt?«

»Ja.« Hasenkrug zog einen Zettel hervor und reichte ihm seinen Chef.

»Hm. Wie ich gesagt habe«, stellte Büttner nach kurzer Prüfung fest. »Ausgestellt im Auricher Standesamt.« Er kniff die Augen zusammen, dann entfuhr ihm ein erstaunter Ausruf. Er schob den Ausdruck zu Hasenkrug zurück. »Sehen Sie, was ich sehe? Oder bilde ich mir das nur ein?« Er deutete auf die Unterschrift auf der Urkunde.

Hasenkrug hob erstaunt die Brauen. »Es ist nicht besonders gut leserlich, aber könnte es Boonkamp heißen?« Er ließ den Zettel sinken. »Das wäre ja wirklich ein Ding.«

»Piet Boonkamp arbeitet bei der Stadtverwaltung in

Aurich«, überlegte Büttner. »Aber ob er schon damals …«

»Das kriegen wir …« Hasenkrug stockte in der Bewegung und ließ sich zurück auf seinen Stuhl sinken. »Na ja, morgen bekommen wir das raus. Jetzt dürfte das Amt nicht mehr besetzt sein.«

»Im nächsten Leben werde ich auch Verwaltungsangestellter«, seufzte Büttner. »Aber gehen wir mal davon aus, dass es tatsächlich Boonkamp war, der diese Urkunde unterzeichnet hat.«

»Und da Freddy Wagner in der Gemeindeverwaltung von Baltrum sitzt …«, ergänzte Hasenkrug.

»… deutet schon wieder alles darauf hin, dass die beiden gemeinsame Sache machen. Und das bereits seit mehr als vierzig Jahren.« Büttner nickte zufrieden.

»Wegen Urkundenfälschung könnten wir Boonkamp also schon mal drankriegen«, stellte Hasenkrug fest.

»Dann ist es ja bis zum Mord nicht mehr weit«, brummte Büttner in einem Anfall von Ironie. »Was haben wir noch?«

»Christoph Krüger.«

»Der Inselarzt? Was ist mit ihm?«

»Er hat damals als junger Assistenzarzt am Auricher Krankenhaus in der Gynäkologie gearbeitet.«

»Nicht Ihr Ernst!« Büttner war baff. »Der steckt da mit drin?«

»So erstaunlich finde ich den Gedanken nicht, nach allem, was in Sachen Halskette passiert ist«, meinte Hasenkrug. »Hab gedacht, es kann nicht schaden, zu schauen, wer zu der Zeit in der Gynäkologie beschäftigt war.«

Büttner nickte anerkennend. »Darf ich fragen, was Sie zu sich nehmen, dass bei Ihnen Geistesblitz auf Geistesblitz folgt?«

»Hohe Sauerstoffzufuhr. Ich treibe viel Sport, wissen Sie.«

Büttner verzog das Gesicht. »Und ich hatte gehofft, Sie sagen jetzt Schokoriegel oder so. Aber wenn es so ist, dann dürfen Sie Ihre Geistesblitze gerne behalten. So lange Sie nicht die Abteilung wechseln.«

Es klopfte an der Tür, und eine junge Polizistin trat ins Büro. Sie wedelte mit einem Zettel. »Ich hab hier die DNA-Analyse«, verkündete sie.

»Prima. Immer her damit!« Büttner winkte sie heran. Sie hatte die Tür noch nicht wieder hinter sich geschlossen, als er in die Hände klatschte und ausrief: »Bingo! Jetzt ist es amtlich! Helga Brandes ist ohne jeden Zweifel die Mutter von Florian Teichner!«

»Womit wir auf dem richtigen Weg sein dürften«, freute sich Hasenkrug. »Da hat sich die Mühe doch gelohnt! Jetzt müssten wir nur noch wissen, wer der Vater ist.«

»Freddy Wagner, jede Wette«, meinte Büttner, der immer noch über das ganze Gesicht strahlte. Nach all den Fragezeichen und Schweigeattacken der letzten Tage waren die heutigen Ergebnisse wahre Streicheleinheiten für seine Ermittlerseele.

»Das Mordmotiv scheint mir ein wenig schwach zu sein«, dämpfte Hasenkrug seine Euphorie, woraufhin Büttner seinen Assistenten mit einem bösen Blick bedachte.

»Sie sind eine echte Spaßbremse, Hasenkrug. Hab ich Ihnen das schon mal gesagt?«

»Es ist mein Lieblingssatz in meiner Best-of-Büttner-Zitatsammlung«, erklärte Hasenkrug. »Aber mal ehrlich: Wer begeht zwei Morde dafür, dass er vor mehr als vierzig Jahren ein Kind entführt und – vermutlich – auf illegalem Wege zur Adoption freigegeben hat?«

»Es könnte eine Panikreaktion gewesen sein«, schlug Büttner vor.

»Ein zweifacher Mord? Eine Panikreaktion?« Hasenkrug schüttelte den Kopf.

»Um eine Adoption hat es sich bei der Sache aber auch nicht gehandelt. Schließlich wurde eine Geburtsurkunde gefälscht. Vielmehr ... Ja, um was handelt es sich eigentlich?«

»Das können uns wiederum nur die Teichners erklären, solange wir über die Drahtzieher auf der anderen Seite nur spekulieren können«, meinte Hasenkrug. Er schaute auf die Uhr. »Noch wäre es nicht zu spät, sie zu besuchen.«

»Und selbst wenn«, erwiderte Büttner. Er stand auf und griff nach seiner Jacke. »In diesem Fall hielte ich einen Besuch bei den Teichners auch mitten in der Nacht für dringend geboten.«

Diesmal zog sich Butler Karl lieber gleich zurück, nachdem er die Kommissare an der Tür in Empfang genommen hatte. »Achtung, dicke Luft!«, gab er Büttner und Hasenkrug mit einem Fingerzeig auf die Tür des Wohnzimmers noch mit auf den Weg, was Büttner für eine ganz erstaunliche Bemerkung für einen sonst so formvollendet sprechenden Butler hielt. Er nahm an, dass irgendetwas Außergewöhnliches bis Dramatisches passiert sein musste, wenn Karl sich derart in seiner Wortwahl verstieg.

»Übersetzt sollte das wohl heißen, dass hier die Hütte brennt«, bemerkte Hasenkrug. »Gut möglich, dass hier jemand nach unserem Besuch am Mittag in Panik geraten ist.«

Da es anscheinend keiner der Teichners für nötig befand, sie in der Diele zu begrüßen, liefen Büttner und Hasenkrug nun geradewegs auf das Wohnzimmer zu. Nach einem kurzen, aber heftigen Klopfen warteten sie kein Herein ab, sondern traten einfach ein.

»Moin.« Büttner sah sich dem Ehepaar Teichner gegenüber, das am Flügel stand und ihnen mit ebenso bleichen wie ernsten Gesichtern entgegensah. Klaus Teichner hielt das gerahmte Foto seines Sohnes in der Hand. »Sie wissen es, oder?«, begrüßte er sie mit dunkler Stimme.

»Wir wissen, dass Florian nicht Ihr leiblicher Sohn ist«, erwiderte Büttner. »Auch wenn Sie mit aller Macht versucht haben, uns vom Gegenteil zu überzeugen«, wandte er sich an Christine Teichner. »Ich muss zugeben, dass ich zunächst an Ihre Geschichte geglaubt habe, während mein Assistent deutlich skeptischer war.«

»Und was hat Sie vom Gegenteil überzeugt?«, fragte Teichner.

»Wir haben Florians leibliche Mutter gefunden.«

Christine Teichner entfuhr ein quiekender Laut, und sie hielt sich erschrocken die Hand vor den Mund. »Aber ... aber das kann nicht sein«, rief sie aus. »Sie ... sie muss schon lange tot sein!«

»Nun ist sie es auch«, erklärte Büttner. »Sie erinnern sich, dass ich heute Mittag den Namen Helga Brandes erwähnte?«

»Die ... die tote Frau von Baltrum?«

»Ganz genau. Sie ist ... sie war Florians Mutter.«

»Musste Florian wegen ihr sterben?« Klaus Teichner war kreidebleich geworden.

»Vielleicht können wir uns setzen?«, fragte Büttner. »Ich hätte gerne, dass Sie mir alles ganz genau erzählen. Vor allem interessiert uns, was damals vorgefallen ist und wer, außer Ihnen, in die Sache involviert war.«

»Natürlich. Bitte, setzen Sie sich.« Klaus Teichner deutete auf die Louis-XIV-Stühle. Dann legte er den Arm um die Schulter seiner Frau und sie gingen, gebeugt wie zwei geprügelte Hunde, schleppenden Schrittes zum Sofa.

»Was ist damals passiert, Frau Teichner?«, fragte Büttner mit ruhiger Stimme. Zwar hatte er sich vorgenommen, kein Erbarmen zu zeigen, denn schließlich handelte es sich bei einer Kindesentführung um kein Kavaliersdelikt. Der Anblick dieser zwei gebrochenen Menschen aber ließ sogar einen Anflug von Mitleid in ihm aufkommen. Mit dem Tod ihres Sohnes hatten die Teichners die Höchststrafe bereits bekommen. Noch weiter auf sie einzuprügeln, wäre also völlig sinnlos, solange sie kooperierten. Und danach sah es aus.

»Wir ... wollten unbedingt ein Kind«, begann Christine Teichner zuerst zögernd, dann immer flüssiger zu erzählen. »Unser ganzes Leben wurde von dem Gedanken bestimmt. Wir waren am Boden zerstört, als wir erfuhren, dass wir auf natürlichem Wege keines bekommen würden.«

»Also haben wir beschlossen, eins zu adoptieren«, ergänzte Klaus Teichner, als seine Frau nun in Tränen ausbrach. »Aber dann war da dieser Mann.«

»Welcher Mann?«, fragte Büttner.

»Er saß eines Tages zufällig neben uns im Café.«

»In Berlin?«

»Ja. Er hörte uns über die Adoption reden. Er sagte, er wisse von einer jungen Frau, einer Sechzehnjährigen, die schwanger sei, das Kind aber unmöglich behalten könne. Sie werde das Kind zur Adoption freigeben.«

»Sie haben sich aber für den inoffiziellen Weg entschieden«, kürzte Büttner die Geschichte ab.

»Ja. Wir hielten … es damals für … für eine gute Idee«, sagte Christine Teichner mit gesenktem Kopf. Ihr Satz wurde durch einen heftigen Schluckauf in Fetzen gerissen. »Wir würden … ein eigenes Kind haben, ohne … Bürokratie, ohne Wartezeit, ohne Angst, dass eines … Tages die leibliche Mutter Rechte an dem Kind … anmelden würde.«

Büttner sah sie erstaunt an. »Wie konnten Sie sich denn da so sicher sein? Immerhin lebte die Mutter des Kindes doch.«

»Der Mann erzählte uns, dass die junge Frau unheilbar erkrankt sei. Das sei einer der Gründe, warum sie sich nicht um das Kind kümmern könne. Man müsse davon ausgehen, dass sie schon bald nach der Geburt sterben werde.«

»Und diese haarsträubende Geschichte haben Sie geglaubt?« In Hasenkrugs Stimme schwang Empörung mit. »Sie haben diese Story einfach so akzeptiert, ohne sie auch nur einmal zu hinterfragen? Wo gibt es denn so was?«

»So was gibt es, wenn man sich nichts sehnlicher wünscht als ein Kind«, sagte Klaus Teichner leise. »Nennen Sie uns naiv, aber wir haben damals alle Bedenken einfach beiseite gewischt. Wir waren wie geblendet von dem Gedanken, ein Kind zu haben und damit einer schwerkranken jungen Frau auch noch helfen zu können. Wir dachten, wenn sie ihr Kind in guten Händen weiß, könne sie in Frieden sterben.«

»Wie rührend.« Büttner lief es bei dieser Erklärung eiskalt den Rücken runter. Konnte es wirklich sein, dass zwei erwachsene Menschen derart verblendet reagierten, Kinderwunsch hin oder her? Dass sie nichts, aber auch rein gar nichts hinterfragten? »Haben Sie die junge Frau jemals zu Gesicht bekommen?«, fragte er.

»Nein. Der Mann meinte, dass es für beide Seiten besser sei, wenn alles anonym bliebe.«

Büttner musste sich beherrschen, ruhig zu bleiben. Sein Mitleid wich mit jedem Satz, den die Teichners von sich gaben, mehr und mehr einer Aggression. »Wie kam es dann zur Übergabe des Kindes?«, fragte er um Ruhe bemüht, merkte jedoch selber, dass seine Stimme vor unterdrückter Wut zitterte.

»Sobald es geboren war, bekamen wir einen Anruf, und es wurde ein Treffpunkt vereinbart. Der Mann brachte das Kind und die Geburtsurkunde, wir hatten das Geld dabei.«

»Geld.« Auch Hasenkrug schien fassungslos. »Sie haben das Kind gekauft? Wie man einen Welpen auf einem Autobahnparkplatz kauft?«

Büttner fühlte Übelkeit in sich aufsteigen. Nein, mit diesen Leuten konnte er kein Mitleid mehr haben. Sie hatten jeden Bonus, den er ihnen zwischenzeitlich zugestanden hatte, verspielt.

»So kann man es aber nicht sagen«, empörte sich Klaus Teichner. »Wir sind doch ... wir sind doch keine ...«

»Menschenhändler?«, half Hasenkrug ihm auf die Sprünge. »Doch. Genau das sind Sie.«

»Florian hat es immer gut bei uns gehabt. Die Lösung war gut für alle Seiten«, insistierte Christine Teichner. »Sie haben kein Recht ...«

»Was das Recht dazu zu sagen hat, überlassen wir dem Richter«, fuhr Büttner mit scharfer Stimme dazwischen. Er konnte sich nur noch mit Mühe beherrschen. »Und Sie haben sich nicht einziges Mal gefragt, ob das, was da läuft, Unrecht sein könnte?«, hakte er noch mal nach.

»Aber die junge Frau, sie war doch krank!«

»Das war sie nicht«, presste Büttner hervor. »Diese junge Frau war zeitlebens kerngesund. Bis man sie vermutlich wegen dieser Geschichte umbrachte. Und ihren Sohn, den sie nie in den Armen halten durfte. Man hat ihr wahrscheinlich erzählt, dass das Kind bei der Geburt gestorben ist.«

»Aber ... aber das haben wir nicht gewusst«, wisperte Christine Teichner.

»Weil Sie es nicht wissen wollten«, brachte Hasenkrug es auf den Punkt. »Weil Sie immer nur an Ihr eigenes Glück gedacht und damit das einer jungen Mutter zerstört haben.« Er zog sein Smartphone aus der Tasche und zeigte den Teichners die Fotos von Piet Boonkamp, Freddy Wagner und Christoph Krüger. »War es einer von diesen Männern, der Ihnen von dem Kind erzählt und es dann gebracht hat?«

»Er ... er war jünger.«

»Natürlich war er das!«, fauchte Büttner. »Es ist über vierzig Jahre her! Schauen Sie noch mal genau hin!«

»Der vielleicht«, sagte Klaus Teichner und tippte auf das Foto von Piet Boonkamp. »Was meinst du, Tine?«

Sie nickte. »Ja, das könnte er sein.« Sie hob den Blick. »Wer ist das?«

»Piet Boonkamp. Der Bruder von Helga Brandes«, sagte Hasenkrug, noch ehe Büttner es verhindern konnte.

Büttner sah seinen Assistenten irritiert an. Was für ein kapitaler Anfängerfehler! Hasenkrug wusste doch, dass man die Identitäten von Zeugen oder Verdächtigen nicht einfach preisgab! War es Absicht gewesen? Er würde Hasenkrug zur Rede stellen müssen.

Klaus Teichners Augen weiteten sich. »Heißt das, er hat seinen eigenen Neffen verkauft? Und er hat seiner eigenen Schwester das Kind geklaut und ihr gesagt, es sei tot?«

Büttner hob die Hand. »Noch wissen wir nicht, ob er es wirklich war. Und außerdem weiß ich nicht, warum ausgerechnet Sie sich darüber empören. Sie sind doch keinen Deut besser.«

»Wir haben es immer nur gut gemeint«, winselte Christine Teichner.

»Gut gemeint ist nicht immer auch gut gemacht«, erwiderte Büttner. »Hätten Sie damals auch nur für drei Pfennig nachgedacht, würde Ihr Sohn heute noch leben.«

»Aber er wäre nicht unser Sohn.«

»Das ist er nun auch nicht mehr.« Büttner verließ, gefolgt von Hasenkrug, ohne ein weiteres Wort das Haus. Selten in seinem Leben war er so angewidert gewesen wie von diesen Leuten.

26

Während sich David Büttner und Sebastian Hasenkrug am nächsten Morgen im Haus von Piet Boonkamp aufhielten, achtete jeweils ein uniformierter Kollege bei Freddy Wagner und Christoph Krüger darauf, dass sie weder ihr Zuhause verließen noch telefonierten. Diese zwei würden sich die Kommissare später vornehmen. Kurz hatte Büttner überlegt, den Inselpolizisten Thilo Küppers als Bewachung mit einzusetzen, doch war er sich trotz dessen vorbildlichen Verhaltens beim Fund des Leichnams von Helga Brandes nicht sicher, ob er, Auge in Auge mit einem mordverdächtigen Nachbarn, tatsächlich die Klappe halten würde. Also hatte er ihn gebeten, so lange in der Polizeistation zu bleiben, bis sich die Kollegen wieder bei ihm meldeten.

Piet Boonkamp hatte noch im Bett gelegen, als Büttner und Hasenkrug vor seiner Tür standen, denn es war gerade mal halb sieben. Nachdem sie ein paarmal Sturm geklingelt hatten, stand er nun völlig verschlafen und zerzaust vor ihnen. »Sagen Sie mal, haben Sie noch alle Latten am Zaun?«, schimpfte er und blinzelte sie aus nur einem Auge an.

»Das wollte ich Sie auch gerade fragen«, brummte Büttner und schob ihn fast schon grob beiseite. Er war denkbar schlecht gelaunt, was unter anderem daran lag, dass er in der Nacht kaum geschlafen hatte. Zu sehr hatte er sich über die Teichners ärgern müssen, die anscheinend der Meinung waren, mit Geld ließe sich alles regeln, selbst der Ankauf eines Neugeborenen. Im Geiste hatte er bereits ein Plädoyer für den Gerichtsprozess formuliert, obwohl es gar nicht seine Aufgabe sein würde, eines zu halten. Von ihm würde lediglich ein sachlich gehaltener Bericht zu den Fakten erwartet werden. Sachlich! Pah! Er wünschte wirklich, diesmal in der Rolle des Staatsanwalts zu sein, der – hoffentlich – ordentlich vom Leder und die Teichners in den Abgrund ziehen würde. Zu befürchten stand allerdings, dass der Anwalt der Teichners auf Verjährung plädieren und damit recht bekommen würde. Ihr gesellschaftliches Aus würde das Aufsehen, das dieser Fall in der Öffentlichkeit nach sich ziehen würde, hoffentlich dennoch bedeuten.

Bevor es aber so weit war, mussten sie die Drahtzieher der anderen Seite dingfest machen. Zwar hatten sie nun eine gewisse Ahnung davon, was sich damals zugetragen hatte; doch war es eine ganz andere Sache, Boonkamp und Wagner nachzuweisen, dass sie es waren, die das Kind an die Teichners verschachert und wahrscheinlich auch die Morde zu verantworten hatten. Von der Rolle, die der Inselarzt bei alledem womöglich gespielt hatte, mal ganz abgesehen.

»Kürzen wir es ab«, sagte Büttner, nachdem sie sich an den Küchentisch gesetzt hatten. »Gestern Abend haben die Teichners gestanden, dass sie vor mehr als vierzig Jahren das Kind Ihrer Schwester von Ihnen gekauft haben.« Büttners Augen verengten sich zu schmalen Schlitzen, als er hinzufügte: »Was für eine skrupellose Kreatur muss man eigentlich sein, um solch ein Geschäft abzuwickeln?«

Piet Boonkamp blieb ruhig. Einzig in seine Augen trat ein nervöses Flackern.

»Keine Ahnung, wovon Sie reden, Herr Kommissar«, sagte er mit erstaunlich ruhiger Stimme. »Ist ja aber auch noch früh am Tag. Da kommt man schon mal auf komische Ideen.«

»Teichner hat Sie als denjenigen identifiziert, der das Kind samt gefälschter Geburtsurkunde übergeben hat. Im Austausch gegen eine große Summe Geld«, sagte Hasenkrug und knallte die Urkunde vor ihm auf den Tisch. Das Flackern in Boonkamps Augen wurde heftiger. Er zog eine Zigarette aus der Schachtel und steckte sie an. Nach ein paar tiefen Zügen hob er den Blick und schaute Büttner und Hasenkrug offen in die Augen. »Sonst noch Märchen auf Lager?«, fragte er und blies den Rauch genau in Richtung der Kommissare.

»Sie haben diese Geburtsurkunde unterschrieben!«, bellte Büttner und hieb so fest mit der Faust auf das Dokument, dass das schmutzige Geschirr auf dem Tisch klirrte.

»Und wenn schon, was beweist das?«

»Sie geben es also zu?«

»Ich gebe gar nichts zu, weil ich gar nicht weiß, was Sie von mir wollen. Ich unterschreibe jeden Tag dutzende Urkunden. Und da soll ich mich an eine erinnern, die ich angeblich vor mehr als vierzig Jahren mal ausgestellt hab?« Er gab einen zischenden Laut von sich, wobei der Rauch durch die Zwischenräume seiner Zähne entwich. »Nun machen Sie sich doch nicht lächerlich.«

Büttner fluchte innerlich. Dieser Typ war aalglatt und sich anscheinend absolut sicher, dass sie – bis auf die gefälschte Geburtsurkunde – keine Beweise für seine Beteiligung an dem Verkauf des Kindes hatten. Und schon gar nicht für seine Beteiligung an den Morden. Womit er leider recht hatte. Am liebsten wäre Büttner dem Kerl an die Gurgel gegangen, um ein Geständnis aus ihm herauszuschütteln, doch war ihm klar, dass ihnen ein solcher Gewaltausbruch eher schaden als nutzen würde. An dieser Stelle würden sie nicht weiterkommen. Also stand er auf und sagte: »Gut, wenn Sie nicht reden wollen, dann nehmen wir Sie jetzt mit aufs Festland.«

»Das dürfen Sie nicht!«, empörte sich Boonkamp. Erstmals an diesem Morgen schien er nervös zu werden, denn seine Hand zitterte, als er die Zigarette zum Mund führte.

»Kommen Sie einfach mit. Oder ist es Ihnen lieber, wenn wir Sie …« Büttner hob für einen Moment irritiert den Kopf, als nun das Dröhnen eines Hubschraubers erklang, der dicht über dem Haus hinwegflog. »… in Handschellen abführen?«, beendete er seinen Satz, nachdem das durchdringende Geräuschpotpourri aus Motor und Rotor verklungen war.

Boonkamp erhob sich nur widerwillig von seinem Platz, doch hatte er anscheinend den Ernst der Lage erkannt und folgte den beiden Polizisten aus dem Haus. »Wohin gehen wir?«, brummte er, als er die Tür hinter sich ins Schloss gezogen hatte. »Die nächste Fähre kommt erst heute Mittag.«

Büttner gab keine Antwort, sondern steuerte schweigend auf das nicht weit entfernt liegende Haus von Freddy Wagner zu. An der Tür wurden sie von dessen Frau begrüßt, die ihnen freundlich zunickte. Offensichtlich freute sie sich darüber, dass man ihren Mann nun endgültig auf dem Kieker hatte. »Kommen Sie doch rein, Freddy erwartet Sie schon. Ich mache Ihnen einen Kaffee«, sagte sie in leutseligem Tonfall. »Oder lieber einen Tee?« Sie kassierte einen vernichtenden Blick von Piet Boonkamp, doch hatte sie für ihn nur ein höhnisches Grinsen übrig.

»Gar nichts, danke. Wir nehmen Ihren Mann mit auf die Polizeistation.« Büttner wandte sich an seinen Assistenten. »Wenn Sie bitte dafür sorgen könnten, dass auch Doktor Krüger dorthin kommt.« Aus den Augenwinkeln bemerkte er, dass Boonkamp und Wagner einen schnellen Blick wechselten, als der Name des Inselarztes fiel.

»Was glauben Sie eigentlich zu wissen, dass Sie uns wie Schwerverbrecher behandeln?«, bellte Freddy Wagner, der deutlich nervöser zu sein schien als sein Kumpel, denn er wand sich unbehaglich auf seinem Stuhl.

»Das werden wir Ihnen dann alles nachher auf dem Kommissariat erzählen. Aber eines kann ich Ihnen schon jetzt versprechen: Sie werden erstaunt sein, was wir alles über Ihre Missetaten herausgefunden haben.«

Während Boonkamp lediglich ein erneutes Zischen von sich gab, trat Wagner der Schweiß auf die Stirn. Hilfesuchend sah er zu seiner Frau, doch die stand nur mit verschränkten Armen da und grinste hämisch.

»Wenn Sie etwas von den Machenschaften Ihres Mannes in der Angelegenheit Teichner wissen, dann sagen Sie es uns, bitte«, sprach Büttner sie an. »Zwar haben wir schon sehr konkrete Zeugenaussagen zum Verkauf des Kindes, doch kann eine mehr nicht schaden.«

»Zum Verkauf des *Kindes?*« Luise Wagner bekam große Augen. »Was meinen Sie damit? Wer, um Himmels willen, hat denn ein Kind verkauft? Das ist doch wohl ...!«

»Du hältst die Klappe, Luise!« Boonkamp sah die Frau seines Freundes feindselig an.

Sie warf ihm einen ebenso irritierten wie finsteren Blick zu, doch verkniff sie sich jede weitere Bemerkung. Was angesichts der Umstände natürlich nicht verwunderte, doch hoffte Büttner, dass sie sich später bei ihnen melden würde. Zwar schien sie vom Kinderhandel nichts gewusst zu haben, doch war es trotzdem möglich, dass sie sachdienliche Hinweise zu bieten hatte, wenn man sie auf die richtige Spur setzte.

Christoph Krüger wartete bereits unter Aufsicht von Hasenkrug auf der Polizeistation, als Büttner rund fünfzehn Minuten später mit Boonkamp und Wagner im Schlepptau dort eintraf.

»Was fällt Ihnen ein, mich aus meiner Praxis hierher zu holen?«, wetterte der Arzt los, kaum dass er Büttner gesehen hatte. »Meine Patienten brauchen mich, und …«

»Wie damals in der Gynäkologie in Aurich?«, unterbrach Büttner ihn, was den Arzt prompt zum Verstummen brachte. Das Entsetzen in seinen Augen hätte nicht größer sein können. Ein eindeutiger Hinweis darauf, dass er tatsächlich Dreck am Stecken hatte, wie Büttner zufrieden feststellte.

Einen von den drei Männern würden sie knacken, da war er sich sicher. Und damit hätten sie auch die anderen. Wagner zitterte schon jetzt am ganzen Leib, und Krüger würde vermutlich versuchen, seinen Hals zu retten und alle Schuld auf seine Freunde zu schieben. Es war also nur eine Frage der Zeit, bis sie die ganze Wahrheit erfahren würden. Dieses kleine Sit-in hier auf Baltrum war eine gute Idee gewesen. Bis sie in den nächsten Stunden auf dem Festland ankommen würden, konnten die drei Herren ihr Kopfkino auf Hochtouren laufen lassen, ohne sich austauschen zu können. Das dürfte zumindest Wagner komplett zermürben, der seine Unterlippe vor lauter Nervosität schon blutig gekaut hatte.

»Ich habe die Kollegen von der Wasserschutzpolizei gebeten, uns einen Shuttle aufs Festland zu geben«, verkündete Hasenkrug. »Sie werden in rund einer Viertelstunde am Hafen sein.«

»Sehr schön.« Büttner nickte zufrieden. »Dann machen Sie sich auf einen spannenden Tag gefasst, meine Herren.«

»Ich will meinen Anwalt sprechen«, sagte Krüger mit dünner Stimme.

»Den werden Sie auch gebrauchen können«, erwiderte Büttner.

Der Arzt sah nicht so aus, als hätte ihn diese Bemerkung beruhigt. »Sie missverstehen das alles«, wimmerte er. »Ich hab mit alledem nichts zu tun.« Es fehlte nicht viel und er würde in Tränen ausbrechen. Die bösen Blicke seiner Freunde ignorierte er.

»Das können Sie uns alles später erzählen«, meinte Büttner mitleidlos. »Und ab jetzt reden Sie alle nur noch, wenn Sie gefragt werden. Auf geht's!«

Der Marsch der von Polizisten umrahmten drei Männer zum Hafen stieß auf Baltrum auf wenig Interesse. Nur vereinzelt kreuzte jemand ihren Weg. Vielmehr schien es, als würden sich die Insulaner absichtlich in ihren Häusern verschanzen. Sei es, weil es sie wirklich nicht interessierte, was hier vorging, sei es, weil sie nicht auffallen wollten.

Als sie an der Gaststätte von Ilse Akkermann vorbeikamen, stand diese mit verschränkten Armen in der Tür. Sie reagierte nicht auf Büttners Gruß, sondern schaute der Prozession mit versteinerter Miene hinterher. Büttner fragte sich, was sie von den Vorgängen rund um das Kidnapping des kleinen Florian Teichner wusste. Und vielleicht auch über die Morde.

Gut möglich, dass sie mit den drei Männern, die nun

mit mürrischem Blick neben ihm her stapften, nur die Spitze des Eisbergs vor sich hatten. Wer wusste schließlich schon zu sagen, welche Dynamiken sich bei solch einem Vorfall auf einer kleinen Insel wie dieser entwickelten? Wohin so etwas führen konnte, war ja an den Morden, die so lange Zeit später passierten, unschwer zu erkennen.

Aber Hasenkrug hatte recht: Es war fast nicht vorstellbar, dass jemand zwei Morde beging, um eine Tat, die strafrechtlich längst verjährt war, zu vertuschen. Sollte hinter der Sache womöglich viel mehr stecken, als sie heute annahmen? Und wenn ja, was? Womöglich ebenfalls ein Mord?

Büttner schluckte schwer, als ihm dieser Gedanke kam. Hatten sie vielleicht etwas übersehen? Er ließ sich bis zu seinem Assistenten zurückfallen, der den Abschluss der kleinen Prozession bildete. »Mir ist gerade ein Gedanke gekommen«, sagte er mit gesenkter Stimme. »Und zwar zu Ihrer Bemerkung, dass das Motiv Kindesentzug für einen Doppelmord ziemlich schwach sei. Oder so was in der Art.«

»Ja, das finde ich immer noch. Sie nicht?«

»Doch. Deshalb lassen Sie doch bitte mal überprüfen, ob es in den Tagen, als Florian Teichner geboren wurde, andere strafrechtlich relevante Vorfälle gab.«

»Sie meinen Mord?«

»Zum Beispiel. Vielleicht ist auch jemand verschwunden oder wird vermisst. Am besten überprüfen Sie einfach mal, ob Ihnen irgendetwas auffällt, was im Zusammenhang mit unserem Fall stehen könnte. Greifen kann ich es nicht, ist nur so ein Gefühl.«

»Okay, mache ich.«

Das Schiff der Wasserschutzpolizei lag bereits an der Pier, als sich die Gruppe näherte. Einer der Besatzungsmitglieder winkte sie heran und bedeutete ihnen, dass sie sofort zusteigen könnten.

»Die drei Verdächtigen zuerst«, sagte ein anderes Mitglied der Crew. Er grinste. »Wir passen auf, dass sie am anderen Ende nicht wieder über Bord springen.«

»Was heißt denn hier *Verdächtige*!«, brauste Piet Boonkamp auf. »Ich lasse mich doch von Ihnen nicht wie ein Krimineller behandeln! Das wird alles ...« Den letzten Satz brachte er nicht mehr zu Ende. Stattdessen verdrehte er plötzlich die Augen und sackte wie eine in sich zusammenfallende Marionette zu Boden. Auf seiner Brust bildete sich in Windeseile ein roter Fleck.

27

Sebastian Hasenkrug hatte blitzschnell reagiert, genauso wie ein Beamter der Wasserschutzpolizei. Als sie hörten, wie ein Schuss die Luft zerriss, hatten sie wie aus einem Reflex heraus ihre Waffen gezogen, ihr Ziel ausgemacht und geschossen. So kam es, dass nun nicht nur Piet Boonkamp, sondern auch der Angreifer verletzt am Boden lag. Oder waren sie womöglich tot?

Während sich Inselarzt Christoph Krüger um Piet Boonkamp kümmerte, hechtete Hasenkrug ohne zu zögern mit gezogener Pistole zum Angreifer, der sich auf Höhe des Kassenhäuschens befand, sich jedoch nicht mehr zu rühren schien. »Bleiben Sie am Boden!«, rief Hasenkrug ihm dennoch mehrmals entgegen. Büttner folgte seinem Assistenten in gemächlicherem Tempo. Seine Waffe hatte er, wie so oft, nicht dabei. Die Kollegen stellten derweil sicher, dass sich Freddy Wagner nicht aus dem Staub machte. Der jedoch stand wie versteinert neben seinem angeschossenen Kumpel und brabbelte unverständliches Zeug vor sich hin. Ein Fluchtversuch schien eher unwahrscheinlich.

»Es ist Klaus Teichner. Er ist tot«, stellte Hasenkrug fest, nachdem er sich dem angeschossenen Mann vorsichtig genähert und dessen Waffe an sich genommen hatte. Er zog seine Finger von Teichners Halsschlagader zurück und stand wieder auf. »Es war Notwehr«, sagte er mit bebender Stimme. »Er hat … zuerst geschossen.«

Büttner bemerkte, dass Hasenkrugs Knie zitterten. Nachdem er den Kollegen am Anleger einen Daumen runter angezeigt hatte, um ihnen zu signalisieren, dass hier nichts mehr zu machen war, legte er Hasenkrug eine Hand auf den Arm und sagte: »Natürlich war es Notwehr. Sie hatten gar keine andere Möglichkeit, als zu schießen, genauso wie der Kollege von der WaPo. Daran gibt es überhaupt nichts zu deuteln.«

»Ich bin schuld«, sagte Hasenkrug kaum hörbar.

»Das sind Sie nicht.«

»Doch. Ich hab es Teichner gesagt. Ich hab ihm gestern Boonkamps Namen genannt. Aber ich dachte, wenn ...« Er unterbrach sich selbst mitten im Satz und wischte sich mit beiden Händen übers Gesicht.

Büttner seufzte. Ja, das war allerdings ein Problem.

»Ich dachte ... ich dachte ... Ich habe darauf spekuliert, dass er mit Boonkamp Kontakt aufnimmt. Dass wir dann vielleicht etwas darüber erfahren, was damals gelaufen ist. Aber ... aber doch nicht das. Das ... das konnte doch keiner ahnen. Es konnte doch keiner ahnen, dass er hierher kommt und ...« Hasenkrug sah seinen Chef nun so flehentlich an, dass der gar nicht anders konnte, als ihm zu versichern: »Natürlich haben Sie nicht wissen können, dass Teichner derart überreagiert.« *Es war trotzdem ein grober Fehler*, fügte er in Gedanken hinzu, doch würde er einen Teufel tun, es laut auszusprechen. Auch hoffte er, dass niemand von den internen Ermittlungen jemals von diesem Patzer erfahren würde. Was, so musste sich Büttner eingestehen, relativ unwahrscheinlich war. Denn schließlich war auch Christine Teichner dabei gewesen, als Hasenkrug ihrem Mann Piet Boonkamps Namen genannt hatte. Hasenkrug konnte also nur abwarten, was noch auf ihn zukommen würde.

Büttner schaute zum Anleger hinüber. Boonkamp schien die Attacke überlebt zu haben, denn er wurde gerade auf eine Trage verfrachtet und dann an Bord gehievt. Der Inselarzt sowie sämtliche Kollegen der Wasserschutzpolizei und Freddy Wagner begleiteten ihn. Gleich darauf legte das Boot mit eingeschaltetem Blaulicht ab. Offensichtlich hatte der Kapitän beschlossen, den Patienten schnellstmöglich aufs Festland zu bringen. Der Transport des Leichnams würde also warten müssen, bis die nächste Fähre und mit ihr die Spurensicherung kam.

Thilo Küppers kam auf sie zu geschlendert. »Wer ist das?«, fragte er und deutete auf die Leiche.

»Klaus Teichner. Der Vater von Florian Teichner.«

»Oh.«

»Ja. Genau.«

Nach einem Blick auf den wachsbleichen Hasenkrug, sagte Küppers: »Dann werde ich mich mal darum kümmern, dass die Spusi hier anlandet. Und darum, dass hier alles abgesperrt wird. Kann ja nicht mehr lange dauern, bis die ersten Neugierigen aufschlagen.« Er faltete eine goldfarbene Wärmedecke auseinander, die er unter dem Arm trug, und legte sie über den Leichnam. »Hat mir der Kapitän mitgegeben«, erklärte er ungefragt. Er blickte sich um. »Ich frag mich ja, wie Teichner auf die Insel gekommen ist. Oder war er heute Morgen mit Ihnen auf der Fähre?«

»Nein. Wenn wir ihn gesehen hätten, wäre es ganz sicher nicht so weit gekommen.«

»Dann wird er es wohl gewesen sein, der vorhin mit dem Hubschrauber gekommen ist.«

Büttner nickte. Jetzt fiel auch ihm wieder der Helikopter ein, der so lautstark übers Haus von Freddy Wagner gedonnert war. »Verifizieren Sie bitte auch das«, sagte er zu Küppers. »Und rufen Sie bei den Kollegen in Oldenburg an, sie sollen Christine Teichner über den

Tod ihres Mannes unterrichten und ihr mitteilen, dass ich mich so bald wie möglich mit ihr in Verbindung setzen werde.«

Als Küppers in Richtung der Polizeistation davonlief, sah sich Büttner nach seinem Assistenten um, der plötzlich nicht mehr neben ihm stand. Er entdeckte Hasenkrug im Wartehäuschen sitzend, den Kopf hatte er in den Händen vergraben. Büttner ging zu ihm und legte ihm eine Hand auf die Schulter. »Kommen Sie, Hasenkrug. Wir holen uns jetzt bei Ilse Akkermann einen starken Kaffee. Und dann werde ich mich mal darum kümmern, wie Sie und ich schnellstmöglich von dieser vermaledeiten Insel herunterkommen.«

28

»Draußen auf dem Gang wartet schon seit einer ganzen Weile eine Dame auf Sie.« Mit diesen Worten empfing Marieluise Weniger die Kommissare, als sie gegen Mittag in ihrem Vorzimmer auftauchten. »Sie müssten eigentlich an ihr vorbeigekommen sein. Sie sagt, es ginge um den Mordfall Florian Teichner.«

Büttner trat ein paar Schritte zurück, während Sebastian Hasenkrug im Büro verschwand. Nach wie vor machte ihm der Gedanke, womöglich einen Menschen erschossen zu haben, schwer zu schaffen.

»Moin. Mein Name ist Büttner«, begrüßte er eine Dame um die sechzig, die zusammengekauert auf einem Stuhl saß. »Sie wollen mich sprechen?« Er musterte die kleine, zarte Gestalt, die so ätherisch aussah, als wollte sie sich gleich wieder verflüchtigen. Ihre dunkelumrandeten Augen erzählten von Trauer und Entbehrung.

»Ja«, sagte sie mit dünner Stimme. Sie griff sich an den Rücken, stand mit einem Ächzen auf und reichte Büttner die knochige, eiskalte Hand. »Ja, ich hätte schon viel früher kommen sollen.« Sie senkte den Kopf. »Viel, viel früher«, schickte sie fast flüsternd hinterher.

»Darf ich Ihren Namen erfahren?«

»Richter. Regine Richter.«

»Dann kommen Sie doch bitte mit in mein Büro, Frau Richter.« Büttner bat sie mit einer Geste hinein.

An der Tür zum Büro kam ihnen Sebastian Hasenkrug entgegen. »Ich bin dann mal bei der Polizeipsychologin«, murmelte er. »Bis später.« Er drehte sich noch einmal um. »Bislang keine Neuigkeiten zu Piet Boonkamp. Sie operieren noch.«

Büttner verkniff sich einen Seufzer der Erleichterung. Er hatte seinem Assistenten geraten, möglichst schnell die Psychologin aufzusuchen, und er war froh, dass Hasenkrug diesen Rat befolgte. Sie würde ihm die Schuldgefühle hoffentlich nehmen können.

»Bitte, setzen Sie sich.« Er wies der Frau einen Stuhl vor seinem Schreibtisch zu und nahm selbst dahinter Platz. »Darf ich Ihnen einen Kaffee anbieten?«

Regine Richter winkte ab. »Nein. Ich will es nur endlich hinter mich bringen.«

Das hörte sich ja wirklich dramatisch an, dachte Büttner. Er lehnte sich zurück und beschloss, die Frau einfach reden zu lassen.

»Es geht um Helene«, begann sie mit ihrem Bericht. »Sie wurde von allen nur Lene genannt.«

»Helene?« Büttner beugte sich vor. Die Frau sprach so leise, dass er sie kaum verstehen konnte.

»Ja. Helene Grebener. Sie war Hebamme am Auricher Krankenhaus.« Sie schaute auf und sah Büttner aus wässrigen Augen an. »Ich hab mitgekriegt, dass Ihre Kollegen im Krankenhaus Nachforschungen angestellt haben. Deswegen bin ich hier.«

Büttner wurde hellhörig. »Wann war Frau Grebener dort als Hebamme beschäftigt?«, fragte er, obwohl er die Antwort schon zu wissen glaubte.

»Sie war die Hebamme, die dem kleinen Jungen auf die Welt half. Er bekam den Namen Florian. Florian Teichner. Obwohl seine Mutter, das arme Ding, Helga Brandes hieß und es angeblich keinen Vater zu dem Kind gab. Ich ... ich hab diesen Namen nie wieder vergessen. Aber ich habe erst nach Lenes Verschwinden verstanden, warum er einen anderen Namen bekam als seine Mutter.« Sie knetete nervös ihre Hände im Schoß. »Ich schäme mich so«, flüsterte sie.

»Was hatten Sie damals mit dem Krankenhaus zu tun, Frau Richter?«

»Ich war dort Lernschwester. In diesen Wochen arbeitete ich auf der Gynäkologie.«

»Was ist damals passiert?« Büttner bemühte sich um eine ruhige Stimme, obwohl seine Nerven zum Zerreißen gespannt waren.

»Das Mädchen, sie war gerade sechzehn geworden, wurde an diesem Abend eingeliefert. Sie lag in den Wehen, angeblich gab es Komplikationen. Also entschied der Arzt, einen Kaiserschnitt zu machen.«

»*Angeblich* gab es Komplikationen?«, hakte Büttner nach.

Regine Richter seufzte. »Na ja, ich hatte nicht den Eindruck, dass es so war. Aber ich war ja auch noch in der Ausbildung. Der Arzt wird es wohl besser gewusst haben.«

»Wie hieß der Arzt?«

»Christoph Krüger. Er war aber nicht mehr lange am Krankenhaus. Er wurde Inselarzt auf Baltrum. Dort ist er meines Wissens heute noch.«

»Ja, das ist richtig«, bestätigte Büttner. »Was passierte, nachdem das Kind auf der Welt war?«

»Ein Mann kam, um es abzuholen.«

»Einfach so?«

»Ja. Aber Doktor Krüger und Lene schienen das ganz normal zu finden. Es hieß, das Kind würde zur Adoption freigegeben. Ich hab mich noch gewundert, weil man mir ja gesagt hatte, ich solle den Namen Florian Teichner auf das Armbändchen schreiben, das man dem Jungen umband. Aber wenn das Kind erst zur Adoption freigegeben werden sollte, warum wusste man dann zu diesem Zeitpunkt schon den Namen der zukünftigen Eltern? Und warum kam dann einfach so ein Mann auf die Station, um das Kind zu holen? So ein Vorgehen hatte ich noch nie erlebt, obwohl ich schon eine ganze Weile auf der Station war.«

Die Frau sah Büttner so fragend an, als könnte er ihr eine Antwort geben.

»Wissen Sie, wie der Mann hieß, der das Kind holte?«

»Der Arzt sprach ihn mit Freddy an, daran kann ich mich erinnern. Sagt Ihnen das was?«

Büttner schwieg und lud Regine Richter mit einer Geste ein, fortzufahren.

»Also, ich hab mich dann bei Lene erkundigt, was es damit auf sich hat, aber sie hat gesagt, dass ich keine Fragen stellen soll. Dass das alles schon seine Richtigkeit hat, hat sie gesagt. Und dass es besser für mich wäre, wenn ich nicht alles wüsste.«

»Was war mit der jungen Mutter? Hat sie mitbekommen, dass ihr Kind weggebracht wurde?«

»Nein. Sie lag noch in der Narkose. Als sie aufwachte ...« Regine Richter presste die Lippen zusammen und blickte an die Decke. Tränen flossen ihre Wange hinab. »Man ... man sagte ihr, dass ... das Kind gestorben ist. Sie fragte nach ihm, wollte es sehen, aber der Doktor konnte sie davon überzeugen, dass es besser sei, wenn sie es nicht sieht. Er hat irgendwas von Missbildungen gefaselt und so.«

Büttner schluckte schwer. Obwohl er es nach Jahrzehnten im Polizeidienst besser wissen müsste, konnte er immer noch nicht fassen, zu welchen Grausamkeiten Menschen in der Lage waren, wenn man ihnen nur genügend Geld bot.

Er räusperte sich, bevor er fragte: »Sie sagten gerade, Helene Grebener sei verschwunden?«

»Ja. Plötzlich war sie nicht mehr da, kam nicht zum Dienst.«

»Wann war das?«

»Wenige Tage nach dieser Entbindung.«

»Tauchte sie wieder auf?«

Regine Richter schluchzte auf und schüttelte den Kopf. »Nein. Lene ist bis heute verschwunden.«

Büttner griff zum Telefon. »Frau Weniger, lassen Sie doch bitte mal einen Vermisstenfall Helene Grebener überprüfen. Sie war Hebamme am Auricher Krankenhaus, als Florian Teichner das Licht der Welt erblickte. Vielen Dank.« Er legte wieder auf. »Haben Sie sich nach ihr erkundigt?«, wollte er dann wissen.

»Natürlich. Aber man hat mir gesagt, ich solle keine dummen Fragen stellen, Lene sei eben nicht mehr da. Und dann ...« Sie biss sich auf die Lippen, als wollte sie sich die nächsten Worte verbieten.

»Und dann?«

»Als ich immer wieder nach ihr gefragt habe, hat mir Doktor Krüger plötzlich Geld gegeben. Zehntausend Mark. Das war damals sehr viel Geld. Für mein Schweigen, hat er gesagt. Aber wenn ... aber wenn ich trotzdem was sagen würde, dann ... dann ...« Regine Richters Stimme brach in einem Weinkrampf.

Büttner ließ ihr Zeit, sich zu beruhigen, dann hakte er nach. »Womit hat er Ihnen gedroht?«

»Dass ... dass ich dann den gleichen Weg gehen würde wie Lene.« Ihr ganzer Körper wurde nun von heftigen Schluchzern geschüttelt.

»Wir müssen also davon ausgehen, dass Helene Grebener ermordet worden ist«, sagte Büttner mehr zu sich selbst, während sich Regine Richter ins Taschentuch schnäuzte. Womit wir womöglich das Motiv für die Morde an Helga Brandes und Florian Teichner hätten, dachte er. Hasenkrug hatte also recht. Es steckte mehr dahinter als eine Kindesentführung. Blieb die Frage, warum die Hebamme hatte sterben müssen, denn anscheinend hatte sie das Komplott doch zunächst mitgetragen.

»Ich ... ich hätte da-damals gleich zur ... zur Po-Polizei gehen müssen.« Regine Richter schluchzte jetzt zum Gotterbarmen. Sie schaffte es vor lauter Hicksen kaum noch, sich zu artikulieren. »Aber ich hatte doch solche Angst! Solch schreckliche Angst!«

»Vermutlich konnten Sie auch das Geld ganz gut gebrauchen«, murmelte Büttner.

»Und nun ist der kleine Florian wirklich tot? Und seine Mutter auch?«, schluchzte Regine Richter, als wollte sie sich bei Büttner vergewissern, dass das alles kein Irrtum gewesen sein.

»Ja. Aber so klein war Florian nicht mehr.«

»War es ... war es wegen all dem?«

»Sie meinen, ob die beiden wegen der Geschichte von damals haben sterben müssen?«

Regine Richter nickte.

»Ja, es deutet alles darauf hin«, bestätigte Büttner.

»Und das alles nur, weil ich nichts gesagt habe. Ich weiß gar nicht, wie ich mit dem Wissen jetzt weiterleben soll. Dabei war es ... es war doch all die Jahre schon so schwer.«

»Diese Schuld kann Ihnen keiner nehmen«, erwiderte Büttner. Nach Mitleid stand ihm nicht der Sinn, auch nicht mit dieser gebrochenen Frau. Hätte sie sich damals gegen das Geld und für die Wahrheit entscheiden, wäre vielen Menschen eine Menge Leid erspart geblieben.

»Ich ... ich würde dann gerne gehen«, schluchzte Regine Richter.

»Zunächst müssten Sie das alles noch zu Protokoll geben. Ein Kollege wird Sie gleich hier abholen. Halten Sie sich danach bitte zu unserer Verfügung. Gut möglich, dass der Staatsanwalt noch ein paar Fragen an Sie hat.«

»Natürlich. Ich werde alles sagen, was ich weiß. Das bin ich dem Kind und seiner Mutter schuldig.«

Büttner stand auf und gab ihr die Hand. »Eine etwas späte Einsicht, Frau Richter. Aber vielen Dank, dass Sie heute den Mut gefunden haben, hierherzukommen. Sie haben uns sehr geholfen.«

29

»Wie geht es Piet?« Freddy Wagner war sofort aufgesprungen, als David Büttner den Vernehmungsraum betrat, und schaute ihn mit von Panik erfüllten Augen an.

»Er wird noch operiert.« Büttner setzte sich. Gerade hatte er erfahren, dass es tatsächlich die Kugel aus Hasenkrugs Dienstpistole war, die Klaus Teichner getötet hatte, während die des Kollegen von der Wasserschutzpolizei ihn nur am Arm getroffen hatte. Büttner würde es seinem Assistenten schonend beibringen müssen und ihm graute davor.

»Zeit für die Wahrheit, Herr Wagner«, begann Büttner die Vernehmung. Er musterte sein Gegenüber aus schmalen Augen. Anscheinend hatte der sich einigermaßen vom Schock erholt, auch wenn er noch reichlich blass um die Nase aussah. Zudem schien er gar nicht wahrzunehmen, dass er ständig mit den Füßen über den Laminatboden schabte. Ein Geräusch, das Büttner zunehmend aggressiv machte. »Halten Sie Ihre Füße ruhig!«, brummte er, um Ruhe bemüht, woraufhin Wagner verdutzt nach unten schaute. Das Schaben verstummte.

»Wir haben einen Zeugen für das, was nach Florian Teichners Geburt im Auricher Krankenhaus geschehen ist«, kam Büttner gleich zur Sache. »Wir wissen, dass er per Kaiserschnitt auf die Welt kam, ausgeführt von keinem Geringeren als Christoph Krüger. Das Kind wurde der Mutter weggenommen, und Sie, Herr Wagner, haben es für teures Geld an die Teichners verschachert. Piet Boonkamp hat die dazugehörige Geburtsurkunde gefälscht. Sie liegt uns vor. Versuchen Sie gar nicht erst, das alles zu leugnen. Wie gesagt, wir können es beweisen. Außerdem haben wir Hinweise darauf, dass die bei der Geburt anwesende Hebamme, Helene Grebener, wenige Tage nach der Entbindung ermordet wurde. Und nun wüsste ich gerne von Ihnen, warum. Wollte sie nicht mehr mitspielen?« Büttner hatte von Frau Weniger die Bestätigung bekommen, dass Helene Grebener nur wenige Tage nach Florians Geburt von ihren Eltern als vermisst gemeldet worden und nie wieder aufgetaucht war.

Wagner war mit jedem Satz, den Büttner sagte, tiefer in sich zusammengesunken. Als Büttner schließlich den Namen Helene Grebener erwähnte, war es um seine Beherrschung geschehen. Er brach in Tränen aus. »Ich hab das doch alles nicht gewollt«, jammerte er. »Ich hab das alles nicht gewollt! Bitte, das müssen Sie mir glauben, Herr Kommissar!« Er schaute Büttner aus verheulten Augen an. »Es war alles Piets Idee. Ich hab nur das Kind aus dem Krankenhaus geholt.«

»Und jede Menge Geld dafür kassiert«, meinte Büttner. »Haben Sie auch die Hebamme umgebracht?« Er verdrehte entnervt die Augen. »Und halten Sie die Füße ruhig, verdammt noch mal! Sie schaben ja schon wieder!«

Freddy Wagner fuhr erschrocken auf und wedelte hektisch mit der Hand. »Nein! Nein, das war ich nicht. Das war Piet. Ich weiß auch gar nicht, was er mit ihr gemacht hat. Er hat es mir nie gesagt. Das müssen Sie ihn schon selber fragen.«

»Warum musste sie sterben?«

»Sie ... sie wollte uns erpressen. Sie hat Geld gekriegt,

ihren Anteil eben. Aber dann wollte sie mehr. Die ... die hätte doch nie wieder damit aufgehört!«

»Wie empörend.« Büttner zog eine Grimasse. »Aber ohne Sie hätte sie überhaupt nicht damit angefangen. Sie wollen ihr jetzt nicht wirklich die Schuld an dem ganzen Schlamassel geben, oder?«

»Aber hätte sie einfach nur ...!«

Büttner donnerte seine Faust auf den Tisch. »Schluss jetzt! Wären Sie nicht auf die schwachsinnige Idee gekommen, einer Mutter das Kind zu nehmen, dann wäre das alles nicht passiert! Spielen Sie sich hier bloß nicht als Opfer auf, sonst ziehe ich ganz andere Saiten auf, das kann ich Ihnen versprechen! Sie glauben gar nicht, wie sehr Sie mich anwidern, Wagner!« Büttner schlug erneut auf den Tisch ein. »Und nun hören Sie endlich auf zu flennen, Herrgott noch mal! Und sagen Sie mir, warum Frau Brandes das Kind nicht behalten durfte.«

»Helga war doch erst sechzehn«, wimmerte Wagner. »Das Kind hätte ihr ganzes Leben versaut. Eigentlich wollte sie es auch gar nicht haben. Aber abtreiben lassen wollte sie es auch nicht, was Piet und mich ziemlich wütend gemacht hat. Wie kann eine so junge Frau ihr Leben so wegschmeißen? Also haben wir uns was ausgedacht, wie wir das Kind auf andere Art loswerden können. Wir ... wir haben es nur gut gemeint.«

Die Tür öffnete sich, und eine junge Polizistin kam herein. Sie reichte Büttner einen Zettel, dann ging sie wieder hinaus. Büttner las die Notiz, verzog gequält das Gesicht, beschloss aber, den Inhalt vorerst für sich zu behalten.

»Was hatte es mit der Halskette auf sich?«, wechselte er das Thema, weil er das Gefühl hatte, Wagner ansonsten seine Faust ins Gesicht rammen zu müssen. »Und diesmal bitte keine Lügen.«

Freddy Wagner musterte die Notiz in Büttners Händen misstrauisch, doch hatte er keine Chance zu erkennen, was auf dem Zettel stand. »Ich hab sie Luise weggenommen und sie Helga geschenkt.«

»Ja, weil Helga Sie verlassen wollte. Erzählen Sie mal was Neues. Wie kam die Kette in den Besitz von Piet Boonkamp?« Als Wagner mit der Antwort zögerte, beugte er sich vor und zischte: »Glauben Sie wirklich, dass Ihr Freund Boonkamp jetzt noch die Klappe halten wird, nach allem, was passiert ist? Er wird Sie hinhängen, Wagner, um sich selbst zu schützen. Ich würde Ihnen also raten, schneller und vor allem präziser zu sein als er. Und dann ist da ja auch noch Doktor Krüger, der nichts unversucht lässt, um unbeschadet aus der Sache herauszukommen.« Büttner entschied sich für einen Bluff. »So hat er zum Beispiel gerade behauptet, dass Sie es waren, der Kaliumchlorid aus seiner Praxis gestohlen und es Helga Brandes, Harm Tholen und Florian Teichner verabreicht haben.«

Wagner schnappte nach Luft. »Aber das ist nicht wahr!«, donnerte er los. »Das ist nicht wahr! Piet hat es getan! Piet hat die beiden aus dem Weg geräumt! Er war es auch, der das Zeug beim Doc geklaut hat! Ich schwöre bei allem, was mir heilig ist, dass ich es nicht war!«

»Heilig dürfte Ihnen ja nicht allzu viel sein, wenn Sie nicht mal Respekt vor Menschenleben haben«, knurrte Büttner. »Dann war Piet Boonkamp an diesem Montag also auf der Insel und nicht, wie er behauptet, auf dem Festland?«

»Ja. Er kam nach der Arbeit auf die Insel. Er rief mich an und sagte, dass uns keine Zeit mehr bleibt. Er würde sich drum kümmern, dass Helga und Florian nicht aufeinandertreffen, sagte er. Ich hatte ja keine Ahnung, dass ...« Seine Augen füllten sich mit Tränen. »Aber es ging ja nicht anders.«

»Und wer hat den Leichnam von Frau Brandes in die Nordsee geschmissen?«

»Piet und ich sind mit dem Boot rausgefahren.«

»Das haben Sie ihr also antun können?« Büttner zog eine Grimasse. »Okay. Das werden wir alles überprüfen. Aber nun noch mal: Wie war das mit der Halskette Ihrer Frau? Wie ist sie in die Hände von Piet Boonkamp gelangt, und was hatte er mit ihr vor?«

Wagner sog tief die Luft ein. »Wir, also Piet, Christoph und ich, hatten beschlossen, sie Florian Teichner zu geben.«

Büttner zog seine Stirn in Falten. »Was wollten Sie damit erreichen? Dass Teichner die Klappe hält?«

Freddy Wagner nickte. »Ja. Er hat damit gedroht, zur Polizei zu gehen. Piet meinte, wenn Teichner die Kette bekommt, die ja ein kleines Vermögen wert ist, dann hört er endlich auf, auf der Insel herumzuschnüffeln. Er ... er wollte doch unbedingt herausfinden, wer seine Mutter auf dem Gewissen hat. Das ... das konnten wir doch nicht zulassen.«

»Dabei dürften Sie übersehen haben, dass Teichner schon über so viel Geld verfügt, dass ihm die Kette reichlich egal sein konnte. Nicht alle sind so schäbig und käuflich wie Sie, Wagner.«

»Aber ...«

»Wie haben Sie von Teichners Plänen erfahren? Woher wussten Sie, dass er auf der Suche nach seiner leiblichen Mutter war?«

»Ich wusste es von Helga.« Freddy sah beschämt zu Boden.

»Frau Brandes wusste also, dass ihr Sohn wider Erwarten noch lebte?«

»Ja.« Wagner senkte den Kopf. »Ja, sie wusste es. Eines Abends, das mag wohl zwei, drei Wochen her sein, kam sie mir ganz aufgeregt entgegengerannt, als ich sie besuchen kam. *Du glaubst nicht, was passiert ist*, sagte sie immer wieder und hatte ganz rote Wangen dabei. Fast sah sie aus, als hätte sie Fieber. *Stell dir vor, mein Kind lebt*, sagte sie. *Der Junge lebt! Er hat mich angerufen! Und er kommt mich besuchen. Wie kann das nur sein, Freddy! Wie kann das nur sein!* Sie war wirklich völlig aus dem Häuschen.«

»Worauf bei Ihnen sämtliche Alarmglocken zu läuten begannen«, bemerkte Büttner säuerlich. »Wie haben Sie reagiert?«

»Ich war natürlich in Panik. Also bin ich zu Piet und Christoph und hab ihnen das erzählt.«

»Und dann haben Sie gemeinsam einen Plan geschmiedet, wie Sie sich dieses Problems entledigen können.«

Wagner nickte. »Es ging doch nicht anders. Sonst wären wir alle aufgeflogen«, sagte er mit schwacher Stimme. »Vor allem der Mord an Helene. Es ging doch nicht, dass der auffliegt. Mord verjährt ja nicht, aber das wissen Sie ja.«

»Ein zweifacher Mord, um einen einfachen zu vertuschen, ist ein ziemlich hoher Preis«, stellte Büttner fest.

»Es … es ging doch nicht anders.«

»Doch, es geht immer anders. Sie sehen ja jetzt, was Ihnen das alles eingebracht hat.« Büttner machte eine kurze Pause, dann fragte er: »Haben Sie mit Florian Teichner und Michael Bellmann Skat gespielt, um herauszubekommen, was sie vorhaben? Wussten Sie da schon, dass es sich um Helga Brandes' Sohn handelt?«

»Ja. Helga hatte mir ganz stolz ein Foto gezeigt. Aber Florian … also Teichner … er hat nichts gesagt. Der wollte wohl nicht, dass es jemand weiß, außer Helga.«

»Wie hat er reagiert, als er erfuhr, dass seine Mutter tot ist? Dass er zu spät kam, um sie persönlich kennen zu lernen?«

Wagner zuckte die Schultern. »Ich hab keine Ahnung. Als ich ihn zum ersten Mal traf, war er sehr gefasst. Man hat ihm gar nicht angemerkt, dass er was im Schilde führt.«

»Im Schilde führt?« Büttner sah ihn finster an. »Sie tun gerade so, als hätte er ein Verbrechen geplant. Er wollte seine leibliche Mutter kennenlernen, Wagner, und das wird ja wohl noch erlaubt sein! Der Verbrecher sind Sie, vergessen Sie das nicht!« Büttner schnaubte. »Na ja, ich werde schon dafür sorgen, dass Sie es nicht vergessen.«

Wagner presste die Lippen zu einem schmalen, blassen Strich zusammen, erwiderte aber nichts darauf.

»Wer wusste noch davon?« Büttner las die Namen von einem Zettel ab. »Menko Bruhns? Ilse Akkermann? Harm Tholen?« Er stutzte. »Genau, was ist eigentlich mit Harm Tholen? Warum hat man ihn, mit Betäubungsmitteln vollgepumpt, neben dem Leichnam von Helga Brandes gefunden?«

»Piet sagt, das hat er nicht gewollt. Er sagt, Harm war einfach zur falschen Zeit am falschen Ort. Gerade hatte er Helga das Messer ... also, sie war gerade tot, als Harm da plötzlich am Strand rumstand. Also hat er ihm ein paar über die Rübe gegeben und ihm dann noch eine Spritze verpasst.«

»Er hat also auch den Tod von Harm Tholen in Kauf genommen«, konstatierte Büttner. »Oder hat er sogar gehofft, dass er stirbt, falls Tholen doch mehr gesehen hatte, als er sollte?«

Wieder zuckte Wagner die Schultern. »Kann sein.«

»Aber zur Vorsicht hat er ihm noch das Messer in die Hand gedrückt, um den Verdacht auf ihn zu lenken.«

»Könnt ich mir vorstellen, ja.«

»Und was ist nun mit Menko Bruhns und Ilse Akkermann?«

»Die wussten von nichts.«

»Und warum haben sie dann die Ermittlungen behindert?«

»Kann mir nur vorstellen, dass sie eben auf unserer Seite waren. So ist das auf ’ner Insel. Da hält man zusammen, wenn einer in der Scheiße steckt.«

Büttner lachte rau auf. »Wie rührend. Mir kommen die Tränen.« Er fixierte Wagner so lange, bis der wieder mit den Füßen zu schaben begann. »Sind Sie der Vater von Florian?«, fragte er. »Und halten Sie jetzt endlich die Füße ruhig!«

»Ich ... ich fürchte ja.«

»Sie konnten sich also mit dem Gedanken anfreunden, Ihren eigenen Sohn zuerst meistbietend zu verschachern und dann daran mitzuwirken, ihn umzubringen. Na bravo! Der Richter wird von so viel Vaterliebe so begeistert sein, dass er vermutlich das volle Strafmaß ausnutzen wird. Nun gut, so hat eben jeder seinen Spaß.« Er schaute Wagner direkt in die Augen. »Wie ist Piet Boonkamp eigentlich an die Teichners gekommen? War er damals wirklich zufällig in Berlin?«

»Das sagt er zumindest.«

»Geht es etwas genauer?«

Wagner hob die Arme. »Ich weiß es nicht, Mann! Ich weiß nur, dass die Teichners plötzlich da waren und unbedingt das Kind kaufen wollten. Es war wie ein Sechser im Lotto. Wenn Sie es genauer wissen wollen, dann müssen Sie Piet schon selber fragen.«

Büttner seufzte theatralisch und tippte auf die Notiz.

»Tja, das ist jetzt blöd, Herr Wagner. Das würde ich ja gerne. Doch leider ist Ihr Kumpel während der OP seinen schweren Verletzungen erlegen.«

Wagner schrie entsetzt auf, doch Büttner beachtete ihn nicht mehr.

30

»Sie hatten keine andere Wahl, Hasenkrug!« David Büttner sah seinen Assistenten beschwörend an. »Sie mussten schießen. Wer weiß, wie viele Menschen Teichner sonst noch zum Opfer gefallen wären.«

Sebastian Hasenkrug schluckte schwer. Er sah mitgenommen aus. Anscheinend hatte auch die Psychologin ihm die Schuldgefühle nicht nehmen können. »Er hatte es auf Piet Boonkamp abgesehen. Er hätte nicht weiter geschossen.«

»Das können Sie nicht wissen. Wenn so ein Typ erst mal durchdreht, dann weiß man nie ...«

»*Sie* können es auch nicht wissen«, fuhr Hasenkrug seinen Chef an. »Ich glaube nicht daran, dass er durchgedreht wäre. Er hat Boonkamp mit einem sauberen Schuss in die Brust getötet. Richtige Maßarbeit war das. Er scheint bei den Sportschützen viel gelernt zu haben.« Hasenkrug schüttelte den Kopf. »Nein, er hätte nicht weitergeschossen. Es gab für mich keinen Grund, ihn zu töten.«

Büttner seufzte innerlich. »Sie haben alles richtig gemacht, Hasenkrug. Alles.« Er griff nach einem Schokoriegel, um seine Nerven zu beruhigen.

»Krieg ich auch einen?«

Büttner sah erstaunt auf. »Sie wollen einen Schokoriegel?« Er konnte sich nicht erinnern, dass Hasenkrug jemals zuvor einen geschnorrt hatte.

»Was ist daran so besonders?«

»Alles.« Büttner warf ihm einen Riegel rüber, Hasenkrug fing ihn geschickt auf. Wie ein Verhungernder riss er das Papier auf und biss ein großes Stück ab. »Puh, das habe ich jetzt gebraucht.«

»Ich sag ja, dass das Medizin ist«, murmelte Büttner. Während sie vor sich hin kauten, berichtete Büttner von Freddy Wagners Vernehmung. »Sieht so aus, als hätte Boonkamp das alles eingefädelt«, schloss er.

»Das würde ich an Wagners Stelle auch behaupten«, meinte Hasenkrug, der anscheinend bemüht war, sich wieder auf die Fakten des Falls zu konzentrieren. »Gerade jetzt, da Boonkamp tot ist, kann er alle Schuld auf ihn schieben. Boonkamp kann sich ja nicht wehren.«

»Wie auch immer«, erwiderte Büttner. »Wichtig ist nur, dass wir die Tatbeteiligten kennen. Wer genau was auf dem Kerbholz hat, bekommen wir schon noch heraus. Wir werden Wagner und Krüger die ganze Geschichte noch zigmal erzählen lassen, und dann schauen wir mal, wie lange sie sich noch einig sind.«

»Sie werden sich abgesprochen haben«, gab Hasenkrug zu bedenken, dem der Schokoriegel richtig gut zu tun schien, denn sein Gesicht hatte endlich wieder Farbe bekommen.

Büttner warf ihm einen zweiten Riegel zu. Viel hilft viel, dachte er sich. »Natürlich haben sie sich abgesprochen. Da war aber Boonkamp noch im Spiel. Sein Tod wird bei Wagner und Krüger Verwirrung stiften. Ich bin zuversichtlich, dass sie sich total verheddern, zumal sie sich ja nun nicht mehr absprechen können.«

»Trotzdem sind wir es, die Beweise liefern müssen.«

»Das kriegen wir schon hin. Klar dürfte sein, dass beide in den Knast einfahren, unabhängig davon, was im Einzelnen bewiesen werden kann. Mittäterschaft bei Kindesentzug, Menschenhandel und drei Morden dürfte für ein paar Jahre allemal ausreichen.«

»Sie scheinen Spaß an dem Gedanken zu haben, dass die beiden für Jahre sitzen werden«, stellte Hasenkrug fest.

»Natürlich hab ich das. Solche Kreaturen dürfen nicht frei herumlaufen. Das wird der Richter genauso sehen.« Büttner blickte zur Tür, die sich geöffnet hatte. »Was gibt es, Frau Weniger?«

»Michael Bellmann ist gerade gekommen.«

Büttner und Hasenkrug tauschten einen erstaunten Blick. »Na so was«, sagte Büttner dann. »Bitte, lassen Sie ihn eintreten.«

Michael Bellmann war nur noch ein Schatten seiner selbst. Büttner hatte ihn als sportlich-adretten Mann in Erinnerung. Der Mensch aber, der nun vor ihm stand, hatte eine gräuliche Gesichtsfarbe, um seine Augen herum zuckte es nervös. Auch schien er abgenommen zu haben, denn seine Kleidung schlackerte nur so um seinen Körper.

»Schön, dass Sie endlich den Weg zu uns gefunden haben«, begrüßte Büttner ihn und wies ihm einen Stuhl zu. »Eigentlich hatten wir uns Ihr Auftauchen schon früher erhofft. Woher der plötzliche Sinneswandel?«

»Florians Mutter hat Stefanie angerufen und ihr erzählt, dass Klaus Teichner tot ist. Daraufhin hat Stefanie mich angerufen und gesagt, ich soll Ihnen endlich sagen, was passiert ist.« Bellmann legte den Kopf in den Nacken und raufte sich die Haare. »Was für eine grandiose Scheiße, Mann!«

Büttner warf seinem Assistenten einen prüfenden Blick zu, als Bellmann Florians Vater erwähnte, doch blieb Hasenkrug ganz ruhig. Was hoffentlich ein Zeichen dafür war, dass die Schokoriegel in Sachen Entspannung ganze Arbeit geleistet hatten. »Ja«, sagte er mit Blick auf Bellmann, »da haben Sie recht. Das alles ist wenig erfreulich. Aber vielleicht könnten Sie uns verraten, warum Sie sich aus dem Staub gemacht und vor uns versteckt haben?«

Bellmanns Kiefer mahlte. »Man hat mich bedroht«, presste er hervor. »Nachdem Florian tot war, hat man mir gesagt, dass ich der nächste sein würde, wenn ich nicht die Klappe halte.«

»Wer war das?«

»Piet Boonkamp. Er kam zu mir und hat mir ein Messer an die Kehle gesetzt.« Bellmann deutete auf seinen Hals, an dem eine verschorfte Narbe zu erkennen war.

»Boonkamp ist tot«, klärte Büttner ihn auf.

»Das ist gut.« Bellmann rieb sich die Kehle, als könnte er das Messer noch spüren. »Dann hat Klaus ja doch noch was Gutes getan.«

»Wie haben Sie die Insel verlassen, nachdem Ihr Freund tot war?«, mischte sich Hasenkrug ins Gespräch. »Es kann weder per Fähre noch Hubschrauber oder Flugzeug gewesen sein.«

»Durchs Watt.«

»Durchs Watt?« Büttner sah ihn ungläubig an.

»Ja. Es war die einzige Möglichkeit.«

»Sie wären ersoffen«, knurrte Büttner, der nicht wusste, ob er dem Mann glauben sollte. »Alleine durchs Watt zu gehen, ist doch …«

»Ich hatte einen Wattführer engagiert. Bei der nächsten Ebbe sind wir rüber.«

»Wie ist der Name des Wattführers?«

»Ich werde ihn nicht verraten. Will den Mann da nicht mit reinziehen.«

»Sehr ehrenhaft von Ihnen, aber …«

Michael Bellmanns Blick bekam etwas Eindringliches. »Ich werde ihn da nicht mit reinziehen, okay?! Er hat nichts gemacht. Die ganze Sache hat doch nun wirklich schon genug Menschen in Schwierigkeiten gebracht.« Er senkte die Stimme. »Und Schlimmeres.«

»Wussten Sie, dass Florian Teichner seine leibliche Mutter besuchen wollte, als Sie nach Baltrum fuhren?«, fragte Hasenkrug.

»Nein. Ich dachte, wir spannen einfach mal für ein paar Tage aus.«

»Wann hat Teichner es Ihnen gesagt?«

»Nachdem er erfahren hat, dass seine Mutter ermordet aufgefunden wurde. Er war … sehr enttäuscht.« Bellmann schüttelte den Kopf. »Und dann hat er sich in den Kopf gesetzt, den Mörder seiner Mutter zu finden.«

Büttner hob die Brauen. »Er hat sozusagen selber ermittelt?«

»Ja. Ich hab ihm gesagt, er soll das lassen. Ich hab ihm gesagt, dass er sich nicht mit Mördern anlegen soll, dass er zur Polizei gehen soll. Aber er wollte nicht auf mich hören.« Er hob die Hände und ließ sie wieder sinken. »Wo das geendet hat, wissen wir jetzt.«

»Waren Sie dabei, als man Teichner ermordet hat?«

»Nein. Ich war in der Wohnung. Ich wusste nicht, was Florian vorhat. Er hat gesagt, dass er vor dem Schlafengehen noch mal Luft schnappen will, um den Kopf freizubekommen. Dass er sich mit seinem Mörder treffen würde, konnte ich ja nicht ahnen.«

»Wissen Sie, ob ihn im Vorfeld dieses Treffens jemand angerufen oder angeschrieben hat?«

Bellmann zog die Stirn kraus und überlegte. Dann nickte er. »Jetzt, wo Sie's sagen. Ja, da kam ein Anruf. Vielleicht 'ne halbe Stunde, bevor er los ist.«

»Bei Anruf Mord«, murmelte Büttner. Er machte seinem Assistenten ein Zeichen, dass besagtes Telefonat überprüft werden sollte.

»Was wissen Sie über die Halskette?«, fragte Hasenkrug, nachdem er sich eine Notiz gemacht hatte.

»Welche Halskette?« Bellmann sah ihn fragend an.

»Die man Ihrem Freund dafür angeboten hat, dass er die Klappe hält.«

»Davon weiß ich nichts.«

Büttner nickte. Dann war die Übergabe der Kette vermutlich auch für die Verabredung geplant gewesen, bei der Teichner schließlich den Tod fand. »Wissen Sie, wie Teichner von Helga Brandes erfahren hat?«, wollte er wissen.

»Von Ilse Akkermann.«

»Bitte?« Büttner konnte seine Überraschung nicht verbergen. »Frau Akkermann wusste von der Geschichte?«

»Ja. Freddy Wagner muss ihr mal im Suff das Herz ausgeschüttet haben. Er hat dabei wohl dauernd die Namen Teichner und Florian genannt. Ilse hat dann nach Florian gesucht und mit ihm Kontakt aufgenommen. Ich nehme an, dass sie das inzwischen zutiefst bereut.«

Büttner fragte sich, warum die Wirtin ihnen dieses nicht ganz unwichtige Detail verschwiegen hatte. Womöglich, weil sie wusste, dass Boonkamp und Wagner keinen Spaß verstehen würden, wenn sie dahinter kamen, dass sie von dieser pikanten Angelegenheit wusste? »Haben Sie deshalb mit Wagner Skat gespielt, Herr Bellmann?«

»Ja. Florian hoffte auf mehr Infos.«

»Hat es geklappt?«

»Nein. Wagner hat eigentlich gar nicht viel geredet. Fragen zu Helga hat er sofort abgeblockt. Genauso wie Ilse übrigens. Plötzlich behauptete auch sie, nichts zu wissen.«

»Wusste Teichner, dass Wagner sein leiblicher Vater ist?«

»Was?« Bellmanns Stimme wurde zu einem Krächzen. »Aber ... aber der war es doch, der Florian ... Er hat sein eigenes Kind verkauft?«

»So sieht's wohl aus.«

Bellmann schüttelte fassungslos den Kopf. »Was gibt es nur für abartige Menschen.« Er schaute sich verunsichert um, als würde er einen dieser Menschen mit im Raum vermuten. »Und Sie sind sich sicher, dass keiner von denen noch frei herumläuft?«

»Nach unserem jetzigen Kenntnisstand, ja. Und das wird auch für eine ganze Weile so bleiben.«

»Also kann ich jetzt wieder mit Stefanie durch die Stadt laufen, ohne dass ich Angst haben muss, im nächsten Moment ermordet zu werden?«

»Sogar ohne, dass Ihnen ...« Büttner verbot sich im letzten Moment den geschmacklosen Zusatz, dass ihnen jetzt nicht einmal mehr Florian Teichner in die Quere kommen würde. Er überspielte diesen Beinahe-Fauxpas, indem er einen kurzen Hustenanfall vortäuschte. »Gut, Herr Bellmann, wenn Sie sonst nichts mehr zu sagen haben, können Sie gehen. Ich gehe davon aus, dass Sie beizeiten als Zeuge vor Gericht aussagen müssen.«

»Kein Ding«, erwiderte Bellmann und verließ wenig später das Büro. Die Erleichterung, den Gang zur Polizei hinter sich gebracht zu haben, stand ihm ins Gesicht geschrieben.

Hasenkrug kam zurück. »Piet Boonkamp hat Teichner von seinem Festnetzanschluss angerufen, kurz bevor Teichner ermordet wurde.«

»Und warum wissen wir das erst jetzt?«

»Weil er vom Anschluss seiner Schwester telefoniert hat. Wir hatten die Telefondaten aber bislang nur bis zu ihrem Tod. Die neuen wurden erst heute nachgeliefert.«

»Okay. Sieht so aus, als könnten wir den Fall damit abschließen.« Büttner hielt mit fragendem Blick einen weiteren Schokoriegel in die Luft, Hasenkrug lehnte jedoch ab. »Nein, danke. Ist aber wirklich ein cooles Medikament.«

»Mein Reden.« Büttner strahlte über das ganze Gesicht. Endlich stand er mit dieser Meinung nicht mehr alleine da.

31

»Auf den tollen Ermittlungserfolg!« Anja Wilkens hob ihr Weinglas und prostete ihrem Mann Rolf sowie David Büttner und seiner Frau Susanne zu. »Und auf einen schönen Abend. Wir haben ihn uns verdient. Vor allem du, David. Konntet ihr denn inzwischen die letzten Lücken in der Beweiskette schließen?«

»Ja, sieht ganz gut aus. Freddy Wagner und Christoph Krüger haben ausgepackt. Demnach war Piet Boonkamp tatsächlich derjenige, der die Morde begangen hat. Sowohl den an der Hebamme, als auch die Morde an Helga Brandes und Florian Teichner.«

»Hätte ich an deren Stelle auch erzählt«, bemerkte Rolf Wilkens mit einem Augenzwinkern.

»Ich auch. Aber nach allem, was wir an Indizien und Beweisen ausgewertet haben, scheint es tatsächlich so gewesen zu sein.«

»Wie schade, dass Boonkamp die Strafe nicht mehr absitzen muss.« Susanne nahm sich eines von den köstlichen Kanapees, die die Wilkens zubereitet hatten. »Nach allem, was über den Fall in der Zeitung stand, hätte ich ihm noch viele verzweifelte Jahre im Knast gegönnt.«

»Man kann nicht alles haben«, erwiderte Büttner. »Aber wenigstens ...«

»Wenigstens ist der Fall jetzt abgeschlossen«, unterbrach ihn Susanne. Sie gab ihrem Mann einen Kuss auf die Wange. »Dann steht ja Gott sei Dank auch unserem Kurzurlaub auf Baltrum nichts mehr im Wege.«

Büttner verschluckte sich am Wein. »We-welcher Kurzurlaub?«, fragte er alarmiert.

»Unserer, mein Schatz. Am Wochenende geht's los. Ich hab schon gebucht. Wir werden viel Zeit für lange Strandspaziergänge haben. Ist das nicht ganz wunderbar?«

Während Anja und Rolf Wilkens seiner Frau zu diesem Einfall gratulierten, verkniff sich Büttner einen tiefen Seufzer und kalkulierte in Gedanken rasch den Bedarf an Schokoriegeln, ohne den diese Art der Freizeitgestaltung schwerlich zu ertragen sein würde.

DANKE!

Wie immer gilt mein ausdrücklicher Dank meinem ständigen Berater Volker Behnecke, der nie müde wird, den Fortgang des Plots bei einem Glas Rotwein mit mir zu diskutieren und wertvolle Tipps für den Fortgang der Handlung zu geben. Ein großes Dankeschön geht auch an meinen Lektor Kanut Kirches (www.lektorat-kanut-kirches.de), mit dem sich die Zusammenarbeit angenehm und unkompliziert gestaltete. Den allerletzten Schliff gab diesem Krimi Corinna Rindlisbacher (www.ebokks.de) im Korrektorat. Sie konvertierte auch die Textdatei ins richtige Format. Auch dafür ein herzliches Dankeschön!

Last but not least freue ich mich sehr über das gelungene Cover, das auch diesmal wieder von Susanne Elsen (www.mohnrot.com) gestaltet wurde.

NACHWORT

Liebe Leserin, lieber Leser,

ich freue mich sehr, dass Sie „Dünennebel“ als Lektüre ausgewählt haben und hoffe, dass ich Ihnen mit dieser Geschichte ein paar angenehme Stunden bereiten konnte. In diesem Fall würde ich mich über eine Rezension oder ein Feedback über meine Homepage (www.elke-bergsma.de) oder per E-Mail (mail@elke-bergsma.de) sehr freuen. Sollten Sie Lust haben, mehr von Büttner und Hasenkrug zu lesen, darf ich Ihnen an dieser Stelle meine einundzwanzig weiteren Ostfrieslandkrimis ans Herz legen, die vor „Dünennebel“ in dieser Reihenfolge erschienen sind:

»Windbruch«
»Das Teekomplott«
»Lustakkorde«
»Tödliche Saat«
»Dat witte Lücht« (Kurzkrimi)
»Puppenblut«
»Stumme Tränen«
»Schweigende Schuld«
»Fluchträume«
»Brandwunden«
»Strandboten«
»Maskenmord«
»Eisige Spuren«
»Seelenrausch«

»Scheinwelten«
»Dunstkreise«
»Zornesbrut«
»Sippenverfall«
»Todesgruft«
»Bitteres Erbe«
»Lodernde Wut«

Vielleicht haben Sie auch Lust, in die ersten Bände meiner historisch-zeitgenössischen Ostfrieslandkrimireihe »Wibben und Weerts ermitteln« reinzuschnuppern? In dieser Reihe sind bisher erschienen:

»Moorsmaragd«
»Flutrubin«
Im Juni 2019 erscheint »Inselsaphir«

Im Sommer 2018 erschien zudem der erste Band meiner ostfriesisch-niederländischen Krimireihe »Grenzfälle«. Schauen Sie doch mal rein in:

»Wie Mauern so kalt«

Möchten Sie regelmäßig und unkompliziert über alles, was rund um meine Krimis herum passiert, informiert werden?

Dann abonnieren Sie doch einfach meinen Newsletter unter:

http://www.elke-bergsma.de/Newsletter/448/

Herzliche Grüße
Elke Bergsma

www.elke-bergsma.de
www.die-leseinsel.de
www.dat-leseboot.de

Elke Bergsma

Flutrubin

Dramatische Szenen spielen sich ab, als in der Nacht zum 25. Dezember 1717 tosende Wassermassen über die Deiche der Nordseeküste treten. In den Marschgebieten Ostfrieslands verlieren hunderte Menschen ihr Leben. Auch verschlingt die Flut das Eigentum zahlloser Küstenbewohner, darunter das zum Familienschmuck des Marschbauern Aiko Ukena gehörende Rubinarmband. Es bleibt für drei Jahrhunderte verschollen.

Taschenbuch 320 Seiten, € 11,90 [D]

ISBN 978-3-96357-107-7

Martin Barkawitz

Mordkuhle

Die junge Polizistin Lea Kramer arbeitet noch nicht lange in dem abgelegenen Provinzkaff Mönchsfelden, als sie mit einem bizarren Gewaltverbrechen konfrontiert wird. Eine nackte Tote liegt an einem Platz, den die Einheimischen nur „Mordkuhle" nennen. Dort soll es angeblich spuken. Doch Lea glaubt nicht an Geister. Sie ermittelt mit vollem Einsatz, um den Killer aus Fleisch und Blut zu stellen.

Taschenbuch 280 Seiten, € 11,00 [D]

ISBN 978-3-96357-095-7